Ingrid Möller · Die Woge

Ingrid Möller

Die Woge

Ein Hokusai-Roman

Im Prisma-Verlag

ISBN 3-7354-0017-5

© Prisma-Verlag Zenner und Gürchott, Leipzig 1988
2. Auflage
© Prisma-Verlag Leipzig, 1990
L.N. 359/425/2/90
Schutzumschlag und Einbandentwurf: Gerhard Stauf
Printed in the German Democratic Republic
Gesamtherstellung: Offizin Andersen Nexö,
Graphischer Großbetrieb, Leipzig III/18/38
LSV 7001 · Bestell-Nr. 790 557 9
01700

Seit meinem sechsten Jahre
fühlte ich den Drang,
die Gestalten der Dinge abzuzeichnen.
Gegen fünfzig Jahre alt,
habe ich eine Unzahl von Zeichnungen veröffentlicht;
aber ich bin unzufrieden mit allem,
was ich vor meinem siebzigsten Jahre
geschaffen habe.
Erst im Alter von dreiundsiebzig Jahren
habe ich annähernd die wahre Gestalt und Natur
der Vögel, Fische und Pflanzen erfaßt.
Folglich werde ich im Alter von achtzig Jahren
noch größere Fortschritte gemacht haben;
mit neunzig Jahren werde ich in das Wesen
aller Dinge eindringen;
mit hundert Jahren werde ich sicherlich
zu einem höheren, unbeschreiblichen Zustande
aufgestiegen sein und,
habe ich erst hundertzehn erreicht,
so wird alles – jeder Punkt, jede Linie – leben.
Ich lade diejenigen,
die so lange leben wie ich, ein,
sich zu überzeugen,
ob ich mein Wort halten werde.

Aus dem ersten Band der „Hundert Ansichten des Berges Fuji", 1834

1

Früher als gewöhnlich nehmen sie heute ihren Tee ein, schweigsamer auch als gewöhnlich. Es ist nicht nur die Stille der frühen Morgenstunde, die ihre Sinne schärft für jedes leise Rauschen der schmalen Bambusblätter hinter dem Haus, für das Niedergleiten und Gurren der Tauben auf dem niedrigen Schilfrohrdach und das Abtropfen des Nachttaus. Auf ihnen lastet eine unausgesprochene Sorge.
Oyei scheint heute eine besonders große Sorgfalt auf die Zubereitung des Tees zu legen. Jede ihrer Bewegungen ist langsam und gemessen. Sie schlägt das grüne Pulver mit dem Bambusquast, bis es fast aus dem Gefäß schäumt. Und während sie das sprudelnd kochende Wasser in die irdenen Schalen gießt, scheint ihre Hand leicht zu zittern. Unter den rituellen Verbeugungen, die ihr längst in Fleisch und Blut übergegangen sind, rutscht sie lautlos auf den Knien über die hellen Tatamimatten und stellt die Schale ihres Vaters in der vorgeschriebenen Weise vor ihn hin.
„Otemae chodai", murmelt der Alte den Dank in unverständlichen Kehllauten. Oyei holt auch den winzigen Teller mit Gebäck. „Okashi – itashi masu", murmelt der Alte abwesend. Oyei verbeugt sich wiederum, etwas tiefer als der Vater. Sie drehen die Teeschalen in der festgelegten Richtung in beiden Händen. Mit schlürfendem Geräusch ziehen sie in winzigen Schlucken den sehr heißen und sehr bitteren Tee in den Mund. Erst als Oyei sieht, daß ihr Vater die Schale völlig ausgetrunken hat, wagt sie nach einem flüchtigen Blick aus den Augenwinkeln die Bemerkung: „Die Maske ist heute nacht heruntergefallen."
Scheu, als fürchte sie den aufbrausenden Zorn ihres Vaters, beugt sie sich über das Teegeschirr und wischt die heiß ausgespülten Schalen öfter mit dem schönen Tuch aus, als es die Vorschrift verlangt.
„Hai!" bestätigt Hokusai in kurzem, rauhem Ton, wobei sich die zahllosen Querfalten auf seiner Stirn merklich vertiefen. Auch er ist besorgt, schließt Oyei daraus. Wenn die Maske herabfällt, gibt es Unheil! Wer weiß das nicht! Es ist zu heikel, darüber zu sprechen. Die Maske fiel auch herab, bevor Mutter starb und bevor damals das Haus abbrannte. Der Geist der Ahnen hat eine Botschaft an uns. Eine böse Botschaft. Aber welche? Verstohlen beobachtet sie ihren Vater. Wirkt er heute nicht müder als sonst? Allerdings, er hat sich wieder nicht rasiert. Überhaupt legt er zu wenig Wert auf sein Äußeres, schon immer. Einem fast Neunzigjährigen mag man das nachsehen, aber früher war er nicht anders. Trotzdem! Oyei betrachtet ihn mit Stolz. Wer hat schon einen solchen Vater! Einen, der mit fast Neunzig immer noch glaubt, das Eigent-

liche, die Hauptsache vor sich zu haben, der immer noch rastlos neuen Zielen zustrebt und sich nicht die geringste Ruhe gönnt! Jetzt hält er den Kopf genau so, wie Oyei ihn einmal gezeichnet hat, diesen eigenwilligen alten Mann mit dem kahlen Schädel, der fliehenden, faltenübersäten Stirn, den waagerechten breiten Brauen, den vor Falten kaum sichtbaren Augen, der langen schmalen Nase, dem breiten Mund und dem energischen Kinn. Alles ist noch genauso und doch anders. Die Knochen scheinen von innen mehr auf die Haut zuzuwachsen. Der Schädel drückt sich durch, die Jochbeine. Vater ist alt, sehr alt –!
Weiter wagt Oyei nicht zu denken. Nicht daran, daß deshalb vielleicht die Maske von der Wand gefallen sein könnte, weil der Vater ... Dennoch, daß er ihre Bemerkung nicht mit Zorn, nicht einmal mit einem zurechtweisenden Blick als Unsinn und Weiberaberglauben abgetan hat, zeigt, daß auch ihm in dieser Nacht eine böse Ahnung zu schaffen gemacht hat.
Inzwischen steht die Sonne so hoch, daß der Strauß kunstvoll zusammengestellter Feldblumen im Tokonoma im Widerschein der seidenartig glänzenden Papierbespannung aufleuchtet. Der ganze Raum mit dem Braun der Holzpfosten, dem hellen Ockerton der Binsenmatten und dem Elfenbein der Wände scheint nur für diese eine, die vierte Wand geschaffen, um die sparsamen Farben der Blumen, des Rollbilds und der Maske zur Geltung zu bringen.
Hokusai verweilt heute länger in der Betrachtung als sonst, als hätte er den ewig sich wiederholenden Prozeß von Knospen, Blühen und Welken nicht an jedem Tag seines Lebens bewußt beobachtet und unzählige Male mit dem Zeichenpinsel festgehalten. Alles Lebende ist Gleichnis, stets neu zu überprüfen und zu überdenken. Heute aber, mehr als an jedem anderen Tag seines langen Lebens, hat er Grund, sich dieser ältesten aller Weisheiten zu entsinnen. Denn in der vorigen Nacht war es kein anderer als Emma-o, der Herr der Unterwelt, der an den Stützpfosten geklopft hat. Deshalb ist die Maske heruntergefallen.
Hokusai weiß, daß ihm nur noch eine kurze Frist bleibt, aber er möchte diese Gewißheit für sich behalten. Oyei soll keinen Verdacht schöpfen, die Schüler nicht, überhaupt niemand.
Während Oyei fast geräuschlos das Teegeschirr wegräumt, bleibt Hokusai reglos sitzen und hält stumm Zwiesprache mit sich: Natürlich, kein Mensch lebt ewig, einmal mußte diese Erkenntnis kommen. Aber so bestürzend plötzlich? – Eigentlich nicht plötzlich, Warnzeichen gab es schon früher. Der Schlaganfall damals. Damals – vor über zwanzig Jahren. Längst vergessen! Ein aufgeschobener Tod ist ein ferner Tod. War es Übermut, lauthals im ersten Band der „Hundert Ansichten des Berges Fuji" zu verkünden, Hokusai würde einhundertundzehn Jahre alt werden? Es klingt fast so. Aber irgendwie habe ich daran geglaubt; je mehr ich diesem Alter näher rückte, desto sicherer

wurde ich meiner Sache. Schließlich hatte ich ein gutes Recht, daran zu glauben, weil ich stets voll neuer Pläne war. Heißt es doch sehr richtig: Üben ist der Weg zur inneren Reife. Mein ganzes Leben war ein einziges Üben. Nie war ich mit mir zufrieden. Jede Zeichnung war mir nur Vorstufe einer noch besseren. Rastlos war ich, nie faul. Gewiß. Und es gibt niemand auf der Welt, der zu zählen vermag, wieviel Blätter sich unter meinem Tuschpinsel in Sinn- und Abbilder unseres Lebens verwandelt haben. Niemand. Selbst ich nicht. Es werden vielleicht Zehntausende sein! ... Man könnte sagen: das reicht. Andere schaffen in ihrem Leben nicht den kleinsten Bruchteil dessen. Versuchen es auch gar nicht – ganz gleich, auf welchem Gebiet. Trotzdem! Ich will nicht, daß das alles war! Es wäre keine gute Entscheidung, mich jetzt abzuberufen, Herr Emma-o! Ich bin noch nicht bereit für die Unterwelt, noch viel zu lebendig, noch immer unterwegs zu neuen Ufern.
Hundertundzehn Jahre! Das hieße, es lägen noch zwanzig vor mir! Zwanzig Jahre voll ungeahnter Möglichkeiten. Könnte ich sie doch nutzen! Weiß der Himmel, ich würde jeden Tag auszuschöpfen wissen, wie ich es bisher mit allen Tagen tat! Hokusai starrt auf die Tatamimatten vor seinen Knien, ohne etwas zu sehen.
Leben heißt, sich auf einen schönen Tod vorzubereiten. Welchem Japaner wird dieser Satz nicht von Kindheit an eingehämmert! Überwinde dein weibisches Selbstmitleid! Nimm den Kampf auf mit dem Tod. Widersetze dich ihm, biete ihm Trotz!
Hundertzehn Jahre – wie konnte ich nur ein solches Versprechen abgeben, und das auch noch schriftlich! Ein Spaß? Nein, das war es nicht! Vielleicht war es die jahrelange Beschäftigung mit dem ewigen Berg Fuji, der mich glauben ließ, es würde ein bißchen von seiner Ewigkeit, Dauerhaftigkeit, von seinem Stolz und seiner Majestät auf mich abfärben. Darüber mag ich vergessen haben, daß ich nur ein Mensch bin.
Was heißt nur? Herr Emma-o, ich stelle mich Euch! Ich weiß, Ihr werdet nicht lockerlassen. Jede Nacht werdet Ihr kommen und als Alp auf meiner Brust sitzen. Geduldig, in der Hoffnung, daß ich Euch irgendwann inständig bitten möge, mich endlich mitzunehmen. Aber darauf könnt Ihr lange warten. Ich werde Euch nicht bitten und schon gar nicht inständig. Mag ich nach Jahren alt sein, so ist mein Wille doch ungebrochen.
Ich weiß, Ihr werdet kommen, Nacht für Nacht. Denn Ihr habt menschliche Züge und seid hartnäckig. Zu den menschlichen Zügen gehört aber auch, daß Ihr neugierig seid. Und deshalb werde ich Euch in jeder Nacht einen Abschnitt meines Lebens erzählen. Ich verspreche Euch, Ihr werdet auf Eure Kosten kommen! Mein Leben war kein Allerweltsleben, kein Gehen auf ausgetretenen Pfaden, kein Ducken, kein Anpassen. Immer lebhaft, manchmal

streitbar, immer ohne Pomp und Luxus. Mein Leben war alles andere als ein gerader Weg. Im Gegenteil! Dieser Weg hatte viele Abzweigungen, und bei jeder Richtungsänderung nahm ich als veränderter Mensch einen neuen Namen an. Etwa dreiunddreißigmal. Und dreiundneunzigmal wechselte ich das Dach über meinem Kopf. Erst unter dem hundertsten Dach wollte ich mich zur letzten Ruhe legen.
Ja, es stimmt! Ich bin stolz auf dieses Leben. Und so wirr es auch scheinen mag, ein Ziel hatte es immer: die größere Vervollkommnung meines Könnens als Zeichner und Maler, von Stufe zu Stufe. Glaubt mir, dem Gakiyo rojin, dem vom Zeichnen besessenen Greis!'
Hokusai lächelt. Er hat sein inneres Gleichgewicht zurückgewonnen. Langsam steht er von seinem Sitzkissen auf. Gut, daß niemand sehen kann wie langsam. Vor der Bildnische, dem Tokonoma, bleibt er eine kurze Weile stehen. Das Kakemono erscheint ihm nicht passend. Er ersetzt es durch ein anderes Rollbild. Das zeigt einen Kranich und eine Kiefer, Sinnbilder glücklichen Greisenalters und eines langen Lebens. Zufrieden betrachtet er sein Werk: Gut so. Alles mag man verlieren, aber nicht den Mut!
Schön sind die Schwingen des Kranichs, schön die skurril verformten Äste der Kiefer.

„Wenn die Schüler kommen, schick sie weg", ruft er zur Küche hin, „ich habe heute viel vor und möchte nicht gestört werden. Von niemandem! Hörst du!"
Oyei hat es gehört und wagt keinen Einspruch. Ohnehin wollte sie gerade in den kleinen Hausgarten gehen und die Bäume gießen, bevor die Sonne hoch steht. Dort wird sie die Schüler abfangen.
Hokusai aber greift nach seinem grauen Arbeitskimono und geht mit kleinen Schritten in sein unordentliches Arbeitszimmer, um ungestört seinen Erinnerungen nachzuhängen. Dort, vor seinem Zeichenpult, verfällt er in einen Zustand schlafähnlicher Versunkenheit. Seine Gedanken wandern sehr weit zurück. Krampfhaft sucht er sich an die Züge seiner Eltern zu erinnern. Der Vater hieß Nakajima Ise und war Spiegelmacher des Shogun. Wie stolz er darauf war! Für ihn konnte es nichts Wichtigeres geben als Spiegel. Ohne Spiegel, pflegte er zu sagen, wüßten selbst die Größten und Mächtigsten nicht, wie sie aussehen. Ohne Spiegel würde es den Weisen schwerfallen, sich selbst zu ergründen. Ohne Spiegel könnten selbst die Schönsten der Schönen ihre Schminke nicht anbringen oder doch wenigstens überprüfen. Und schließlich: Was wären die Shintoschreine ohne den Spiegel, das Auge des Himmels, in dem die Götter leben! Spiegel sind schon wichtig.
Plötzlich sieht Hokusai die Werkstatt des Spiegelmachers ganz deutlich vor

sich. Da war Leben! Da wurde schwer gearbeitet. Es war nicht leicht, das Metall so kreisrund zu schneiden, daß kein Zacken entstand und wenig Abfall. Und es gehörte Kraft dazu, die Oberfläche des Metalls so zu polieren, bis kein blinder Fleck mehr darauf war.
Streng ging es zu in der Werkstatt. Bummelei wurde nicht geduldet und auch nicht gewagt. Aber geschwatzt wurde zuweilen, wenn der Meister nicht da war.
Und Hokusai? Er war noch in jenem Alter, wo man spielen darf. Er spielte mit den blanken, scharfkantigen Abfällen, mit denen sich so schöne Muster legen ließen. Oft verwarnt von den Erwachsenen wegen der messerscharfen Schnittflächen, aber immer wieder gefesselt von den achtlos verworfenen Möglichkeiten. Abgelenkt von diesem Spiel wurde er nur durch die Kunden, die ihre besonderen Wünsche nicht bei den ausgestellten Stücken des Verkaufsstandes erfüllt sahen. Sie gingen durch die Reihen, sahen jedem von oben auf die Finger, ließen sich dieses und jenes erklären und meldeten dann ihre ausgefallenen Wünsche an: Perlmutt, Filigran.
Es kamen unterschiedliche Leute, nette und hochnäsige, wohlerzogene und plumpe, geheimnisvolle. So hieß es von den schönen Frauen mit dem vorn gebundenen Obi, sie wohnten in der Straße der fünfzig Teehäuser und hätten als „verwehte Blüten des gefüllten Kirschbaums" den schlimmen Vertrag über den Verkauf ihres Leibes unterschrieben. Dabei zwinkerten sich die Männer zu, und der kleine Hokusai verstand kein Wort. Er staunte nur über die Pracht der goldbestickten Kimonos, die kunstvollen Frisuren mit den unterschiedlichen Lackkämmen und gönnte ihnen die schönsten Spiegel. Angst aber hatte er vor den Samurai. Hörte er sie kommen, lief er davon. Sie hatten etwas so Lärmendes, Polterndes, waren nicht die Ehrenritter der alten Romane. Sie waren verhinderte Streiter, die stets Streit suchten. Ihretwegen ließen die Anwohner der Hauptstraße ihre Fenster vergittern, damit sie nachts im Rausch nicht mit ihren großen, aber überflüssigen Schwertern die Fenster zerschlugen und in die Häuser eindrangen. Aber wenn der Knabe sich auch versteckte, ganz weg lief er nie. Aus seinem Versteck beobachtete er sie genau. Zu abenteuerlich sahen sie aus mit ihrem Helm und ihren zwei Schwertern. Auf unheimliche Art anziehend! Der kleine Hokusai riß die Augen auf. Ob so auch die Gefolgsleute des Kira ausgesehen hatten, von denen einer, Heichachiro Kobayashi, der Vorfahr seiner Mutter gewesen sein soll?
Er wurde nicht müde, sich diese berühmteste aller japanischen Heldengeschichten wieder und wieder erzählen zu lassen, bis er selbst lesen konnte.
Wie im Dämmerzustand hat Hokusai den Tuschstein zu sich herangezogen, den Pinsel in die Wasserkuhle getaucht und auf dem Tuschstein verrieben, bis sich der Quast mit tiefschwarzer Farbe vollgesaugt hat. Jetzt setzt er die Spitze

aufs dünne Papier und zieht in einem schnellen Bogen den Umriß eines Kriegers. Ja! Genauso sahen sie aus, die Samurai, die Gefolgsleute der Daimyo, der Feudalherren! Hokusai hält sich das Blatt am gestreckten Arm in den richtigen Augenabstand. Jeder Strich sitzt. Hat genau dort seinen Sinn. Noch hat seine Hand nichts von der Sicherheit und Leichtigkeit bei der Strichführung eingebüßt.

„Seht her, Herr Emma-o!", murmelte er, „findet Ihr etwa das leiseste Zittern in diesen Linien? – Nein, beim besten Willen nicht!" Und wie von Dämonen getrieben, malt er weiter, Blatt für Blatt, eine ganze Serie. Kampfszenen, Abschiedsszenen, das feierliche Ritual der ritterlichen Selbsttötung, Überwindung der Todesfurcht.

Die schwarze Tusche wird ihm zum Mittel der Befreiung von inneren Zwängen und Ängsten. Solange er malen kann, lebt er. Leben und Malen waren schon immer zwei Begriffe, die für ihn zusammenfielen. Mit Hilfe der schwarzen Tusche gelingt es dem Greis, jenen Faden zurückzuspulen, den wir Zeit nennen, zurück bis dorthin, wo alles anfing. Denn ein Leben kann nur vorwärts erzählt werden, weil es vorwärts gelebt werden muß. Rückwärts ergäbe es keinen Sinn. Schon fühlt Hokusai sich als der Knabe, der auf den Namen Tokitaro hörte ...

2

„Am zweiten Januartag jeden Jahres machte der Vizegouverneur des Shogun im kaiserlichen Palast von Kyoto seine Aufwartung, um dem Kaiser die Neujahrsglückwünsche des Shogun zu überbringen. Und in jedem Frühling sandte der Kaiser zur Zeit der Kirschblüte seine Gesandten nach Edo zu einem Erwiderungsbesuch. Im Kalender des Shogun war das ein feierliches Ereignis von größter Bedeutung, denn es bestätigte dem ganzen Lande die herzlichen Beziehungen zwischen Kyoto – dem Kaisersitz – und Edo – dem Shogunsitz.

Jedes Jahr beauftragte der Shogun zwei Daimyo damit, die kaiserlichen Gäste zu empfangen. Im Jahre 1701 hießen diese beiden Asano und Date. Date war um die Hälfte jünger als Asano, noch keine zwanzig, und sein Lehen war halb so groß wie das des Asano.

Zuerst versuchte Asano die Ehrung abzulehnen unter dem Vorwand, er verstehe nichts von höfischer Etikette. Man versicherte ihm jedoch, er sei dieser Dinge nicht weniger kundig als jeder andere Daimyo, und Herr Kira, der Zeremonienmeister, werde ihn in alle Einzelheiten einweihen.

Dies war eine der Gelegenheiten, von denen Kira träumte. Er wurde dadurch nicht nur zum Mittelpunkt des Interesses, sondern erhielt auch Geschenke in nicht abreißendem Strom von den Daimyo, die sich in gutes Licht setzen wollten.
Dates Gefolgsleute ließen es an nichts fehlen, was ihren jugendlichen Höfling fördern konnte. Ihre Geschenke waren üppig: Gold und kostbare Seide. Kira frohlockte. Wenn dies schon von Date kam, was war dann erst von Asano zu erwarten? Asanos Lehen wurde aufs Doppelte von Dates geschätzt, und alle Welt wußte, daß Salzgewinnung sein Einkommen weit über alle Vermutungen hatte anwachsen lassen.
Asano aber unterließ es, Kira zu bezahlen für das, was ohnehin seine Pflicht war, und übergab ihm nur die unter Freunden übliche Gabe: einen getrockneten Fisch. Begreiflich, daß Kira vor Zorn raste. Kira machte von da an Asano das Leben zur Hölle. Nichts verriet er ihm über die Zeremonien. Der einzige Rat, den Kira ihm gab, war der schneidende Vorschlag: ‚Vor allem seid freigebig in Euren Geschenken an die Gesandten, denn Freigebigkeit wiegt viele Fehler auf.' Asano änderte seine Haltung nicht.
Drei Tage dauerten die Zeremonien. Asano überstand die ersten beiden Tage, indem er dem Beispiel Dates folgte, der sehr gut ausgebildet war. Am letzten Tag um acht Uhr morgens, als die Korridore vor dem Audienzraum von den letzten Vorbereitungen summten, tappte Asano immer noch im Dunkeln, war nervös und unsicher. Er wagte Kira zu fragen, ob er die Gesandten oben oder unten an einer bestimmten Treppe empfangen solle. Kira brüllte ihn an, ohne die Frage zu beantworten. In diesem Moment trat ein Diener der Mutter des Shogun zu Asano und bat um Benachrichtigung, sobald die Audienz vorüber sei, weil seine Herrin eine Botschaft für die Vertreter des Kaisers habe.
‚Was gibt es?' mischte sich Kira schroff ein, ‚wenn es sich um die Gesandten handelt, tätet Ihr besser daran, es mir zu sagen. Auf einen Stümper wie Herrn Asano ist kein Verlaß.'
Nun war das Maß voll. Asanos Schwert blitzte auf. ‚Seht Euch vor!' schrie er und griff Kira an. Er schlug zweimal zu, bevor er überwältigt wurde.
Der Hof geriet in Aufruhr. Der Shogun, der die Nachricht von dem Vorfall beim morgendlichen Bad vernahm, befahl erzürnt, Asano festzunehmen. Ein anderer Daimyo wurde an seiner Stelle ernannt und die Audienz an einen anderen Ort verlegt. Sobald die Zeremonien vorüber waren, berief der Shogun seinen Rat ein. Ihren Vorschlag, den Fall genau zu untersuchen und die Gemüter sich erst beruhigen zu lassen, überging er und verkündete seine Entscheidung: für Kira sein Mitgefühl und die Hoffnung auf eine baldige Besserung, damit er wieder seinen Pflichten nachgehen könne, für Asano Selbstmord noch am selben Abend und die Beschlagnahme seines Lehens.

Asano wurde also in die Sänfte für Gefangene gesetzt und wie ein gewöhnlicher Verbrecher mit einem Netz gefesselt. Man brachte ihn zum Herrensitz eines anderen Lehnsherren, wo man ihm das Urteil vorlas. Als letzte Erniedrigung zwang man ihn, den Selbstmord nicht im Hause, sondern im Garten zu verüben. Dort setzte er würdevoll in der Abenddämmerung seinem Leben ein Ende.

Unmittelbar danach brachen die ersten Boten nach Ako, dem Heimatort des Asano auf, um die Nachricht zu überbringen. Nach viereinhalb Reisetagen kamen sie halb irr im Schloß an. Der Hauptkämmerer Oishi hörte zu, als sie ihre Geschichte atemlos vorbrachten, und rief danach alle dreihundert Ronin zusammen. Drei Tage wurde die Lage beraten. Es bildeten sich zwei Parteien.

Einig waren sie sich in der Frage, daß die Wiedereinsetzung des Lehens und eine Weiterführung der Familie unter Asanos jüngerem Bruder erwirkt werden müsse. Über die nächsten Schritte aber gab es Uneinigkeit. Der Vermögensverwalter wollte das Schloß so bald wie möglich kampflos übergeben. Der Hauptkämmerer Oishi hielt das für feige und würdelos.

Oishis feste Haltung setzte sich durch. Man sandte zwei Vertreter nach Edo zu den Beauftragten des Shogun, die das Schloß übernehmen sollten. In der Botschaft wurde Asanos Schuld zugegeben und gleichzeitig betont, daß seine Gefolgsleute im Schloß sterben müßten, um den guten Namen der Sippe zu retten. Das war eine höflich formulierte Kampfansage.

Darauf mobilisierte das Shogunat alle Daimyo der benachbarten Lehen und deren Gefolgsleute.

In einer erneuten Versammlung forderte Oishi die dreihundert Ronin auf, ihre Bereitschaft, das Schloß zu verteidigen, zu beschwören. Von den dreihundert schworen nur einundsechzig. Oishi ließ sie ihr Gelübde mit Blut besiegeln, verpflichtete sie zur Geheimhaltung und weihte sie in sein Vorhaben ein. Das Schloß zu verteidigen habe er nur vorgegeben, um die Wankelmütigen auszusondern, sagte er. In Wahrheit gehe es um zwei Dinge: erstens müsse die Sippe unter Asanos jungem Bruder stehen, und zweitens müßte an Kira Rache geübt werden. Der Beifall war laut. Scheinbar drehte sich nun alles um die Übergabe des Schlosses. Inventarlisten wurden aufgestellt, das in Umlauf gesetzte Papiergeld eingezogen und in Silber getauscht, ein Witwengeld ausgesetzt.

Am 18. April trafen die Offiziere des Shogun ein, und Oishi ritt ihnen aus Höflichkeit zur Begrüßung entgegen. Er geleitete sie ins Schloß und in das Zimmer des Asano und bat um die Rehabilitierung der Familie. Tief beeindruckt von dem Empfang versprachen die Offiziere, ihr Bestes zu tun.

Seiner Pflichten enthoben, kaufte sich Oishi ein Haus im Dorf Yamashima bei Kyoto und lebte ganz zurückgezogen mit seiner Familie. Alle guten Posten lehnte er ab. Die Blutrache an Kira ließ er nicht ins Register eintragen, um den Erfolg nicht zu gefährden.

Kira war zwar vom Shogun gedeckt worden, sonst aber wurde er gemieden und sein Verhalten mißbilligt. Seine Frau hatte ihm zum Selbstmord geraten. Er aber baute sein Anwesen in Edo aus und ließ Oishi bespitzeln. Kiras Spione tarnten sich als Arbeiter und Handwerker, als Gärtner und Straßenhändler. Wie Spürhunde verfolgten sie Oishis Schritte.

Oishi wollte zunächst Asanos Clan rehabilitieren, während die Ronin nur an Rache dachten. Oishi reiste nach Edo, um sie zu beschwichtigen. Dort besuchte er im Sengaku-Tempel Asanos Grab. Und er besuchte Asanos Witwe, die Nonne geworden war, sowie mehrere Beamte.

In einer geheimen Versammlung mit den getreuen Ronin wurde der März, der Jahrestag von Asanos Tod, zum Tag der Rache bestimmt. Nach Yamashima zurückgekehrt, stürzte sich Oishi in ein Leben übelster Ausschweifungen und ließ sich von seiner Frau scheiden. Sollte seine überall bekannte Zügellosigkeit Kira in Sorglosigkeit hüllen?

Der Neujahrstag des Jahres 1702 rückte näher. In Edo wurde ruchbar, Kira habe sich aus dem öffentlichen Leben zurückgezogen und die Familienführung seinem Sohn überlassen. Er wollte mit seiner Frau Zuflucht in einem Schloß tief in den Bergen suchen. Diese Nachrichten drohten die Pläne der Verschwörer zu durchkreuzen. Trotzdem sollte zuerst die Wiedereinsetzung der Asano-Familie in ihre alten Rechte angestrebt und erreicht werden. Am 18. Juli aber wurde das endgültig abgelehnt, Asanos Bruder in Haft genommen und die Asano-Sippe aus den Büchern gestrichen. Am 28. Juli verkündete Oishi in einer Versammlung, er werde im Oktober nach Edo gehen.

Für Oishi war wichtig, seine Verbündeten noch einmal auf Herz und Nieren zu prüfen und die Unentschlossenen auszusondern. Einhundertfünfundzwanzig der ehemaligen Gefolgsleute hatten den Schwur inzwischen geleistet. An alle schrieb er einen gleichlautenden Brief: „Jetzt, da das Unvermeidliche eingetreten und es sinnlos geworden ist, weiterhin die Asano-Sippe zu rehabilitieren, sende ich Euch das unterzeichnete Gelöbnis zurück und entbinde Euch von allen weiteren Verpflichtungen in dieser Sache. Ich selber denke daran, mich auf dem Lande mit meiner Frau und meinen Kindern niederzulassen und den Rest meiner Tage in freudvoller Zurückgezogenheit zu verbringen. Mögt Ihr meinem Beispiel folgen oder Euch so verhalten, wie es Euch beliebt.'

Von den einhundertfünfundzwanzig nahm etwa die Hälfte diese Gelegenheit wahr, abzufallen. Die andere Hälfte sandte ihr Gelöbnis zurück mit neuen Loyalitätserklärungen.

Oishi reiste nach Edo. Als er erfuhr, daß am 6. Dezember bei Kira eine Teezeremonie stattfinden sollte, wurde der Angriff auf die Nacht vor dem 6. Dezember anberaumt, mußte aber wegen der Verschiebung der Zeremonie auf den 14. vertagt werden. Die Ältesten der Verschworenen trafen sich im Sengaku-Tempel und beteten an Asanos Grab. Noch einmal gingen sie ihren Plan durch. Sie wollten sich in zwei Gruppen teilen. Die eine sollte mit Oishi das Haupttor angreifen, die zweite mit Oishis Sohn Chikara das rückwärtige Tor. Sie gaben die Losung aus und gingen auseinander, um sich nachts bei Kira zu treffen.

Die achtundvierzig Ronin kleideten sich von Kopf bis Fuß in neue Gewänder, denn sie gingen nicht nur in den Kampf, sondern auch zu einer rituellen Handlung. Das Untergewand bestand aus weißer gefütterter Seide und war weich und warm; darüber trugen sie ein Panzerhemd, einen gesteppten Kimono aus schwarzer Seide mit dem Wappen des Trägers, hosenartige Hakama, dazu Gamaschen, Handschuhe, einen Helm und schließlich einen schwarzweißen Kapuzenmantel. Einige wahrten einen uralten Schlachtenbrauch: Sie verbrannten Weihrauch in ihrem Helm, damit der Gegner den Kopf duftend fände, falls er abgeschlagen würde.

Um zwei Uhr nachts schritten sie schweigend durch die verlassenen, schneebedeckten Straßen. Sie waren jetzt nur noch siebenundvierzig, denn ein Mann war noch am letzten Tag abgefallen.

Dicht vor Kiras Haus verteilten sie sich. Schweigend glitten sie durch den Schnee und überwältigten die Torwachen, die sich in ihren Hütten an Holzkohlenfeuern wärmten. Das Haupttor war so massiv, daß sie keinen Versuch machten, es aufzubrechen, sondern es mit Leitern überstiegen. Das rückwärtige Tor schlugen sie ein. Damit waren sie im Innenhof. Von dort brachen sie ins Haus ein. Einige von Kiras Leuten setzten sich zur Wehr und starben, die meisten aber warfen ihre Schwerter weg und rannten davon. Die Angreifer schlugen sich zu Kiras Schlafzimmer durch und fanden dort sein Bett noch warm, aber leer. Eine Stunde lang durchsuchten sie das Haus nach ihm. Dann brachen ein paar der Angreifer in einen alten Schuppen des Hinterhofs ein, in dem Holz und Kohle lagerten. Zwei Männer stürzten fechtend heraus, wurden aber bald überwältigt. Ein dritter wurde mit dem Speer verwundet, kam heraus, schwang ein kurzes Schwert und wurde von einem weiteren Speer niedergestreckt. Der Tote hatte auf dem Rücken eine Narbe, die Asanos Schwert ihm zugefügt hatte: Kira war gefunden.

Pfiffe verkündeten es. Der Mann, der Kira getötet hatte, schlug ihm den Kopf ab und wickelte ihn in dessen Kimono ..."

„Dir verdammtem Lausebengel schlage ich auch noch mal den Kopf ab!"
Zu spät klappt Tokitaro das Buch zu und versteckt es hinter seinem Rücken. Bedrohlich groß steht sein Brotgeber vor ihm. Vor Schreck versagen Tokitaros

Beine. Er müßte längst aufgesprungen und an seine Arbeit gestoben sein! Daß er den Alten auch nicht kommen hörte! Es ist nicht das erstemal, daß er ihn beim Lesen ertappt hat. Blaß und schuldbewußt starrt Tokitaro zu dem Leihbibliothekar hoch. Selbst die Entschuldigung bleibt ihm im Hals stecken. Das Buch – wie soll er es nur erklären? – hat ihn so völlig in seinen Bann geschlagen. Er wollte nicht faul sein. Bestimmt nicht! Er kann doch gar nichts dafür. „Dieses Buch ..." stammelt er und bricht ab.

„Man sollte es dir um die Ohren schlagen! Füttere ich dich vielleicht durch, damit du alle Bücher durchliest, die wir gegen Geld verleihen? Scher dich endlich wieder an die Arbeit! Heute abend gibt es eine Kelle Reis weniger für dich!"

Tokitaro atmet auf. Noch hat der Alte ihn nicht hinausgeworfen. Nur der hämische Blick des anderen, so mustergültigen Gehilfen stört ihn. Ob der gepetzt hat?

Scheinbar ungerührt schleppt Tokitaro einen Bücherstapel herbei und beginnt, die Bücher wieder an ihren Platz im Regal zu stellen. Es geht ihm flink von der Hand. Plötzlich aber stutzt er. Wieder die Geschichte mit den siebenundvierzig Ronin, aber diesmal mit farbigen Bildern dazu! Und wieder vergißt Tokitaro alle guten Vorsätze. Wieder kommt dieser Zwang über ihn: Er muß es aufschlagen. Unwiderstehlich juckt es ihm in den Fingerspitzen. Bilder zu dieser abenteuerlichen Geschichte. Wie mögen die aussehen?

Tokitaro schnappt sich das Buch, verschanzt sich hinter einem hohen Bücherstapel und beginnt, sich in die Farbholzschnitte zu vertiefen. Das Blut steigt ihm zu Kopf vor Aufregung. Toll, einfach toll! Der Selbstmord des Asano – das ungerührte Gesicht, während der Dolch den Bauch zerschneidet, und die würdevolle Haltung. Ein wirklicher Held!

Er blättert weiter: der feige Kira, der kampfentschlossene Oishi, die abtrünnigen und schließlich die standhaften siebenundvierzig Ronin. Weiter blättert er. Jetzt muß gleich ihr Ende kommen, das gleiche Ende wie das des Asano. Ja, hier! Er beugt sich noch tiefer über das Buch. Welcher der anderen mag wohl mein Vorfahr gewesen sein? Vergeblich sucht er nach Ähnlichkeiten. Die Helme und Rüstungen lassen alle ähnlich erscheinen. Überhaupt, dieser Holzschneider macht alle Gesichter gleich!

Tokitaro blättert zurück. Tatsächlich! Als hätten Menschen nicht lauter verschiedene Gesichter! Als würde das Leben nicht in jedem Gesicht andere Spuren hinterlassen!

Plötzlich ernüchtert, beginnt Tokitaro in Gedanken Korrekturen anzubringen, findet das eine Rot zu matt und das andere zu kräftig, eine Szene zu vordergründig betont und die andere zu nebensächlich behandelt. Das alles ließe sich doch viel, viel besser machen! Seine eigenen Zeichenversuche kommen ihm in

den Sinn. Sollte es wirklich namhafte Künstler geben, die nicht besser zeichnen können als er, der vierzehnjährige Tokitaro?
Dieser Gedanke setzt sich in ihm fest. Er kommt ins Grübeln. Und schon holt er Papier, Pinsel und Tuschstein heran. Statt der täglichen Eintragungen, für die das Arbeitsmaterial gedacht ist, beginnt Tokitaro es mit Figuren und Landschaften, mit Tieren und Pflanzen zu bedecken. Der Garten des Kira mit dem Schuppen, in dem der Feigling sich versteckt hat. Die Ronin, wild um sich schlagend, jeder ein ganzer Mann.
Die Phantasie geht mit Tokitaro durch. Zu lebendig sind all die Gestalten der Heldengeschichte in ihm. Und wieder hört er das verräterische Knarren der Dielen zu spät. Erneut steht das Strafgericht leibhaftig vor ihm. Diesmal ohne jede Bereitschaft zur Nachsicht. Was zuviel ist, ist zuviel!
„Schick deinen Vater zu mir!"

Die Unterredung zwischen dem Buchhändler und Tokitaros Vater verläuft umständlich. Vergeblich versucht Tokitaro zu horchen. Er kann sich ausmalen, was geredet wird: Zunächst gegenseitige Komplimente, dann Unverbindliches über das Wetter und über bevorstehende Feste, über den Verlauf der Welt, wie alles wächst, auch die Kinder, die plötzlich keine Kinder mehr sind. Und dann erst, schonend, würde der peinliche Punkt berührt werden, daß Tokitaro leider so faul sei.
Tokitaro lauscht. Beim besten Willen aber ist nicht mehr zu hören als Gemurmel. Er vermag die Stimmen zu unterscheiden, ermißt an den Pausen, wie gespannt die Stimmung sein mag, mehr nicht. Kein lautes Wort, schon gar kein Lachen. Enttäuscht schiebt er den schmalen Spalt der Reispapierschiebetür zu und geht an seinen Arbeitsplatz. Zwei Jahre war er nun hier, und eigentlich gern. In diesen zwei Jahren ist ihm eine neue Welt erschlossen worden, das heißt, er hat sie sich aufgebrochen, die Welt der Bücher und der Buchillustrationen. Er möchte sich nicht davon trennen.
Noch immer Stille.
Ob ich will oder nicht, steht nicht in Frage, grübelt er. Natürlich muß ich gehen.
Zum ersten Mal in seinem Leben hat Tokitaro das Gefühl, selbst eine Entscheidung treffen zu müssen und damit die Kinderschuhe auszuziehen.
Als sein Vater ihm zum Gehen winkt, hört er sich zu seiner eigenen Überraschung sagen: „Vater, laß mich das Holzschneiden lernen!"

3

Für einen Augenblick schließt der Halbwüchsige die Lider. Träum ich oder wach ich?
Nein, alles um ihn herum ist wirklich und tatsächlich, mit allen Sinnen faßbar: es riecht nach Holz, Farben und Leim. Man hört, wie die scharfen Messer durch das dünne Papier hindurch auf das harte Kirschbaumholz aufgesetzt werden und die feinen Späne abspellen, wie die tiefen Stellen ausgemeißelt werden. Nur die Stege bleiben stehen, die der Zeichner durch Linien auf dem Papier markiert hat, Linien, die jetzt von der Rückseite her seitenverdreht durchschimmern.
Wie still es ist, daß jedes Geräusch so genau zu hören ist!
„Tetsuzo!"
Der Halbwüchsige zögert. Er hat sich noch nicht an seinen neuen Namen gewöhnt. Dann aber sind seine Bewegungen fast übertrieben hastig. Er springt auf, nimmt dem glatzköpfigen Holzschneider die fertige Druckplatte ab und geht damit auf den Hof, um auch die letzten feinen Holzspäne und Stäubchen abzupusten und abzuwischen. Dabei betrachtet er die Arbeit. Schwer liegt die Platte in seinen Händen. Noch niemals hat er eine solche Druckplatte gesehen, geschweige denn in den Händen gehalten. Ein Schatz ist ihm anvertraut worden. Wißbegierig folgen seine Augen den Stegen, mit denen die Linien in einer bestimmten Farbe gedruckt werden sollen. Für jede Farbe muß eine neue Platte geschnitten werden. Dabei müssen die Paßmarken genau stimmen, jede kleine Verschiebung beeinträchtigt das Bild. Viel hat Tetsuzo zu lernen und zu üben, bis er diese Fähigkeit erlangt! Und dann das Drucken! Die Wasserfarbe so verteilen, daß an jeder Stelle genau die beabsichtigte Menge abgedruckt wird, das Papier so zu feuchten, daß keine Farbe verläuft!
Er ahnt, wie lang der Weg zur Meisterschaft sein wird. Aber diese Ahnung schreckt ihn nicht, sie spornt ihn an. Tetsuzo ist überglücklich. Besser konnte es sich nicht fügen. Er darf in Edo bleiben, der pulsierenden Hauptstadt, dem Shogunsitz, sogar im Stadtviertel Yokoami-cho, in dem er aufwuchs. Und er ist Lehrling eines angesehenen Holzschnittmeisters.
Immer noch starrt er auf das Wunderwerk in seinen Händen. In seiner Phantasie ergänzt er die fehlenden Linien, denkt sich Farben dazu und kann es nicht erwarten, den fertigen Druck zu sehen. Vorsichtig geht er in den weichen Strohschuhen den erhöhten Bohlenweg entlang, der das Haus in der Breite des Dachüberstands umgibt. Plötzlich hält er in der Bewegung inne. Seltsame Töne weht der Wind vom Nachbarhaus herüber, hart im Ansatz, verschwebend im Ausklang. Die Koto. Natürlich, jemand spielt Koto.

Wie gebannt horcht Tetsuzo. Wer mag da spielen? Ein junges Mädchen sicher, zierlich, das blauschwarze Haar kunstvoll hochfrisiert, die dunklen Mandelaugen versonnen auf die Saiten gesenkt, ganz konzentriert auf ihr Spiel. Welche Farbe mag ihr Kimono haben? Gelb, Orange, Blaßblau oder Rosa? Rosa sicher, mit eingewebten blaßblauen Blütenranken. Und der Obi? Aus weißer Seide wird er sein und die zerbrechliche Taille fest umschließen.
Ganz seltsam wird Tetsuzo zumute, ahnungsvoll und traurig zugleich. Eine Unruhe befällt ihn, die er sich nicht erklären kann.
In der Tür zur Druckerwerkstatt prallt er mit dem älteren Lehrling fast zusammen.
„Ach, du also bist der Neue?"
Tetsuzo nickt, zustimmend und grüßend zugleich.
„Bist wohl ganz benommen von dem Anfängergeklimper nebenan!"
Der Ältere mustert ihn. „Damit das gleich klar ist: mach dir keine falschen Hoffnungen, wenn jemand bei der ankommt, dann höchstens ich."
„Kennst du sie denn?"
Tetsuzo überhört den feindseligen Ton des anderen.
„Klar. Bei so enger Nachbarschaft läßt sich das nicht vermeiden."
Der Ältere nimmt die Druckplatte an sich, schiebt die Tür zu und läßt Tetsuzo draußen stehen. Der aber denkt nicht mehr daran, daß er eigentlich auf die Druckerwerkstatt so neugierig war. Das Mädchen von nebenan geht ihm durch den Kopf. Wenigstens nach dem Namen hätte er fragen sollen!

Jeden Tag um die gleiche Stunde übt das Mädchen im Nachbarhaus ihr Kotospiel. Aber wie oft Tetsuzo sich auch an der Schiebetür zu schaffen macht, nie bekommt er sie zu Gesicht. Einmal nur glaubt er, ihren Schatten abends auf den Reispapierscheiben ihrer Schiebetür kurz gesehen zu haben. Aber auch der älteren Lehrling scheint aufgeschnitten zu haben. Wie sehr Tetsuzo ihn auch heimlich bewacht, nie trifft er sich mit dem Mädchen.
Unterdessen entbrennt ein geheimer Wettkampf zwischen Tetsuzo und dem anderen Lehrling. Das Jahr Lehrzeit, das jener ihm voraus hat, möchte Tetsuzo aufholen. Mehr noch, er möchte besser sein. Er möchte, wenn er eines Tages vor ihr steht, sagen können: Sieh her, dies alles habe ich gemacht, gezeichnet, geschnitten und gedruckt. Er stellt sich vor, wie bewundernd sie ihn dann ansehen wird. Und schon allein bei dieser Vorstellung verdoppelt er seinen Eifer. Manches geht bereits ganz gut. Selten haben die Gesellen Gelegenheit, ihm Fehler anzukreiden. Jedenfalls nicht beim Schneiden, obgleich das hier als das Schwierigste gilt. Manchmal gibt es Streitereien mit einem Zeichner, der behauptet, seine Vorlage habe anders ausgesehen. Beweisbar aber ist das nicht, weil die Zeichnung ja beim Schneiden zerstört wird.

Nebenbei nimmt Tetsuzo auch Unterricht im Drucken. Das verlangt viel Fingerspitzengefühl. Es muß das rechte Maß getroffen werden, nicht zuviel oder zuwenig Farbe, nicht zuviel oder zuwenig Wasser. Das Papier muß ebenso die richtige Feuchte haben. Und dann kommt das gleichmäßige oder absichtsvoll ungleichmäßige Verreiben der Farbe mit dem Druckerballen, schnell genug, damit nichts zu früh trocknet oder die Farbpigmente zusammenlaufen. Fragend sieht Tetsuzo in das Gesicht des Meisters, der seine Bewegungen genau verfolgt. Zustimmung. Also kann er es wagen, jetzt das kostbare Maulbeerbaumpapier aufzulegen. Jedesmal wieder bringt ihn das ins Schwitzen, als ob er Fieber hätte. Nur nichts verrutschen lassen! Jetzt anpressen, vorsichtig! Als er das Blatt abzieht, nickt der Meister zufrieden. Tetsuzo hängt es zum Trocknen auf.

Jeden Tag wiederholen sich die Arbeitsgänge. Tetsuzo gewinnt immer größere Sicherheit, und mit der Sicherheit auch Selbstvertrauen. Er lernt unterscheiden zwischen guten und weniger guten Vorlagen, weiß bald, welche Zeichnungen sich am günstigsten in Schnitte umsetzen lassen, welche Farben am besten zueinander passen. Bald werden ihm die knffligsten Aufträge zugeschoben.

Eines Abends wird er unfreiwillig Zeuge eines Gesprächs. Er hört, wie der Meister zum ersten Gesellen sagt: „Dieser Junge ist mir unheimlich. Was andere sich mühsam aneignen müssen, kann er auf Anhieb!"

Tetsuzo schießt das Blut in den Kopf. Dieses Wort kann nur auf ihn gemünzt sein. Warum sagt man es ihm nicht selbst? Einerlei! Vielleicht meint der Meister, daß Lob stolz macht und den Charakter verdirbt. Mag es sein, wie es will! So jedenfalls denkt man über ihn. Tetsuzo ist überglücklich.

Das Lob beflügelt ihn. Er zeichnet und zeichnet, jede freie Minute. Er möchte einen Farbholzschnitt nach eigener Vorlage drucken, den er der Kotospielerin im Nachbarhaus als Neujahrsgabe schenken möchte. Dann müßte man ihn zu ihr lassen!

Was könnte einem jungen Mädchen gefallen? Eine Blüte? Ein Tier? Eine Szene aus einem Frauengemach? Ein Schauspieler in grimmiger Pose? Ein Dämon? – Wer weiß! Tetsuzo versucht vieles und verwirft es dann wieder. Es will sehr genau überlegt sein. Er muß sparen, um sich das teure Material zu leisten. Alles Suchen nach verwendbaren Abfällen war bisher vergebens.

Auf Schritt und Tritt saugt er Eindrücke in sich auf, sucht sich Formen und Farben einzuprägen, beobachtet Bewegungsabläufe, Muskelspiele. Zu Haus dann wirft er die Eindrücke aufs Papier, oft enttäuscht von seinem Unvermögen, manchmal beglückt durch eine gelungene Winzigkeit, immer aber mit dem Gedanken an das Mädchen, das er kennenlernen und beschenken möchte.

So fliegt die Zeit dahin, ständig ausgefüllt mit Arbeit und zunehmendem Erfolg. Tetsuzo stellt sich immer schwierigere Aufgaben. Schließlich entscheidet er sich für ein Schauspielerporträt in der Frauenrolle der Dichterin Murasaki, die um das Jahr eintausend im Ise-Heiligtum den Roman vom Prinzen Genji niederschrieb. Noch einmal liest Tetsuzo die ganze Geschichte durch und verharrt bei den besonders gefühlvollen Stellen:

„... Seine Augen waren trunken, wunschlos und matt. Blasser Dunst lag auf dem Garten; eine junge Dienerin führte ihn hinaus. Sinnerfrischend dufteten und blühten die Bäume, farbige Winden umschlangen das Gewirr der Äste. Genji blieb träumend stehen, sein Blick fiel auf das ihn geleitende Mädchen. Sie war anmutig, durch ihr hellgrünes Seidengewand schimmerte die zierliche Gestalt. Genji betrachtete sie gerührt, führte sie zur Gartenlaube und setzte sich ihr zur Seite ..."

Auch das wäre ein Bild! Aber nein! Die Darstellung eines Liebespaares könnte das Mädchen für anstößig halten.

Tetsuzo arbeitet seinen Entwurf aus, die Dichterin Murasaki unter den hohen Zedern und Dächern des Ise-Heiligtums.

Fast schmerzt es ihn, die eigene Zeichnung durch Aufkleben auf Holz und durch Zerschneiden zu zerstören. Ein Druck in drei Farben soll es werden, also müssen drei Platten geschnitten werden. Tetsuzo wartet auf den Feierabend. Sein erstes eigenes Werk beschäftigt ihn ständig und drängt nach Vollendung. Schließlich ist der erste Abzug fertig. Schwarz, grün und rosa stehen die Farben gegeneinander. Ginge es besser? Selbstkritisch überprüft er alle Einzelheiten, streicht die Platten neu ein und druckt ein zweites Mal. Ja, die Paßmarken stimmten genau überein, jede Farbe sitzt richtig, und das Rosa im Gewand der Dichterin leuchtet jetzt kräftiger. Tetsuzo atmet tief durch und schließt die Augen. Das Holzschneiden beherrsche ich, das Drucken auch, jetzt wünsche ich Größeres: Maler möchte ich sein!

Bis zum Neujahrsfest sind es noch einige Tage. Tetsuzo wartet. Heute spätestens müßte der Künstler Katsukawa Shunsho seine Drucke abholen und die neue Bestellung aufgeben. Immer häufiger hat in letzter Zeit der Meister ihm die Verhandlung überlassen. Wenn es doch nur nicht so regnen würde! Das monotone Geräusch läßt die Zeit still stehen. Und bei dem Wetter, wer geht da schon gern auf die Straße! Tetsuzos Ungeduld wächst. Endlich, gegen Abend, läßt der Regen nach und Katsukawa Shunsho kommt.

Günstiger kann die Gelegenheit nicht sein. Niemand weiter ist im Raum. Tetsuzo verneigt sich tief: „Kombanwa!"

„Kombanwa!"

Er schiebt dem Gast das schönste der Sitzkissen hin und kniet selbst ohne Kissen auf die Tatamimatte nieder.

„Die Drucke liegen bereit. Bitte sagt mir, ob Ihr mit meiner Arbeit zufrieden seid!"
Shunsho läßt sich Blatt für Blatt vorlegen und betrachtet jedes einzelne ausgiebig mit hochgezogenen Brauen. Dann nickt er zufrieden.
„Du hast ein erstaunliches Geschick und einen sicheren Spürsinn für Abstufungen, Tetsuzo. Man möchte fast meinen, daß in dir ein Künstler steckt."
Nun ist das Stichwort gefallen. Tetsuzo gibt seinem Herzen einen Stoß und holt sein eigenes Blatt hervor.
Shunsho stutzt. „Das ist doch nicht von mir! Ich kann mich beim besten Willen nicht erinnern. Nein! Laß mich raten." Er nennt Namen.
Tetsuzo lächelt, stolz, daß er mit richtigen Künstlern verglichen wird. Schließlich kann er nicht an sich halten: „Ratet nicht weiter, es ist von mir."
Überrascht sieht Shunsho ihn an. „Wirklich? Dann solltest du überlegen, ob du nicht mein Schüler werden willst."
Das ist mehr, als Tetsuzo sich erträumen konnte. Plötzlich aber besinnt er sich, für wen er den Holzschnitt entworfen und ausgeführt hat. Zu Shunsho – das hieße weg aus diesem Haus, weg von diesem Mädchen, das er immer noch nicht kennt, so kurz vor seinem Ziel.
Shunsho merkt ihm die Verwirrung an. „Du mußt dich nicht gleich entscheiden, aber du solltest es dir gut überlegen. Ich biete dir eine Möglichkeit. Überschlaf es."
Tetsuzo stammelt Dank. „Laßt mich am Neujahrstag, wenn der Schrein geöffnet wird, die Götter befragen, was ich tun soll. Solange bitte ich um Bedenkzeit."
„Einverstanden. Ich rechne mit dir, auch wenn ich dich ungern als Holzschneider verliere."
Tetsuzo verneigt sich mehrmals, um seinen Dank für so viel Komplimente auszudrücken. Dann springt er auf, um Shunshos Drucke regensicher zu verpacken und die neu mitgebrachten Zeichnungen mit ihm zu besprechen. Dazu reicht das Tageslicht nicht mehr aus. Tetsuzo steckt die Kerzen in den Lampions an, und beide beugen sich über die Skizzen.

Langsam, für Tetsuzo zu langsam, rückt der Neujahrstag näher. Morgens ist feiner Schnee gefallen, den die Mittagssonne wieder aufleckt. Keiner, der Beine zum Laufen hat, versäumt die Prozession zu wenigstens einem der Shinto-Schreine. Auch Tetsuzo zieht das blaugraue Zeremoniengewand an. Er rückt noch ein bißchen das Strohgeflecht über der Tür zurecht, das er gestern dort angebracht hat. In dieses Geflecht eingearbeitet sind die üblichen Neujahrssymbole: ein gesottener Krebs, eine Apfelsine, eine Kohle, getrocknete Früchte, Tütchen mit Salz und Reis sowie Seetang, Bambus und Farnkraut.

Der Krebs mit seiner roten Farbe, dem, solange er lebt, Scheren und Füße nachwachsen, versinnbildlicht Gesundheit, Apfelsine bedeutet Nachkommenschaft, Kohle symbolisiert Reichtum.

Zusammen mit der Familie des Meisters und den Gesellen schließt er sich dem nächsten Prozessionszug an. Von weitem schon leuchtet ihnen das rotgestrichene Tor mit dem doppelten Querbalken entgegen. Hier beginnt der heilige Bezirk. Nur langsam kommen sie vorwärts bei dem Gedränge und warten geduldig an der Quelle, bis eine aus Bambusrohr gefertigte Schöpfkelle frei ist, um das geheiligte Wasser der Reinheit über die Hände zu gießen.

Der Tempelbezirk wirkt wie ein großer Park mit verschlungenen Wegen, sich schlängelnden Bächen, gewölbten Brücken, glitzernden Teichen und einer Vielzahl unterschiedlichster Büsche und Bäume. Mit Körper und Geist soll der Mensch sich der Natur verbunden fühlen, jede Bewegung natürlich wie ein Atemzug. Und wie der Atem, der sich im All verliert, werden die Gläubigen nach ihrem Tod überall sein, so wie der Geist der Götter und der Ahnen allgegenwärtig ist. Prachtvolle Zwerghühner erinnern an den ständigen Kreislauf des Lebens: Ei, Küken, Henne, Hahn. Der Wert liegt im Einfachen. Nichts ist selbstverständlich, alles muß durch Fühlen und Denken erschlossen werden.

Nach dem Kagani, dem Niederknien am Wasser, passieren sie mehrere Nebentempel und kleinere Gebäude, alle aus Holz, mit Schilfrohrdach, neu und alt zugleich. Alt nach dem Bauplan, neu dem Material nach, das etwa alle zwanzig Jahre erneuert wird. Nachlässigkeit darf nicht aufkommen bei diesem Kult der Reinheit. Gohei – weiße, in Kalligraphie beschriftete Papierstreifen – flattern an Schnüren im Wind und geben die Wünsche ihrer Verfertiger an die Geister der Ahnen und an die Schutzgötter weiter. Schließlich erreicht die Gruppe mit Tetsuzo den Hauptschrein, der in einem abermals umfriedeten Bezirk liegt. Wieder durchschreiten sie das rotgestrichene Tor mit doppeltem Querbalken, das Torii, und kommen in jenen Bereich, der mit verschiedenfarbigem Sand bestreut und in Mustern geharkt ist. Das Weiß der Priestergewänder und das Rot der Röcke der Tempeldienerinnen leuchten doppelt strahlend in der schlichten Umgebung. Der Blick in den Innenraum wird frei. Ein Lichtstrahl fällt auf einen großen Bergkristall. Tetsuzo kniet nieder und bittet um Hilfe bei seiner Entscheidung. Sicher, daß ihm ein Fingerzeig gegeben wird, steht er auf.

Gleich nach dem Besuch des Schreins gibt Tetsuzo seine für diesen Zweck geschriebene Visitenkarte im Nachbarhaus ab. Unter Verbeugungen darf er eintreten. Sein Herz klopft wild. Zum ersten Mal wird er dem Mädchen gegenübertreten, von dem er so lange insgeheim träumt! Sein Blick bleibt gesenkt, während er die Schuhe abstreift und sein Geschenk zum Überreichen bereithält. Die Mutter nimmt ihm die Verpackung ab. „Soll ich's für dich öffnen?"

Das Mädchen nickt. Verwirrt sieht Tetsuzo zum Mädchen und entdeckt, daß es eigentlich ganz so aussieht, wie er es sich ausgemalt hat. Aber warum wickelt sie sein Geschenk nicht selbst aus und warum sieht sie ihn nicht an? Die Mutter hat inzwischen die Schnüre gelöst und das Hüllpapier abgestreift.
„Ein Gedicht? Möchtet Ihr es ihr selbst vortragen?"
Tetsuzo wird der Hals trocken. „Nein, kein Gedicht, ein Bild."
Ein Schatten huscht über das Gesicht der Mutter. Verstört sieht sie ihn an.
„Wußtet Ihr denn nicht ...?"
Tetsuzo sieht auf das Mädchen. So gesenkt hält sie den Kopf, daß ihr Gesicht nicht zu sehen ist. Wischt sie etwa Tränen ab?
Wie ein Blitz durchzuckt es Tetsuzo. Er begreift das Entsetzliche: blind ist das Mädchen, das Mädchen, für das er in so langen Mühen seinen ersten eigenen Holzschnitt schuf. Deutlicher allerdings kann das Schicksal ihm seinen Weg nicht zeigen.

4

„Na also! Ich wußte, du würdest kommen!"
Der zweiundfünfzigjährige Katsukawa Shunsho empfängt den Achtzehnjährigen mit väterlicher Herzlichkeit.
„Ich muß dich nicht vorstellen. Alle wissen Bescheid. Du stehst auf der Schwelle zu einem neuen, einem außergewöhnlichen Leben. Künstler sein heißt, mehr als die üblichen fünf Sinne besitzen. Künstler sein heißt, das Wesen in jeder Erscheinung erkennen, die Pflanze als etwas Gewachsenes, die Blüte als etwas Vergängliches, das Meer als etwas Unerschöpfliches. Das zu erreichen ist schwer, unvorstellbar schwer. Hauptthema aller Kunst sollte der Mensch sein, seine Mimik, seine Gestik. Studiere die Schauspieler, dann siehst du, was ich meine. Alles an ihnen wird zum Ausdruck innerer Spannungen, Stimmungen, Haltungen. Ebenso muß es in der Kunst sein. Jede Neigung, jede Wendung muß ihren Sinn haben. Man darf nichts dem Zufall überlassen, nicht in der Kunst. Alles muß geprägt werden vom Willen des Künstlers, es muß seinen Stil tragen, die Form erhalten, die ihn als Vertreter seiner Schule kennzeichnet ..."
Tetsuzo läßt den belehrenden Wortschwall über sich ergehen, hat aber Mühe, alles zu behalten. Seine Augen glänzen vor Aufregung. Trotzdem, irgendwo regt sich in ihm Widerspruch. Sicher, Künstler werden zu wollen, ist ein hoher Anspruch. Es verlangt viel vom einzelnen, keine Schonung, kein Stehenblei-

ben bei Erreichtem. Aber weshalb betont Shunsho so sehr den Stil der Schule? Sicher wäre es vermessen, diese Zweifel auszusprechen. Stumm verneigt sich Tetsuzo, den Gruß erwidernd. Er setzt sich auf das ihm zugewiesene Kissen, indem er vorschriftsmäßig die zusammengestellten Füße an den Fersen anhebt und sich auf die Knie sinken läßt, um dann das Gesäß mit den Fersen abzustützen.

Shunsho läßt ihm durch einen Wink einen kleinen Becher mit heißem Sake bringen. Im Schummerlicht des sinkenden Tages wird Tetsuzo so ganz wörtlich und selbstverständlich in die Runde der Schüler aufgenommen.

„Trinken wir auf dein Wohl!" Shunsho trinkt den Becher mit einem Schluck leer. „Darf ich bekanntmachen: das ist Katsukawa Shunei, Katsukawa Shuncho, Katsukawa Shunko ..."

Tetsuzo schwirrt der Kopf, ähnlicher können die Namen wohl nicht sein. Shunsho scheint seine Verwunderung zu erraten. „Wir sind wie eine große Familie. Meine Schüler genießen die Ehre, einen Namen zu tragen, der dem meinigen angepaßt ist. Ich sagte es schon: du stehst auf der Schwelle zu einem neuen Leben. Wenn einer Schlange eine Haut zu eng geworden ist, streift sie sie ab und erscheint in der neuen, die unsichtbar darunter gewachsen ist. Ganz einfach. Wir Menschen können das nicht. Dagegen aber vermögen wir, unseren Namen zu ändern. Tetsuzo, auch deine Haut wird bald zu eng geworden sein, und ich sehe bereits die neue darunter schimmern. Streife sie ab! Dein neuer Name soll sein: Katsukawa Shunro."

Tetsuzo verneigt sich tief. Er muß nicht aussprechen, daß er alles tun wird, sich diesen neuen Namen zu verdienen.

„Domo arigato gozaimashida!" Sein Dank kommt aus ehrlichem Herzen. Verstohlen sieht sich der Jüngling mit dem künftigen Namen Shunro im Raum um. Im Tokonoma hängen statt eines Rollbildes mehrere. Sicher die besten und neuesten Arbeiten der angesehensten Schüler, gewissermaßen zum Vorbild für die anderen dort ausgestellt. Einzelheiten kann er im Dämmerlicht nicht erkennen. Die Schiebetür eines Wandschranks steht einen Spalt offen. Bücher und Papierstöße scheinen darin zu liegen. Bald wird er das alles ergründet haben.

Ein neuer Name – eine neue Sprosse auf der Lebensleiter! Wieder beginnt eine Zeit des Lernens und des Wettstreits. Der künftige Shunro beobachtet den Meister, dann nach und nach die anderen Schüler. Der erste Eindruck erweist sich oft als der richtige. Einer mißfällt ihm: Shunko. Warum, läßt sich jetzt noch nicht beantworten. Ihn muß er im Auge behalten.

„Wann hast du mit dem Zeichnen angefangen?" Die Augen aller sind auf ihn gerichtet.

„Früh. Mit fünf oder sechs Jahren. Tagelang streifte ich durch Gassen und

Reisfelder. Die vielfältigen Eindrücke ließen mich nicht los. Ich wollte sie festhalten. Vieles mißlang. Aber obgleich ich eigentlich mehr verzweifelt als beglückt war, konnte ich es nicht lassen, immer von neuem anzufangen. Einen Kranich zum Beispiel. Wohl hundertmal versuchte ich, ihn mit einem Stock in den Sand zu malen, bevor ich meinen Vater um Papier und Tusche bat."
„Ja, so ähnlich ging es wohl uns allen. So muß es auch sein."
„Und in welcher Schule warst du bisher?" Shunko hat die Frage gestellt.
„In keiner Malerschule, wenn du das meinst."
„Dann fängst du sozusagen ganz unten an."
„Ein bißchen habe ich mich schon umgesehen. Buchillustrationen kenne ich durch die Arbeit bei einem Leihbibliothekar, und allerhand Holzschnitte nach bekannten Künstlern sind mir während der Ausbildung in der Holzschnittwerkstatt durch die Hände gegangen. Namen wie Moronobu, Harunobu, Koryusai, Kiyonaga sind mir durchaus geläufig."
Ein peinliches Schweigen breitet sich aus. Shunro weiß nicht, was er falsch gemacht hat. Alle scheinen sich in sich zurückzuziehen. Nur Shunko wirft ihm einen ironischen Seitenblick zu. „Dann bist du also fast allwissend. Nur, eine Biene, die an allen Blüten saugt, wird einen Mischhonig zustandebringen, der keinem recht schmeckt."
Das also ist es! Zu den ungeschriebenen Gesetzen des Hauses gehört, daß nur ein Vorbild gilt: Shunsho. Diesen Fehltritt wird man dem Neuling schwer nachsehen. Würdevoll, aber merklich abgekühlt weist Shunsho ihm den Schlafplatz zu und wünscht eine gute Nacht.
Lange noch liegt der Junge wach. Widersprüchliche Ahnungen und Gedanken jagen durch seinen Kopf. Glücks- und Triumphgefühle auf der einen Seite, Unbehagen auf der anderen. Einerseits ist es sein großer Wunsch, Künstler zu werden, andererseits sollte sich doch gerade ein Künstler nicht einengen lassen. Warum soll er nicht von den Brokatbildern Masanobus, von den pflanzenhaft biegsamen Frauengestalten Harunobus, von den üppigen Kurtisanenbildern Koryusais wie von den Bühnenszenen Kiyonagas gleichzeitig begeistert sein und Anregungen aufgreifen? Muß es nicht sein Ziel sein, einen eigenen Zeichenstil zu entwickeln, statt sich einen fertigen aufzwingen zu lassen?
Im Traum werden alle seine Zeichnungen in Fetzen gerissen, und er muß pausenlos sämtliche Werke Shunshos kopieren. Schweißüberströmt wacht er auf.

Jahre vergehen. Shunkos anfängliche Seitenhiebe gegen den „Handwerker" Shunro sind abgeprallt, je offensichtlicher dessen Begabung wurde. Inzwischen hat Shunro ein ganzes Buch allein illustriert, danach Bücher selbst verfaßt und illustriert. Auch das sind Grenzüberschreitungen, die mit Neid vermerkt werden.

Shunro aber gibt sich sicher und unbeirrbar, sucht eigene Wege. Immer häufiger findet er Vorwände, die endlos langen Theateraufführungen zu umgehen. Schauspielerdarstellungen aber sind nun einmal die Domäne der Katsukawa-Schule. Stattdessen streift Shunro durch die Stadt, sieht sich bei anderen Kunstverlegern um, stellt Vergleiche an, spürt eigene Mängel und sucht neue Vorbilder. Ein Kunsthändler aus dem Ryogoku-Gebiet hat besonders gute Verbindungen. Er handelt mit Werken der Tosa- und Kano-Schule, besitzt Arbeiten von Korin, und für gute Freunde holt er nicht nur chinesische, sondern sogar europäische Drucke und Zeichnungen hervor. In ihm hat Shunro seinen Mann gefunden. Er kann sich nicht sattsehen. „Woher habt Ihr das?"
„Nicht so laut!" Der Kunsthändler sieht sich ängstlich um. „Ich habe einen Freund mit Beziehungen nach Nagasaki. Ihr wißt doch, zum Westhafen, wo die chinesischen und holländischen Schiffe anlegen. Natürlich soll es nicht sein. Aber geschmuggelt wird ja nun mal mit allem, was verboten ist. Kunstaustausch ist selbstverständlich auch verboten."
Shunro seufzt. „Geld müßte man haben und dorthin wandern!"
„Ihr seid noch jung. Lernt erstmal, was in Edo zu lernen ist. Vielleicht erlebt Ihr ja noch, daß die Tore zur Welt wieder geöffnet werden, daß Reisende herein und Japaner heraus dürfen. Dann wird auch unsere Kunst nicht mehr im eigenen Saft schmoren."
„Glaubt Ihr wirklich daran? Es ist schon so selbstverständlich geworden in den hundertfünfzig Jahren."
„Die Geschichte rechnet in anderen Zeiträumen, glaubt mir. Immerhin hat der Shogun Tokugawa Yoshimune vor über sechzig Jahren die Rangakusha, die Hollandwissenschaft, zugelassen. Das ist ein Anfang."
„Trotzdem gilt die Beschäftigung mit der holländischen Sprache für die anderen noch immer als Verbrechen."
Der alte Kunsthändler lächelt nachsichtig. „Das Leben ist nicht starr. Alles entwickelt und verändert sich. Halte nur deine Augen auf. Und besuch mich gelegentlich wieder!"
Shunro hält Wort. Sooft er abkömmlich ist, sucht er den Kunsthändler auf. Und jedesmal hält er eine Überraschung für ihn bereit.
Eines Tages tut der Kunsthändler besonders geheimnisvoll. Shunro merkt es ihm gleich an. „War Euer Freund da?"
Der Alte schüttelt den Kopf. „Das nicht. Aber ich war bei Eurem Meister und habe etwas in Auftrag gegeben, was Ihr ausführen sollt!"
„Ich? Und was ist es? Ein Kakemono?"
„Nein. Ein Werbeschild für meine Kunsthandlung. Ich bin sicher, Ihr seid der Richtige für diese Aufgabe."
Shunro steigt das Blut zu Kopf. „Danke! Das ist mal etwas anderes. Dann will

ich zurückgehen und darüber nachdenken. Ihr sollt nicht enttäuscht werden!"
In der Werkstatt findet er Shunko schwer beschäftigt. Er hat eine große Seidenfahne ausgebreitet und malt Grimassen von grotesker Wildheit nach seiner Art darauf. Eine Ahnung beschleicht Shunro. „Was wird das?"
„Geht dich gar nichts an!"
„Vielleicht doch?"
Shunsho wird aufmerksam. „Stimmt, Shunro, es geht dich was an. Der Kunsthändler, den du auch kennst, war hier und hat ein Ladenschild bestellt. Er hat angedeutet, daß er bei dem Auftrag an dich gedacht hat, aber es kann ja nicht schaden, wenn Shunko sich auch daran versucht. Der Auftraggeber mag dann wählen, was ihm mehr zusagt."
Shunro atmet tief durch und schweigt. Eine Herausforderung also! Bitte, die kann er haben!
Sofort geht er an die Arbeit. Eines steht fest: in keiner Weise darf es Ähnlichkeit haben mit dem Entwurf Shunkos. Das leere Weiß springt ihn an, blendet ihn, läßt ihn nicht los. Shunro muß nachdenken. Nur nicht die Nerven verlieren! Jetzt nur nicht unüberlegt drauflosmalen! Die innere Spannung treibt ihn aus dem Raum. In dem kleinen Hausgarten mit den Bonsai, den winzigen Zierbäumen auf gemustertem Kies, sucht er Sammlung. Eine Werbung für Kunst soll es sein – ganz allgemein für Kunst, nicht für eine bestimmte Richtung, nicht für eine bestimmte Thematik, nicht für Theater, nicht für schöne Frauen. Aber es muß die Passanten ansprechen. Und die Passanten sind Japaner. Es muß auffallen, ohne aufdringlich zu sein. Was also sollte auf diesem Aushängeschild sein? Ein jahrhundertealtes Gedicht kommt ihm plötzlich in den Sinn:

„Die Jahreszeiten bieten Gelegenheit
zu ernsthaften Betrachtungen.
Im Frühling erinnern die westlichen glühenden Winden
der Wistariablumen,
die violett wie die Wolken des Himmels schimmern,
an das Paradies.
Naht der Herbst,
so klagt die Zikade,
und ihr trauriger Gesang ruft uns zu,
an die Nichtigkeit des Lebens zu denken ..."

Shunro steht auf. Winde, Zikade, Kiefer, Kranich – das ist es. Diese Bildsprache versteht jeder Japaner. Da wird er verweilen, um über den tieferen Sinn

nachzudenken. Wird mehr sehen wollen und Lust bekommen, ein neues Bild für die Bildnische zu kaufen. Es gibt kein Überlegen mehr. Shunro zieht sich mitsamt allen Malutensilien in einen kleinen Nebenraum zurück. Er muß ungestört sein.
Das Bild entsteht wie von selbst, duftig hingehaucht und doch unverwischbar, lebhaft und lebendig, mit allen Reizen der Flüchtigkeit, ganz so, wie es japanischem Geschmack entspricht. Denn schön ist nicht die Kirschblüte am Baum, auch nicht darunter, sondern beim Abfallen, im Niederschweben.
Shunro wartet, bis die Farbe trocknet. Dann rollt er vorsichtig die Seide auf und läuft damit geradewegs zum Kunsthändler. Doch kaum ist das Ladenschild aufgehängt, kaum hatten sie Zeit, es aus unterschiedlichen Entfernungen zu begutachten, als auch schon Shunko um die Ecke biegt, vor Zorn bebend. Ehe Shunro sich versieht, hat Shunko das Bild abgerissen, trampelt mit den Füßen darauf und zerreißt es in Stücke.
Fassungslos und wie gelähmt steht Shunro daneben. Ein wildes Tier wird in ihm wach. Wut überkommt ihn, unbändige Wut. „Was fällt dir Miststück ein!" brüllt er los und packt den anderen mit einem verbotenen Judogriff. Eine verbissene Prügelei geht los. Beide bluten, als man sie schließlich auseinanderbringt. Shunro muß auf der Stelle sein Bündel schnüren. Er hat die Ehre der Katsukawa-Schule doppelt verletzt: durch seine Kunst und durch die Erregung öffentlichen Ärgernisses. Der Name Katsukawa Shunro wird ihm abgesprochen.

5

Die Menschentraube um den alten blinden Geschichtenerzähler, den Rakugoka, ist immer größer geworden. Alle Altersstufen sind vertreten, vom Kind bis zum Greis. Mucksmäuschenstill sind sie, und ihre Blicke richten sich gespannt auf die welken Lippen des Alten. Was er zu erzählen hat, geht sie alle an. Wenn es auch ein Märchen sein mag, aber dieses Märchen gibt Hoffnung. Es handelt von einem armen Lumpensammler und dem Gott der Armut. Dem Lumpenhändler wird eine Möglichkeit geboten nach einem langen Leben in ständiger, drückender Armut, wie alle sie aus eigener Erfahrung kennen, viel zu gut.
„… Es ertönt der erste Glockenschlag, der das neue Jahr einläutet. Im gleichen Augenblick vernahm der Lumpensammler Gohei Hufschläge, und aus der Dunkelheit tauchten drei Reiter auf. Der erste ritt auf einem gelben Hengst

und trug einen goldenen Helm, ein gelbes Seidenkleid und am Gürtel ein langes Schwert in gelber Scheide. Der zweite ritt auf einem herrlichen Schimmel, und seine Kleidung leuchtete im Licht des Mondes noch weißer als der frische Schnee. Dafür hob sich der letzte kaum von der Schwärze der Nacht ab; denn er ritt auf einem Rappen und war selbst ganz in Schwarz gekleidet, sogar sein Bart war schwarz.
Alle drei blickten so furchterregend drein, daß Gohei erschauerte und sich kaum von der Stelle rühren konnte. Ehe er sich besann, war der gelbe Reiter vorüber, und der weiße kam heran. Da nahm Gohei allen Mut zusammen. Er blickte nicht auf den Reiter, sondern nur auf das Pferd und streckte die Hand nach den Zügeln aus. Der Schimmel aber schnaubte und wieherte so böse, daß Gohei erschrak und die Hand wieder sinken ließ. Nun war auch der weiße Reiter vorüber. Gohei seufzte, weil ihm wieder mal nichts gelingen wollte, dann raffte er sich auf, sprang dem Rappen in den Weg und griff nach den Zügeln. Doch das Pferd bäumte sich auf, riß sich los, und schon war es in der Nacht verschwunden ..."
Rufe der Enttäuschung unterbrechen den Erzähler.
„Ja, so geht es unsereinem immer!"
„Wer einmal unten ist, bleibt unten!"
Eine junge, aber abgehärmte Frau mit einem Säugling auf dem Rücken zischt dazwischen: „Nun wartet doch ab. Die Geschichte ist ja noch nicht zu Ende!"
Die Aufregung legt sich. Die Zuhörer nehmen bequeme Haltungen ein, hokken sich, setzen sich oder lehnen sich an die Mauer. Der Erzähler trinkt einen Schluck aus der Wasserflasche an seinem Gürtel und fährt fort:
„Gohei war den Tränen nahe. Nun mußte er bis zu seinem Tode in Armut leben und hatte außerdem den Gott, der ihm helfen wollte, enttäuscht. Doch da vernahm er in der Ferne wieder Hufschläge und sah einen vierten Reiter herankommen. Vielleicht hatte er sich verzählt, vielleicht auch nur geträumt, und die richtigen Reiter kamen erst jetzt. Mutig sprang er dem Pferd entgegen und packte es fest am Zügel. Diesmal sträubte sich das Tier nicht, und als er nach oben schaute, sah er, daß es ein Grauschimmel war und der Reiter niemand anderes als der Gott der Armut."
Wieder erhebt sich Unmut. „Also doch!"
Besänftigend hebt der Blinde die Hand. „,Gohei, es ist ein Kreuz mit dir', sagte der Gott nach einer Weile. ,Ich habe dir doch gesagt, du solltest einen von den dreien festhalten. Sie sind die Götter des Geldes. Der erste ist der Gott der Goldstücke, der zweite der Gott der Silbermünzen und der dritte, der schwarze, der Gott des Kupfergeldes ... Doch da ich mich nun einmal entschlossen habe, von dir wegzugehen, will ich dir noch einmal helfen.'"

In atemloser Spannung warten die Zuhörer, wie der Lumpensammler Gohei seine zweite Gelegenheit zu nutzen weiß. Wieder entwischt ihm der gelbe Reiter, ebenso der weiße, jedoch den schwarzen Reiter bekommt er zu fassen. Wenigstens die Kupfermünzen werden ihm bis ans Lebensende nicht ausgehen! Immerhin ein Trost!
Stille herrscht. Jeder scheint für sich zu überlegen, auf welche Weise er einen solchen Gaul für sich einfangen könnte. Langsam erheben sich die Hockenden und Sitzenden. Manche kramen nach einer Kupfermünze, die sie eigentlich nicht übrig haben. Vielleicht aber bringt es ihnen Glück, wenn sie sie diesem Geschichtenerzähler geben, der immerhin versucht hat, ihnen ein bißchen Hoffnung zu geben.
Zwischen einigen erhebt sich Zank. „Einen Gott der Armut kann es niemals geben. Höchstens einen Teufel, einen bösen Dämon der Armut."
„Gefällt dir die Geschichte nicht, dann erzähl eine bessere."
„Soll ich? Soll ich wirklich? Dann könnt ihr meinem Ende morgen auf der Hinrichtungsstätte beiwohnen."
„Hört nur, wie geschwollen der Pockennarbige daherredet!"
„Und ihr erbaut euch an Ammenmärchen! Fragt lieber, warum es Armut gibt. Leicht zu erraten, weil es Reichtum gibt."
„Vorsicht! Er will uns aufwiegeln! Gleich kommt er mit Bambusspeeren und hetzt uns gegen Wucherer und Daimyos."
Der Pockennarbige reckt sich höher. „Verflucht sei eure Demut! Kriechtiere! Warum wehrt ihr euch nicht!"
„Seid ihr des Teufels! Mit welchem Recht beleidigt ihr uns!"
Plötzlich stieben alle auseinander und verteilen sich blitzschnell in Nebenstraßen. Ein Glück, daß die Warnung vor den Gesetzeshütern noch rechtzeitig kam!
Geblieben ist von der ganzen Menge nur einer: ein junger, magerer Mann in zerschlissener Kleidung. Er steht und zeichnet auf kleine billige Papierfetzen, einen Bauchladen mit Gewürzen neben sich.
„Was war hier los?" Der Polizist mustert den Zeichnenden mißtrauisch.
„Nichts."
„Name?"
Der junge Mann zögert. Fast hätte er ‚Shunro' gesagt. „Gummatei" läßt er dann notieren.
„Beruf?"
„Gewürzhändler."
„Anschrift?"
„Keine."
„Landstreicher also. Ich könnte dich verhaften."

1   Kraniche im Umesawa in der Provinz Sagami

2   Wanderer am Inume-Paß in der Provinz Kai

3 Der rote Fuji

4 Die Woge an der Küste von Kanagawa

5   Faßbinder bei Fujimigahara in der Provinz Owari

6   Drei Reiter im Dorf Sekiya am Sumidafluß

7 Schneelandschaft in Koishikawa

8 Wanderer in einer Sturmböe

Der junge Mann namens Gummatei bleibt unbeeindruckt. Er weiß, daß die Gefängnisse nicht ausreichen würden, alle Obdachlosen aufzunehmen. Wozu auch?
Der Ordnungshüter reißt ihm die Skizzen aus der Hand. Argwöhnisch sieht er sie durch. Er findet nichts Verdächtiges. Ganz banale Sachen: Kinder, die kopfüber an einer Stange turnen, Lastträger, Sänftenträger, ein Mann, der sich am Fuß kratzt, eine Irre, die von Gassenjungen geärgert wird – was das nur alles soll! Wortlos, mit dem Ausdruck der Geringschätzung, gibt er die Blätter zurück.
Gummatei steckt sie weg, hängt sich den Bauchladen um und schreit seinen roten Pfeffer aus. Sein Magen knurrt. Will denn keiner kaufen? Er schreit noch lauter. Plötzlich bricht sein Ruf ab. Hastig deckt er mit Händen und Armen die Tütchen und Kästchen zu, rennt weg und ist wie vom Erdboden verschluckt.
„Nanu?" wundert sich eine alte Frau in dunkelblauem Sommerkimono, „Nun will ich ihm etwas abkaufen, und weg ist er!" Mühsam geht sie zurück; ihr Kreuz ist gebrochen von der lebenslangen schweren körperlichen Arbeit, ihr Oberkörper abgeknickt wie der Ast eines Baumes.
Der Pfefferverkäufer hat sich in den nächstbesten Holzstall gerettet. Ganz außer Atem vor Schreck und Hast lehnt er sich an die Bretterwand. Das war knapp! Fast wäre ihm Shunsho über den Weg gelaufen. Welche Schmach und Schande, hätte er ihm so gegenübertreten müssen!
Übelkeit fällt Gummatei, den einstigen Shunro, an. Alles scheint sich gegen ihn verschworen zu haben: der ekelhaft beizende Gestank aus der Latrine, das wilde Tier Hunger in seinem Magen und dazu dieses widerliche Gefühl der Ohnmacht, der Unehre. Wird es fortan mein Schicksal sein, im Bündnis mit dem Gott der Armut zu leben? Im Augenblick habe ich nicht einmal eine Hütte, wo ich die Dielenbretter herausreißen könnte, um sie zu verheizen, wie es der Lumpenhändler tat. Armut wäre nicht das Schlimmste, wohl aber die Schmach. Daß er sich verkriechen muß, vor wem auch immer, das darf sich nicht wiederholen, das tötet einen Menschen, weil es ihm seinen Stolz nimmt!
Gummatei horcht. Er hört Schritte und bekannte Stimmen. Er sucht sich einen Spalt im Holz, der die Sicht auf die Straße freigibt. Richtig, da kommt Shunsho gemessenen Schrittes daher, voll unerschütterlichen Selbstbewußtseins, das Lächeln des Weisen im Gesicht. Ganz wie immer. Und da ist auch Shunko! Gummateis Herz schlägt bis zum Hals. Shunko!, denkt er verbittert, wenn es dich nicht gegeben hätte! Dann wäre ich jetzt nicht hier! Er mustert ihn kritisch. Eigentlich ist nichts Auffälliges an ihm. Aber wie er Shunsho hoffiert! Wie dienstbeflissen er sich nach dem Käfer bückt, auf den gerade das Auge

seines Herrn gefallen ist! Aber scheinbar hat Shunko Pech, der Käfer findet kein Interesse mehr.
Seltsam, denkt Gummatei, daß selbst Menschen, die Größe haben und Geist wie Shunsho, nicht darauf verzichten können oder wollen, sich mit Lobhudlern zu umgeben. Warum wird Macht, wie sie von den Regierenden vorgelebt wird, mit solcher Selbstverständlichkeit in alle Bereiche übertragen? Woher kommt diese Sucht nach Macht? Muß das menschliche Zusammenleben so geregelt sein, daß nach oben gekatzbuckelt und nach unten getreten wird? Und wie schamlos! Wieder würgt er die Übelkeit herunter. Der Himmel bewahre mich davor, jemals ein Speichellecker zu werden! Es muß doch eine Möglichkeit geben, seine innere Freiheit und Selbstachtung zu bewahren! Ich kann mehr als andere. Warum weckt das Neid statt Anerkennung? Mir liegt doch nicht daran, eine höhere Stufe auf der Leiter der Macht zu erklimmen. Ich halte es nur für meine Pflicht, daß ich die Talente, die in mir liegen, auch entwickle und ausbaue, unabhängig von Vor- oder Nachteilen, die mir daraus erwachsen! Ist das so schwer zu begreifen? Shunko, nein, der wird das nie verstehen! Die meisten wohl nicht! Aber alles Übel hat sein Gutes: Shunko hat mir Klarheit über mich selbst verschafft, über das, was ich erreichen will. Hätte er mich nicht beleidigt, würde ich vielleicht nicht mit solcher Verbissenheit meinem Ziel nachjagen.
Die Passanten sind vorüber. Gummatei könnte jetzt seinen Unterschlupf verlassen. Aber er achtet nicht darauf, weil seine Gedanken ihn vollauf beschäftigen. Schluß muß sein mit diesem Gewürzhandel, der nicht mehr einbringt als bestenfalls zwei Schüsseln Buchweizennudeln am Tag, nicht ausreichend, um satt zu sein. Auch die kleinen Drucksachen wie Glückwunsch- und Türpfostenbilder bringen zuwenig. Nur ein Vorteil ist dabei: die Zeichenhand bleibt gelenkig. Aber gekauft werden sie von Frauen und Kindern, wie die Glückwunschkarten mit Gedichten und Blumen. Frauen und Kinder aber bekommen kein Geld in die Finger. Geschäfte werden von Männern gemacht, mit ihnen, nicht auf der Straße. Ein verjagter Geselle kann ja nichts taugen. Mit ihm verhandelt man doch nicht! Nein, echte Aufträge vergibt man an Männer mit eigener Werkstatt und Schülern, wie Shunsho oder Torii Kiyonaga. Sie sind die Sonnen am Kunsthimmel. Es wird mir nichts anderes übrig bleiben, überlegt Gummatei, als mich vom Licht ihrer Strahlen wärmen zu lassen, bis sie mir keine Wärme mehr zu geben vermögen, bis ich alles kann, was sie können. Dann erst werde ich anfangen in der Lage zu sein, ich selbst zu werden. Dann erst kommt mir ein Name zu, der keinem anderen Meister entwachsen ist und der keine Abhängigkeit ausdrückt. Ich muß es schaffen, und wenn ich wie ein Kuli schuften muß!
Jetzt wieder wird ihm der beißende Gestank bewußt und das Knurren in sei-

nem Magen. Er sieht sich nach seinem Bauchladen um. Die Reste müssen noch abgesetzt werden. Draußen ist alles ruhig. Nachdenklich verläßt Gummatei das Versteck. Das Leben muß weitergehen, anders, besser. Die Luft scheint klarer geworden. Gummatei klammert sich an seinen Stolz.

6

Der junge Hofmaler Yusen Hironobu kann stolz sein. Als Oberhaupt der Edoer Kano-Schule und offizieller Maler des Shogun hat er die Ehre, dem Tokugawa-Mausoleum in Nikko zu neuem Glanz zu verhelfen.
Wochenlang werden Pläne gewälzt, Aufgaben verteilt und Vorbereitungen getroffen. Von nichts anderem mehr ist die Rede. Yusen kennt den großen Tempelbezirk und weiß, was auf ihn und seine Schüler zukommt. Er hat Pläne besorgt und Skizzen anfertigen lassen und wird nicht müde, von diesem Vorhaben zu schwärmen. „Nicht umsonst behauptet das Sprichwort, man solle das Wort ‚kekko' – wunderbar – meiden, bevor man Nikko gesehen hat! Stellt euch vor: eine gigantische Berggegend, bewaldet, mit hohen Wasserfällen. Bergauf führt eine gerade Zedernallee. Ieyasus Beauftragter Masatsuna Matsudaira hat damals vor etwa einhundertundfünfzig Jahren diese Bäume pflanzen lassen, Tausende. Daneben gibt es auch kleinere Tempel wie den Rinno-Tempel der Tendai-Sekte. Schließlich passiert man das große Pfostentor, die fünfstöckige Pagode, weitere Torgebäude und steht da, wo es euch allen die Sprache verschlagen wird, vorm Sonnenlichttor. Nicht umsonst zählt es zu den Wundern Japans!" Yusen sucht aufgeregt in den Skizzen herum und zeigt auf ein kleines Bild. „Hier. Das alles müßt ihr euch in den prächtigsten Farben vorstellen: weiß die Säulen und Querbänder, vergoldet die meisten der fast vollplastischen Schmuckelemente, blau die Dachziegel, die in der Form Bambusstangen nachahmen. Dazu kommt in kleineren Partien noch Rot und Grün. Der plastische Schmuck im zweigeschossigen Mittelbau ist unvorstellbar vielgestaltig. Am auffälligsten sind die Tierfriese mit Drachen und Löwen. Ich sage euch, es ist überwältigend! Ein Bauwerk, so recht geeignet, die Pracht und Macht eines Herrschers zu verdeutlichen! Hinter dem Sonnenlichttor liegen dann die Gebäude des Toshugu-Heiligtums, wo in der Haupthalle die Seele Ieyasus geehrt wird. Die Wandflächen sind gegliedert in Bildfelder voller Tiere und Pflanzen auf goldenem Grund."
Überwältigt bricht Yusen ab und sieht von einem Schüler zum anderen. Begreifen sie wirklich die volle Bedeutung ihres Auftrags? Er atmet tief durch.

„Ich sage euch, hier werdet ihr begreifen, in welcher Tradition ihr steht. Hier wird Geschichte lebendig. Mit einem Gefolge von allein eintausend Mann Fußvolk sind die Überreste Ieyasus vom Suruga-Berg nach Nikko gebracht worden. Generationen ist das her, aber noch heute trägt der herrschende Shogun den Namen der Tokugawa-Dynastie. Nicht nur der Gründer Ieyasu ruht dort. Auch Iyemitsu, dem Herrscher der dritten Generation, wurden ein Mausoleum und eine Gedächtnissäule errichtet. Das läßt sich aber alles nicht mit Worten wiedergeben, ihr werdet es ja selbst sehen!" Respektvoll hören die Schüler zu. Daß sie die Ehre genießen, dem Hofmaler des Shogun zu dienen, war ihnen schon immer bewußt. Dieser Auftrag aber scheint an Bedeutung die bisherigen zu übertreffen.

Yusen geht zum sachlichen Teil über, berechnet Wandflächen, überschlägt, wieviel Töpfe Farbe gebraucht werden, wieviel Gold, wieviel Pinsel, teilt ein, in welchen Gruppen die Schüler zusammenarbeiten sollen, und erläutert Einzelaufgaben.

Pakete werden gepackt und regensicher verschnürt, alle Ausrüstungen, von den Trägern bis zur eigenen Reisebekleidung, genau geplant, bis endlich der Tag des Aufbruchs gekommen ist.

Vor Reisefieber schlafen alle unruhig. Eigentlich dürfte nichts mehr schiefgehen. Versäumt haben sie nichts. Nicht den obligatorischen Tempelbesuch mit der Bitte um glückliche Reise und Heimkehr, nicht den Abschiedsschmaus mit Entgegennahme von Reisegeschenken. Und ein Amulett trägt auch jeder bei sich. Trotzdem! Eine Reise bleibt ein Wagnis. Erdbeben können kommen, Stürme und Unwetter, Epidemien und Straßenräuber. Nur nicht daran denken! Am Morgen betrachten sie sich dennoch munter in ihren Nofus, den sackleinenen Reisekleidern. Sie bestehen aus Hosen, kurzem Oberkleid, hinten geschlitztem Mantel, Strohhut, Gamaschen und Strohschuhen.

„Gutes Omen! Die Sonne bricht durch!"

Alle stürzen vor die Tür. „Wirklich!"

Yusen läßt sich in einer Sänfte tragen, wie es seiner Stellung zukommt. Für Geleitschutz ist auch gesorgt. Die Schüler gehen zu Fuß. Bald liegt Edo hinter ihnen.

Endlich wieder in freier Natur! Zwischen Reisfeldern und Baumriesen, an Flußläufen und Teichen!

Mugura, der den Namen Gummatei längst abgelegt hat, atmet auf. Hier ist Leben, wahres Leben. Nicht zugespitzt und überhöht wie in den Schauspielen, nicht stilisiert und mit Goldstaub überpudert wie in der Kunst, die der Verherrlichung des Shogun dient, der Kunst, der auch er seit Jahren dient. Zu lange schon!

Wie mag dieses Nikko aussehen, auf das er zuwandert? Noch klingen ihm die

Hymnen seines Lehrers im Ohr. Wird es nicht eine Ansammlung protziger, aufwendiger Bauten sein, ganz darauf angelegt, im wahrsten Sinne des Wortes zu blenden? Ist es wirklich so ehrenvoll, daran mitzuwirken?
Die Kunst charakterisiert den Herrscher, in dessen Auftrag sie entsteht. Die Kunst der Shogune ist wehrhaft, trutzig, protzig. Sie soll unermeßlichen Reichtum verkörpern und militärisch gestützte Macht. Achtzigtausend Samurai mit ihren Gefolgsleuten sollen dem Shogun unterstehen. Der Sei-i-dai Shogun – der die Barbaren unterwerfende General – ist der wahre Herrscher über Japan, der Kaiser in Kyoto fast vergessen. Nur formell gibt es ihn noch. Es war nicht schwer, das Volk glauben zu machen, es gäbe zwei Kaiser, einen – den Shogun – für die weltlichen Belange und den andern – den Mikado – für die geistlichen Dinge. Dazu paßt, daß die Bauten des Kaisers einfach sind, auf den einheimischen Traditionen der Shintoschreine aufbauend, schlicht, kultiviert und vergeistigt. Helfe ich nicht mit, diesen unermeßlichen Machtanspruch des Shogun zu verherrlichen, während eine Hungersnot die andere jagt, und Bauern vor Verzweiflung die Häuser der Daimyos anzünden? Mugura ist auf einmal voller Zweifel. Dieses Nikko, ist es wirklich so wunderbar?
Gut, daß so vieles vom Grübeln ablenkt! Ständig hat Mugura Skizzenblock und Zeichenpinsel griffbereit. Nichts entgeht ihm. Jeden Entgegenkommenden faßt er ins Auge, merkt sich auffällige Besonderheiten, vortretende Schädelknochen, Jochbeine, Narben, den unterschiedlichen Körperbau bei Dicken und Dünnen, wie die Muskeln bei der Anspannung hervortreten und die Gelenke sich bewegen. Alles notiert er. Auch die Bewegungsarten, die plump, kantig, elastisch, graziös, schnell oder langsam sein können. Gut, daß es so oft zu Stockungen kommt! Wenn etwa eine Ladung auf einem Packtier verrutscht, wenn ein Pferd einen Strohschuh verliert, wenn Händler Arzneien, Eßbares oder andere Ware feilbieten.
Am lebhaftesten aber geht es vor den Gasthäusern zu. Hier suchen Kurtisanen recht handgreiflich Kundschaft ins Haus zu ziehen, hier bieten Jongleure und Tierbändiger ihre Künste dar, hier drängt die Menge zu den unterschiedlichen Verkaufsständen; und hier zeigen sich Yusens Schüler gegenseitig ihre Skizzen.
„Was, den komischen Heiligen hast du nicht gesehen?"
„Und du etwa nicht diesen Alten mit dem Ziegenbart?"
Es scheint, als ob sie alle nur Karikaturen von Menschen begegnet wären. Yusen mischt sich nicht ein. Sollen sie ihren Spaß haben!
In der Schenke von Utsunomiya aber zeichnet Yusen das Bild eines Kindes, das sich auf die Zehenspitzen reckt, um eine Persimone vom Strauch zu pflücken. Ehrfurchtsvoll verfolgen die Schüler jeden Strich. Als das Bild fertig ist, drücken alle ihre Bewunderung aus. Nur einer nicht, Mugura.

Es fällt auf. „Hast du keine Meinung dazu?"
„Doch. Aber vielleicht nicht die richtige."
„Um das zu entscheiden, müßtest du sie erstmal äußern!"
Mugura läßt sich herausfordern: „Sicher, die Zeichnung ist gut. Aber – die Hauptsache bringt sie nicht zum Ausdruck."
Entrüstetes Gemurmel erhebt sich. Wie kann er es nur wagen! „Und was wäre deiner Meinung nach die Hauptsache?"
„Die Hauptsache ist doch, daß das Kind trotz seines Sichausreckens die Persimone nicht erreicht."
Mugura merkt nicht, welch finsteres Schweigen ihn umgibt. Zu beschäftigt ist er, auf seinem Skizzenblock einen Gegenentwurf zu machen. Weit aber kommt er damit nicht.
„Laß das!" herrscht Yusen ihn an, „mich mußt du nicht belehren!"
Mugura blickt auf. Ihre Blicke treffen sich, bohren sich ineinander. Feindlich.
Mugura begreift.
„Dann alles Gute!"
Einen kurzen Augenblick noch zögert er. Als keine Zurücknahme erfolgt, greift er nach seinen Sachen und geht. Kein Nikko also, zurück nach Edo.
Erst allmählich wird ihm bewußt, was vorgefallen ist. Wieder hat er gegen ein ehernes Gesetz der Macht verstoßen, das da lautet: kritisiere nie deinen Vorgesetzten!
Für einen Augenblick fühlt er sich wieder in jenem Holzstall, in dem er sich vor Shunsho versteckte, fühlt die gleiche Übelkeit in sich aufsteigen.
Wie hatte doch Shunsho am Begrüßungsabend so feierlich gesagt? Künstler sein heißt, das Wesen in jeder Erscheinung erkennen, die Pflanze als etwas Gewachsenes, die Blüte als etwas Vergängliches ... Gut gesagt, aber beherzigt hat er diese Maxime nicht! So wenig wie Yusen. Weil sie sich alle bereitwillig Scheuklappen aufsetzen. Scheuklappen, die nur eine Blickrichtung gestatten: die der Schultradition. Den Pferden setzt man Scheuklappen auf, damit sie den seitlichen Abgrund nicht sehen, den Menschen in diesem Fall aber, um ihnen den Blick auf das Wirkliche und Wahrhaftige zu nehmen, um das es einem Künstler doch eigentlich geht oder zumindest gehen sollte.
Mugura schlendert langsam. Möglich, daß ihm jetzt manche skurrile Gestalt entgeht und manche Situationskomik. Das ist jetzt alles nicht mehr wichtig.
Die Nebelschleier über den Wäldern tauchen die Ferne in jenes lichte Hellblau, das unbestimmbare Sehnsüchte weckt. Fast schwarz steht eine Kiefer im Vordergrund dagegen. Mugura muß auf den Weg achten, es geht schroff abwärts. Seine Gedanken aber kreisen weiter um das Geschehene.
Was hätte ich sonst tun sollen? Mitheucheln und mitloben, wider bessere Einsicht? Kaum! Das war nicht zu verlangen. Es wäre Selbstverleugnung.

Plötzlich lacht er auf. Geht es nicht den Bühnenhelden auch so, daß sie in Konflikt geraten zwischen der Norm und dem eigenen Fühlen? Vielleicht ist es unvermeidbar.
Nikko also bleibt ein Traum. Über die Schlangenbrücke des Daiya-Flusses werde ich nicht gehen, mit Sicherheit aber über andere Brücken. Vielleicht sogar zum Shogun persönlich. Sehen möchte ich ihn ja doch einmal von Angesicht zu Angesicht.

7

Feierabend. Der Kunsthändler verriegelt seine Tür und tritt heraus in die schon frühsommerlich warme Abendluft. Ziellos streift er umher. Plötzlich zieht eine Ansammlung von Kindern seine Aufmerksamkeit an. Welch hübsches Bild: Auf der Schwelle hockt ein Erwachsener und um ihn herum, dicht gedrängt, Kinder. Fasziniert verfolgen sie sein Tun. Der Mann bemalt einen Drachen, einen Drachen in Karpfenform. Unheimlich flink ist er. Schuppe reiht sich an Schuppe, schon kommt der Kopf, Maul, Augen.
Der Kunsthändler geht von der Seite her auf die Gruppe zu. Er will nicht stören, aber wo Kunst entsteht, kann er nicht vorbeigehen. Und dies ist Kunst! Im Näherkommen erkennt er den Mann. Natürlich, das ist doch der Schüler Shunshos, der ihm die Werbefahne gemalt hatte! Die Fahne, die Shunko zerrissen hat! So ein Zufall! Der Kunsthändler bleibt stumm und aufmerksam stehen.
„Du mußt noch die Geschichte von den Wolfswimpern weitererzählen", mahnt ein kleines Mädchen dicht neben dem Maler, „und meine Puppe hat ihr Gesicht verloren." Alle lachen.
„Wenn ein verlorenes Gesicht mit Farbe wiederherzustellen ist, geht es noch immer." Der Maler gibt den Karpfendrachen an den Jungen zurück und nimmt dem Mädchen die Puppe ab. „Zeig mal her!" Ein paar Striche. Es geht blitzschnell.
„Wie weit war ich denn mit der Geschichte?" Alle möchten zugleich antworten, aber das Mädchen reckt sich hoch.
„Akiko war von der bösen Stiefmutter und dem herzlosen Vater verstoßen worden und in den dunklen Wald gegangen zu den Wölfen."
„Richtig!" der Maler räuspert sich und erzählt mit veränderter Stimme:
„Sie sah den Wolf zwar furchtsam an, sagte aber: ‚Friß mich auf, Wolf. Mich erwartet auf der Welt nichts Gutes mehr!'

Der Wolf duckte sich, blinzelte und sah Akiko scharf an. Dann setzte er sich auf die Hinterläufe und sagte unerwartet freundlich: ‚Nein, dich fresse ich nicht. Ich fresse keine Menschen, die anständig sind. Und du bist ein Mensch, wie er sein soll. Dein Unglück kommt nur daher, weil du zu vertrauensselig bist und die guten Menschen nicht von den schlechten zu unterscheiden vermagst. Aber ich will dir helfen!'
Darauf zupfte der Wolf sich vorsichtig zwei Wimpern aus und reichte sie Akiko. ‚Wenn du wissen willst, was für einen Menschen du vor dir hast, so halte diese beiden Wimpern vor deine Augen und sieh ihn dir genau an. Nur dem kannst du trauen, der sich dann nicht verändert.'
Überrascht dankte Akiko dem Wolf und kehrte um. Vor lauter Verwunderung hatte sie Hunger und Kälte vergessen. Bald fand sie aus dem Wald heraus und kam in ein Städtchen. Sie stellte sich an eine Wegkreuzung. Um sie wogte die Menschenmenge. Einige trugen Körbe oder Reisigbündel auf dem Rücken. Die einen führten Pferde zum Markt, andere wieder schleppten Einkäufe nach Hause. Und wie viele geputzte Frauen und würdige Männer kamen vorbei! Alle sahen ordentlich und ehrlich aus. Weshalb sollte sie diesen Menschen nicht vertrauen? Sie beschloß, das Mittel des Wolfs auszuprobieren, hielt sich die Wimpern vor die Augen und betrachtete den Trubel.
Oh, wie veränderten sich auf einmal die würdig und ehrlich dreinschauenden Städter! Zum Beispiel die ehrwürdige Matrone, die dort in schwere Seide gekleidet einherschritt, umgeben von Dienerinnen und Kinderfrau: Plötzlich hat sie über dem Seidenkimono einen Hühnerkopf, der hungrig nach allen Seiten pickt."
Die Kinder lachen, und der Maler tuscht das Bild, das er erzählt, auf ein Blatt Papier. Die Kinder recken sich die Hälse aus.
„Und die Dienerinnen sind lauter Mäuse und Hennen. Ein hoher Beamter hat plötzlich einen Schweinekopf, ein Kaufmann den eines Fuchses, aus dem die schlauen Äuglein flink nach allen Seiten blicken. Überall Tierköpfe!
Akiko fand das gar nicht lustig. Im Gegenteil, sie wurde ganz traurig. ‚Lebt denn in der ganzen Stadt kein einziger wirklicher Mensch?' fragte sie. Doch da kam ein Köhler in ärmlicher Kleidung ..." Ja, und ihm zeichnet der Maler den einzigen Menschenkopf.
„Kannst du uns nicht auch mal zwei Wolfswimpern besorgen?" fragt ein größerer Junge, „das wäre doch was, Menschen mit Tierköpfen sehen!"
„Dann müßte ich erst einmal einen Wolf erlegen. Er wird mir kaum freiwillig zwei Wimpern geben."
„Du machst das schon! Alle sagen, du seist ein Hexenmeister. Du würdest das Unmöglichste schaffen, wenn du nur willst."
Der Maler lacht gutgelaunt und entdeckt den Kunsthändler.

„Oh, Kinder, ich habe Besuch bekommen. Jetzt aber ab nach Haus mit euch!"
„Und die Geschichte?"
„Die läuft nicht weg. Tominosuke sagt euch Bescheid, wenn sie weitergeht."
„Sayonara!"
„Sayonara!"
Die Kinder sind davongestoben. Der Maler wendet sich dem Kunsthändler zu.
„Das nenne ich eine Überraschung!"
„Die ist ganz auf meiner Seite! Hier wohnt Ihr jetzt?"
Der Maler bittet den Gast ins Haus. Die Frau kniet nieder, bis die Stirn die Erde berührt, und murmelt Begrüßungsformeln.
„Dies also ist meine Frau, dies Tominosuke, mein Ältester, hier Omiyo, die älteste Tochter, und das Baby ist Otetsu, die jüngste Tochter."
„Und welchen Namen tragt Ihr jetzt?"
„Nicht mehr Shunro, nicht Mugura, nennt mich Gummatei. Ich hatte mich vorübergehend von diesem Namen getrennt. Aber jetzt gefällt er mir wieder. Ich bin und bleibe wohl ein Außenseiter."
Der Kunsthändler setzt sich auf das angebotene Kissen.
„Ihr habt Euch wenig verändert. Trotz des häufigen Namenwechsels."
„Hoffentlich!"
„Ja, Ihr seid einer der wenigen Menschen, die ich kenne, die man durch die Wolfswimpern betrachten könnte."
Gummatei verneigt sich. „Danke. Welch großes Kompliment!"
„Ich meine es ehrlich."
Gummatei läßt Sake kommen. „Trinken wir auf das unverhoffte Wiedersehen!"
„Gehört Euch das Haus?"
„Ich konnte mir die Werkstatt mieten, nachdem mir die Festfahne für die Knabenmaifeier vor einem Jahr recht gut bezahlt wurde."
„Und woran arbeitet Ihr, wenn Ihr nicht gerade Drachen und Puppen bemalt?"
„Eine schwierigere Frage wißt Ihr wohl nicht?" Gummatei lacht. „Es gibt fast nichts, was ich nicht male."
„Warum habt Ihr Euch so lange nicht bei mir sehen lassen?"
„Ich konnte nicht wissen, ob Ihr einen ‚Verräter an der Kunst' noch hereinlaßt."
„Kennt Ihr mich so schlecht?" Der Kunsthändler schweigt gekränkt.
„Verzeiht! Ein Verfemter zieht Unheil an, sagt man."
Der Kunsthändler dreht gedankenvoll die kleine Sakeschale in den Händen.

„Ein bißchen habe ich Euern Weg verfolgt. Ihr wart keineswegs immer verfemt."
„Nein. Aber von dem Krach mit Yusen habt Ihr dann sicher auch gehört."
„Ich denke mir, Ihr habt es auf diesen Krach ankommen lassen, weil Ihr von der Kano-Schule ebensowenig lernen konntet wie von der Katsukawa-Schule. Ihr wolltet davon frei sein."
„Vielleicht. Vielleicht bin ich ein zu gelehriger Schüler. Auch durch die Torin- und Sumiyoshi-Schule konnte ich nichts Wesentliches dazulernen. Ich weiß nicht warum, aber ich scheue mich vor jeder Art von Einseitigkeit."
„Das widerspricht zwar den Normen, aber Eure Begabung ist so vielseitig, daß die üblichen Normen auch für Euch nicht anwendbar sind."
„Urteilt nicht voreilig! Seht Euch erstmal in meiner Werkstatt um!"
Gummatei geht voraus, um den Weg freizuräumen. Ordnung war nie seine starke Seite. Dann breitet er bereitwillig alles vor dem Kunsthändler aus: Rollbilder, Glückwunschbilder, Einladungskarten, Dämonenbilder, Freudenhausszenen, Tiere, Pflanzen, Holzfäller, Schausteller ... eine ganze Welt.
Der Kunsthändler betrachtet alles, rollt die Bilder auf und wieder zusammen. Welche Kraft hinter allem steckt! Welche Kraft der Phantasie! Dieser Mann wirft alle bisherigen Maßstäbe über den Haufen. Der Vergleich, daß er aus allen Blüten Honig sauge, ist gar nicht so schlecht gewesen. Und was für einen Honig weiß er herzustellen! Es geht fast über das Begriffsvermögen selbst eines Kunsthändlers, der sich für alle Stilrichtungen offen hält.
Gummatei deutet sein Schweigen falsch. „Das meiste sind Skizzen. Vielleicht hätte ich sie gar nicht aufheben sollen. Vieles verschenk ich auch in der Nachbarschaft."
Der Kunsthändler sieht erstaunt auf. „Habe ich Eure Arbeit etwa herabgesetzt?"
„Nein. Aber Ihr sagt nichts."
„Weil ich beeindruckt bin. Sehr beeindruckt. Wirklich!"
„Aber dreh ich mich denn nicht im Kreis? Was nützt es, daß ich alle Techniken beherrsche, alle Themen aus dem Handgelenk schütteln kann. Es muß doch weitergehen, nur weiß ich im Augenblick nicht, wie. Mit der chinesischen Tuschmalerei hab ich mich auch befaßt. Was bleibt mir noch?"
Der Kunsthändler grübelt lange. Er läßt sich Zeit. Doch dann leuchten seine Augen auf. „Ich hab es! Einen weiß ich, der Euch noch etwas beibringen könnte: Shiba Kokan."
Gummatei horcht auf. „Shiba Kokan sagt Ihr? Wer ist das?"
„Ein Künstler, der in Nagasaki war. Er hat das holländische Kupferstechen gelernt und die europäische Perspektive. Er malt auch in Öl."
„Das hört sich gut an. Aber wo finde ich ihn?"

„Er ist unterwegs. Ich werde ihm schreiben, ihn einladen. Er wollte schon lange mal zu mir kommen."
„Dann schreibt ihm sobald wie möglich! Schreibt ihm, hier gäbe es einen aufs Malen und Zeichnen Versessenen, der begierig darauf ist, ihm alle Schliche abzugucken."
„Genau das werde ich tun. Und ich wette, er wird dem Ruf folgen."
„Großartig wäre das!"
Inzwischen ist es dunkel geworden. Ein sternklarer Himmel leuchtet ihnen auf der Schwelle entgegen. Unwillkürlich sehen beide hoch. „Seht Ihr das Sternbild dort? Es ist der Kleine Bär. Der helle Stern dort heißt nach dem Gott Hokushin Myoken. Sobald ich von mir sagen kann, daß ich mich von allen Lehrern unabhängig fühle und ganz ich selbst bin, werde ich mir einen dauerhaften Namen zulegen, einen, den ich von diesem Hokushin ableiten werde. Schon immer hatte ich diesen heimlichen Gedanken. Vielleicht bringt Euer Shiba Kokan mich diesem Namen näher. Ich hoffe es. Und vielen Dank!"
Noch lange sitzt Gummatei allein in seiner Werkstatt und träumt von dem neuen Weg, der ihm da gezeigt wurde.

8

„Und ich sage dir, den Ukiyo-e, den ‚Bildern von der fließenden, vergänglichen Welt' gehört die Zukunft. Es war vernünftig von dir, dich der Schule des Tamaro Sori anzunähern."
Sori, der sich vor kurzem noch Gummatei nannte, nickt.
„Eigentlich warte ich brennend darauf, daß Shiba Kokan kommt. Aber das kann dauern. Und was er mir beibringen kann, will ich in den Landschaften und in den Ukiyo-e anwenden. Sicher nutze ich die Zeit so am besten. Da gebe ich dir recht, Bakin, und es freut mich, daß wir hier so ganz eines Sinnes sind."
Sori übertreibt nicht. Hier, in der Runde der Kyokadichter, fühlt er sich wohl.
„Wir hätten uns keinen besseren Illustrator wünschen können", mischt sich jetzt auch Kyoden ins Gespräch, „zumal es einer ist, der sich nicht nur mit dem Malpinsel, sondern ebenso mit dem Schreibpinsel auskennt, der selber Schriftsteller ist."
Sori verneigt sich leicht.
„Warnen muß ich dich trotzdem. Und zwar aus bitterer Erfahrung. Treib es

nicht zu weit mit deinen Belustigungen über Daimyos und Samurais. Du findest dadurch zwar viel Wohlwollen beim Volk, aber die Obrigkeit versteht keinen Spaß." Kyoden wird sehr ernst. „Du weißt, mich haben sie fünfzig Tage in Ketten gelegt, weil ich die verkommenen Sitten in Edo als Ergebnis der Regentschaft des Shoguns hingestellt habe. Das sind fünfzig Tage und vor allem fünfzig Nächte, die ich mein Lebtag nicht vergessen werde und die ich niemandem gönne. Bei allem Zorn, der mich vor der völligen Verzweiflung bewahrte, man soll sich das nicht so einfach vorstellen!"
„Sicher. Aber es ist nicht immer leicht, den möglichen Spielraum richtig einzuschätzen, der einem bleibt. Ich habe ja auch so eine Begabung, überall anzuecken."
„Solange es bei den niedrigeren Chargen ist, kannst du dir das leisten. Aber nicht, wo es um die Allmacht geht."
Sori schweigt. Nie kam ihm der Gedanke, daß seine Bilder solch Gewicht haben könnten, daß sie den Zorn des Shogun oder seiner Leute herausfordern. Ist dieser Gedanke nicht sehr abwegig? „Nein", sagt er laut, „so wichtig werde ich niemals sein, daß der Shogun sich mit mir befassen wird. Weder im Guten noch im Bösen."
„Du solltest dein Talent nicht zu gering schätzen und die Willkür der Mächtigen nicht zu begrenzt!" Kyodens Stirn beginnt sich zu röten. „Glaubst du etwa, ich hätte im entferntesten daran gedacht, daß meine Bemerkung solche Folgen haben könnte? Sogar Veröffentlichungsverbot! Dabei muß doch jeder vernünftige Mensch zugeben, daß etwas faul ist, wenn der Hauptschauplatz aller Literatur im Yoshiwara, im Freudenviertel, angesiedelt ist. Denken mögen das viele, aber aussprechen darf man es nicht. Luxus und Müßiggang des Adels müßten doch Aufstände unter den Armen hervorrufen. Muß die Kunst solche Zustände noch verherrlichen?"
Sori kommt die Frage bekannt vor. Hat er sie sich nicht auch gestellt, auf dem Weg nach Nikko? Und hat er sie nicht ebenso für sich beantwortet wie Kyoden?
Sicher, von etwas muß man leben. Und man kann es nur bekommen von denen, die Geld haben, es dafür erübrigen. Der Spielraum bleibt eng.
„Ja, Kyoden, unter dem neuen Shogun soll doch ein bißchen mehr Sittenstrenge eingezogen sein."
„Das ändert nichts am Grundsätzlichen."
Sori rückt unbewußt eine Handbreit näher an Kyoden heran. „Wozu diese ernsten Grundsatzfragen an diesem schönen Abend?"
„Ganz einfach. Ich sehe in dir ein Spiegelbild meines Selbst. Was ich gestern an Unbedachtsamkeit begangen habe, kannst du morgen begehen. Ich muß dich einfach warnen. Ich halte es für meine Pflicht. Gerade deshalb, weil ich

dich mag. Du kannst etwas und wirst es noch weit bringen. Ich würde gern dein Biograph sein."

Sori lacht. „Vom Ruhm bin ich noch weit entfernt. Wer würde sich wohl für mein Leben interessieren?"

Kyoden schlürft den Tee so langsam, daß der Adamsapfel ungebührlich weit herausragt. „Warum verstellst du dich, Sori! Du glaubst an dein Talent und deine Zukunft wie ich. Du hättest kaum soviel Demütigung in Kauf genommen und an deinen Plänen und Zielen festgehalten, wenn du nicht so voller Besessenheit wärst."

„Vielleicht ist nur mein Widerspruchsgeist sehr ausgeprägt. Wenn Shunko mich nicht so beleidigt hätte und Yusen mich nicht verstoßen, wäre mein Ehrgeiz nicht derart angestachelt worden."

„Vertagt eure Dialoge auf ein anderes Mal!" Bakin reißt das Gespräch an sich. „Sori, sag mir lieber mal, wo das Geld geblieben ist, das ich dir neulich gegeben habe. Du wolltest zum Allerseelentag das Grab deiner Mutter versorgen. Aber wie ich feststellen mußte, war das Grab deiner Mutter kahl. Keine Blumen, kein Obst, keine Süßigkeiten, nichts!"

Sori nestelt etwas verlegen an seinem Ärmel. „Stimmt. Ich habe es nicht für den Zweck verwendet, für den ich es erbeten hatte."

„Sondern?"

„Ich habe dafür gut gegessen und getrunken."

„Schämst du dich nicht! Was soll deine Mutter von dir denken!"

Sori lächelt entschuldigend. „Ach, ich dachte, für eine Mutter kann es keine größere Freude geben, als ihren Sohn gesund und kräftig zu sehen. Hätte ich schwach und mit knurrendem Magen zu ihr gehen sollen?"

Die anderen lachen verblüfft. „Du bist ein Fuchs, Sori. Was glaubst du wohl, wieviel Besucher auf den Friedhöfen sich die Spenden für die Toten vom Munde absparen!"

Sori zuckt die Schultern. „Aber habt ihr jemals gesehen, daß die Speisen von jemand anderem als den Krähen und Ameisen verzehrt wurden?"

„Ja, zweifelst du etwa an der Seelenwanderung?"

„Ich weiß nicht so recht. Natürlich fühle ich mich verbunden mit allem, was die Erde trägt. Natürlich fühle ich mich als Bruder aller Tiere, Pflanzen und toten Dinge. Aber Gewissensbisse habe ich wegen der versäumten Opfergabe trotzdem nicht."

Nun aber erhebt sich doch entrüstetes Murmeln. Selbst Kyoden sieht ihn ungläubig an. „Wie? Du stellst in Frage, was unsere Urahnen seit tausend Jahren für richtig befanden?"

„Nicht alles. Aber können nicht auch Irrtümer tausend Jahre alt werden, wenn sie ehrfurchtsvoll gepflegt werden?"

„Sori! Wir sind hier zwar alle mehr oder weniger Freigeister, aber scheinbar bist du der schlimmste. So weit kann man doch nicht gehen!"
„Schließlich kam der Buddhismus ja damals von außen in unser Land. Über das Meer. Ihr kennt die Geschichte von dem Missionar, der immer wieder Schiffbruch erlitt und blind war, als er nach vielen Jahren schließlich die Küste erreichte. Wenn ihr euch heute über meine Zweifel aufregt, wie müssen die Menschen sich dann damals erst aufgeregt haben, als sie sich an so neue Weisheiten gewöhnen sollten!"
„Das mag alles sein. Aber in unserm heutigen Volksglauben mischt sich doch beides. Die Toten sind schon immer als Beschützer der Lebenden angesehen worden. Deshalb muß man sich mit ihnen gutstellen. Wie kannst du so ohne Ehrfurcht vor deiner Mutter leben!"
Sori hebt beschwichtigend die Hände. „Aber Freunde! Mir fehlt es gewiß nicht an Ehrerbietung meiner Mutter gegenüber. Aber soll ich hungern nur um eines alten Brauches willen, an dessen Sinn ihr doch – seid mal ehrlich! – auch nicht mehr glaubt?"
Das Gemurmel schwillt an. Hier wagt es jemand, an Grundfesten zu rütteln.
„Jetzt begreife ich auch", sagt Bakin scharf, „weshalb du so versessen darauf bist, diesen Maler kennenzulernen, der von den Methoden der Rotschöpfe so angetan ist. Was sagtest du doch? Er malt in Öl und sticht in Kupfer? Was soll das? Vergiß deine Herkunft und deine Grenzen nicht!"
Sori läßt die Empörung verebben. Dann erst setzt er ruhig zur Erwiderung an. „Meine Herkunft werde ich nicht vergessen. Weder meine Herkunft als Japaner, noch meine Herkunft aus dem Handwerkerviertel. Das dürft ihr mir glauben. Aber meine geistigen Grenzen möchte ich möglichst weit abstecken, weltweit wenn möglich. Wie heißt doch das alte Sprichwort: ‚Der Frosch im Brunnen ahnt nichts von der Weite des Meeres.' Ich möchte etwas von der Weite ahnen."
Die anderen sehen ihn an, als ob er eine fremde Sprache spräche.
„Gut. Japan ist abgeriegelt gegen die übrige Welt. Das war nicht immer so, und wird auch nicht immer so bleiben. Das einzige dünne Nadelöhr nach außen bleibt der Hafen von Nagasaki. Zwei Schiffe der Rotschöpfe – wie ihr sagt – sind erlaubt und einige chinesische. So befiehlt es der Shogun, gegen den ihr ja wohl sonst allerhand einzuwenden habt. Aber gerade weil es der Shogun gut findet, muß ich doch noch lange nicht zustimmen und sagen: die Welt außerhalb Japans geht mich nichts an!"
Die Runde schweigt. Kleinlaut. Eigentlich hat dieser Sori ja recht. Sie haben nur offenbar noch nicht so weit zu denken gewagt. Trotzdem, wenn ein Streitgespräch ausgebrochen ist, darf nicht so schnell Boden aufgegeben werden. Bakin unternimmt einen weiteren Vorstoß: „Wenn du uns schon mit Sprüchen

kommst, weiß ich einen, der mit Kyodens Warnungen zusammenpaßt: ‚Die Mahlsteine zerreiben denjenigen am stärksten, der sich gegen die Bewegungsrichtung stemmt und die Auseinandersetzung sucht!'"
Sori reckt sich erstaunt höher. „Wie? Höre ich richtig? Meine Streitbarkeit soll ich aufgeben? Dann weiß ich schon, welchen weisen Spruch ihr mir als nächstes aufsagen werdet: ‚Ein kluger Mann benimmt sich wie das Wasser, das sich der Form eines jeden Gefäßes anpaßt, in das man es gießt'!"
„Warum gleich so heftig! Natürlich muß jeder für sich entscheiden, wie er sich verhält. Aber Lehren sollte man bedenken", sucht Kyoden einzulenken.
„Was eigentlich erwartest du von diesem Maler?"
Sori dreht die kleine Sakeschale in den Händen. Die Frage kommt plötzlich. Wie sie mit einem Wort beantworten? Kann er das überhaupt?
Alle sehen ihn gespannt an. Sori schluckt. Die grünlichgelben Binsenfäden der Tatamimatte vor ihm verschwimmen. Wie soll er sich nur verständlich machen.
„Was ich erwarte? – Das, gerade das wird ja die Überraschung sein! Wenn ich das so genau wüßte, brauchte er gar nicht erst zu kommen."
„Wirst du dann auch in Öl malen und in Kupfer stechen?"
Darüber hat Sori wirklich noch nicht nachgedacht. Sie nehmen ihn heute aber auch aufs Korn! „Das glaub ich nicht. Ich bin nicht auf technische Neuerungen aus. In der Tuschzeichnung und im Holzschnitt liegen alle Möglichkeiten, die ich brauche. Aber diese Europäer haben einfach eine andere Art zu sehen. Eine andere auch als die Chinesen, denen wir manches abgeschaut haben. Ich habe so eine Ahnung, als ob diese Begegnung nötig wäre und mich weiterbringen könnte."
„Hast du denn eine Vorstellung, wie diese Art Kunst aussieht?"
„Ein bißchen. Der Kunsthändler, der Shiba Kokan kennt, hat ein paar Arbeiten von ihm. Ich hoffe, ich werde dann in die Lage versetzt, eure vorzüglichen Romane mit noch vorzüglicheren Bildern zu schmücken."
Damit hat er sie wieder auf seiner Seite. Sie fühlen sich geschmeichelt. Nur Bakin wirft ihm einen hochmütigen Blick zu. „Das hört sich fast so an, als ob deine Bilder wichtiger würden als unsere Texte."
„Wie könnten sie das?" Sori lächelt verbindlich. Der um sieben Jahre jüngere Bakin fühlt sich doch zu schnell in seiner Eitelkeit verletzt! Nein, so war das nun wirklich nicht gemeint!
Während Sori durch die helle Mondnacht nach Hause geht, entsteht ein Gedicht in ihm, das er trotz der späten Stunde noch niederschreibt, sonst wäre es für immer verloren und vergessen. Ist nicht auch ein Gedicht ein Bild oder Sinnbild der fließenden, vergänglichen Welt? Sori tritt noch einmal aus der Schiebetür heraus und blickt empor zu seinem Lieblingsstern. Er verheißt ihm neue Hoffnung.

9

Der denkwürdige Tag ist gekommen.
„Irasshaimasu!"
„Hajimemashite, dozo yoroshiku ..."
Nach den ersten Begrüßungsfloskeln sitzen sie sich stumm gegenüber. Unauffällig mustern sie sich gegenseitig. Sori sucht an seinem Gast nach Spuren jener anderen Welt, mit der er doch so enge Berührung hatte in Nagasaki. Aber Shiba Kokan hat nichts an sich, was als unjapanisch gelten könnte. Offenbar hat der Umgang mit den Europäern nicht verändert.
„Ich hoffe, Ihr hattet eine angenehme Reise!"
„Danke, ja. – Es ist schon ein besonderes Erlebnis, die berühmte Ostmeerstraße, die Tokaido, zu durchwandern. Kennt Ihr sie?"
Sori verneint.
„Dann kennt Ihr auch unsere ehrwürdige Kaiserstadt Kyoto nicht?" Sori muß auch das verneinen.
„Nach dem Inlandmeer brauche ich dann schon gar nicht zu fragen. Schade. Ihr solltet das alles gesehen haben!"
Shiba Kokan lächelt höflich, aber müde. Eigentlich lächelt nur der Mund, die Augen bleiben unbeteiligt. Sori besinnt sich auf seine Gastgeberpflichten.
„Hattet Ihr schon ein Bad?"
„Nein. Ich kam sofort zu Euch."
„Wäre Euch ein Goemon-buro recht?"
Shiba Kokan nickt zustimmend. Ein recht heißes Bad, benannt nach dem Räuber Goemon Ishikawa, den man einst in einem Kessel zu Tode kochte, wäre jetzt das Richtige.
Sori klatscht nach seiner Frau und gibt ihr die Anweisungen. Inzwischen schlürfen sie den bitteren grünen Tee, den Sori eigentlich nur aus Höflichkeit mittrinkt. Der Gast scheint nach der Reise wirklich sehr abgespannt zu sein und nur allmählich aufzutauen. Sori muß Geduld aufbringen. Immer noch dreht sich das Gespräch um alles andere als das, worauf er wartet. Wieviel früher die einzelnen Pflanzen im südwestlichen Kyushu-Gebiet blühen und wieviel wärmer das Klima dort ist als auf der Hauptinsel Honshu – all das wird lang und breit erörtert. Kein Wort über Kunst. Weder die Kunst Soris, Shiba Kokans noch die der Fremden.
Während der Gast das Bad nimmt, läßt Sori seine Schüler aussuchen, was die Werkstatt an eindrucksvollen Arbeiten zu bieten hat. Shiba Kokan soll Augen machen!
„Von allem etwas: große Gemälde und kleine Glückwunschkarten, Theater-

und Freudenhausszenen, Dämonen, buddhistische Götter, Straßenleben und Buchillustrationen – ihr wißt schon, was ich meine!"
Aufgeregt trifft Sori die Auswahl und breitet die Blätter auf den Tatamimatten aus.
Schließlich hat Shiba Kokan sein Bad beendet. Wesentlich munterer kommt er in den Wohnraum zurück. Und wirklich, was da ausgebreitet liegt, zieht seine Aufmerksamkeit magisch an. Lange betrachtet er die Blätter, ohne ein Wort zu sagen.
„Sind das alles Arbeiten von Euch?" fragt er mit ungläubigem Unterton.
Sori nickt. „Gewiß!"
„Das ist erstaunlich!"
„Was?"
„Die Vielfalt! In Euch stecken Legionen von Malern! Unglaublich ist das!"
Sori lächelt stolz. Die Überraschung ist ihm also gelungen. Aber sind die Lobesworte nicht zu hoch gegriffen! Er sucht zu erklären: „Die Bedingungen sind im Augenblick für mich sehr günstig. Tawaraya Sori ist gestorben. Mich hatte er vorher gebeten, in dem Fall die Werkstatt zu übernehmen, wenigstens erstmal für die nächste Zeit. Utamaro läßt nach. Er hat seine große Zeit hinter sich. Und Sharaku – dieser vorzügliche Schauspielerporträtist – ist ebenso mysteriös verschwunden, wie er ein Jahr zuvor aufgetaucht war. Also kommen die Aufträge, die sich sonst verteilten, alle auf mich zu. Als Sori II. habe ich die Schule des Tawaraya Sori fortzuführen, habe die Bedürfnisse nach der Betrachtung von Frauenschönheiten im Utamaro-Stil zu decken, und auch die Theaterszenen, die sonst bei Toshusai Sharaku bestellt wurden, erwartet man von mir."
Shiba Kokan hat sich noch nicht wieder hingesetzt. Immer noch wandert er zwischen den ausgelegten Arbeiten umher.
„Der Kunsthändler hat wahrhaftig nicht übertrieben. Etwas wie hier ist mir noch nicht begegnet!"
Sori zuckt die Schulter. „Wie gesagt, ich versuche, entstandene Lücken zu füllen. Im Augenblick kann ich nicht klagen. Aber das war nicht immer so, und das wird auch nicht so bleiben. Auf die Dauer wäre das nichts für mich, eine so große Werkstatt zu leiten. Ich bin nun mal eine unstete Natur."
Shiba Kokan beobachtet seinen Gastgeber mit unverhohlener Bewunderung.
„Was – in aller Welt – soll ich Euch noch beibringen?"
„Eben das, was in aller Welt – ausgenommen Japan – anders ist!"
Shiba Kokan setzt sich. „Gut. Deshalb kam ich ja her. Aber ich kann mir beim besten Willen nicht vorstellen, was an Euren Arbeiten noch besser werden könnte."
„Ich bin sehr gespannt, was Ihr im Reisegepäck habt."

Shiba Kokan ziert sich. „Erwartet nicht zuviel. Was ich im Gepäck habe, hält den Vergleich mit dem hier niemals stand!"
„Spannt mich nicht so auf die Folter! Wir wollen doch keine Zensuren verteilen."
Es dauert eine Weile, bis Shiba Kokan bereit ist, sein Reisegepäck zu öffnen. Nur einige Proben sind darin. Mehrere Lasttiere hätte er sich auf dem weiten Weg nicht leisten können. Zunächst greift er nach dem Ölbild.
Sori nimmt es ihm ab und geht damit ans Licht. Wirklich, gemalt haben möchte er es nicht. Es geht keine Kraft davon aus, nichts, was das Herz anrührt. Aber es steckt etwas darin, was anders ist, anders als gewohnt. Sori sucht zu ergründen, worin dieses Andere besteht. Die dick aufgetragene Farbe kann es nicht sein. Der Bildausschnitt? Vielleicht. Aber nein, entscheidend ist, wie die Linien in der Ferne verlaufen. Da ist eine Tiefe, ein Raum, als wäre die bemalte Schicht keine Fläche.
„Wie erreicht Ihr das?"
„Was, bitte?"
Sori besinnt sich, daß Kokan ja schlecht seine Gedanken erraten kann. „Entschuldigung! Ich meine, diesen Eindruck von Raum und Raumschichten. Bei uns bleibt doch alles in der Fläche." Shiba Kokan versteht. „Ihr meint das, was die Europäer die Perspektive nennen. Das Prinzip ist ganz einfach. Denkt Euch einen Glaswürfel. Beobachtet, wie die Kanten sich nach hinten verkürzen. Diese Linien verlängert, treffen sich in einem Punkt."
Sori stutzt. „Das kann ich mir beim besten Willen nicht vorstellen."
„Wir werden uns einen Würfel bauen. Es ist wirklich lächerlich einfach. Und wenn Ihr es erst begriffen habt, könnt Ihr die Gegenstände, die Straßen, die Häuser gar nicht mehr anders sehen."
In den nächsten Wochen ist Sori wie behext von dieser Idee. Der Würfel steht ständig in seinem Blickfeld, solange er in der Werkstatt zu tun hat. Sobald er aber abkömmlich ist, geht er auf Streifzüge mit Shiba Kokan. Allmählich gewöhnt er sich an die neue Sehweise.
„Hundert Hände müßte man haben!" ruft er begeistert aus. „Ach, Kokan, was alles läßt sich damit anfangen! Landschaftsserien müßte man entwerfen! Flüsse, Brücken, Wasserfälle, Berge, Straßen – ich sehe das alles vor mir, lauter Uiki-e. Alles überstürzt sich in meinem Kopf. Was soll ich nur zuerst zeichnen!"
Shiba Kokan hat solchen Schüler noch nicht gehabt. Vieles, was ihm inzwischen längst geläufig war, wird ihm erst jetzt durch Sori bewußt.
„Ihr seid jung. Warum so ungeduldig? Der Hauptteil Eures Lebens liegt noch vor Euch. Und ich bin sicher: Die einmal Eure Hinterlassenschaft zu sichten haben, werden bestimmt sagen: Dieser Mann muß hundert Hände gehabt haben!"

„Hoffentlich! Manchmal fürchte ich, ich könnte nicht alt genug werden, um alles zu erreichen, was ein Mensch erreichen kann."
„Was zu erreichen Ihr in der Lage seid, meint Ihr. Ihr seid eine Ausnahme!"
Blitzschnell ist wieder eine Skizze fertig. Sori zeigt sie. „Richtig?"
„Goldrichtig!"
Shiba Kokan findet nichts mehr zu korrigieren, worüber er eigentlich etwas traurig ist. Es war eine schöne Zeit mit Sori. Seine Begeisterung, sein Elan und die Art, Eindrücke aufzunehmen und umzusetzen, werden ihm fehlen. Niemals wird er diese Wochen vergessen können! Aber sie haben ihm auch die eigene Begrenztheit gezeigt. Niemals – und wenn er über hundert Jahre alt würde – könnte er, Shiba Kokan, das leisten, was diesem Sori scheinbar mühelos aus dem Ärmel fällt. Das zu erleben, ist fesselnd und entmutigend zugleich.
So meint Shiba Kokan, es sei Zeit für den Abschied.
„Aber nein!" wehrt Sori ab, „Ihr könnt nicht so plötzlich wieder Eures Weges gehen! Ich habe bestimmt noch tausend Fragen an Euch! Eure Anwesenheit hier hat mich um Jahre weitergebracht. Ganz klar sehe ich jetzt meine Ziele vor mir. Die große Werkstatt muß ich aufgeben, weil ich Zeit brauche, viel Zeit."
„Sie bietet Euch und Eurer Familie aber sicheren Unterhalt, diese große Werkstatt."
„Auf Sicherheit habe ich nie gebaut. Vorwärts muß das Leben gehen, auf ein Ziel zu. Und das habt Ihr mir gezeigt."
„Ihr hattet es in Wahrheit schon in Euch, bevor ich kam."
„Vielleicht die Ahnung davon. Aber mehr nicht!"
Shiba Kokan beglückt dieser ehrliche Dank und die Gewißheit, hier Spuren zu hinterlassen.
Viel später, unterwegs auf der Tokaido, klingen in ihm alle diese Worte nach und stimmen ihn weich. Er ahnt nicht, was Sori ihm ins Gepäck geschmuggelt hat.

10

Hinter den gebirgigen Inseln, die der langgestreckten Bucht vorgelagert sind, geht die Sonne unter. Violettblau stehen die scharfen Konturen der Gebirgsketten gegen den orangeroten Himmel. Auf der leicht gekräuselten Meeresoberfläche spiegeln sich die prachtvollen Farben.

Jetzt, in diesem Augenblick der langen Schatten, zieht Stille ein. Selbst die Möwen, die mit langsam-schwerfälligem Flügelschlag ihren Schlafplätzen zueilen, scheinen ihr schrilles Geschrei zu dämpfen.
Unwillkürlich sieht Kapitän Isbert Hemmel vom Schachbrett auf und schickt seine Gedanken der untergehenden Sonne nach. Dort hinten, wo sie jetzt den Erdball mit ihren Strahlen trifft, dort hinten im Westen, viele Monate gefahrvoller Seereise entfernt, liegt Holland, seine Heimat. Heimat, ein Wort, das man besser nicht denken sollte!
Zusehends werden die violettblauen Konturen dunkler. Schnell fällt in Nippon die Dunkelheit herab, viel schneller als in Europa. Schon leuchten aus den umliegenden Tschunken die melonenförmigen Papierlaternen herüber. In einem Boot tanzen junge Mädchen in roten Kimonos mit sparsamen Bewegungen nach einer leisen Kotomusik. Eigentlich ist es mehr ein Wiegen, ein Sich-Neigen im gleichen Rhythmus, das an die Bewegung von Schilfhalmen erinnert.
Isbert Hemmel nimmt das alles nicht bewußt wahr. Das Naturschauspiel des Sonnenuntergangs, die romantische fremdartige Atmosphäre – alles hat für ihn längst seinen Reiz verloren. Er findet erst in die Gegenwart zurück, als der Maat eine Leuchte auf den Tisch stellt und sein Gegenüber ein schadenfrohes „Gardez Käptn!" ruft. Tatsächlich, die Partie steht schlecht, schlecht für den Kapitän. Verwirrt setzt er einen Läufer vor die Dame und übersieht dabei die Gefährdung seines Königs durch einen gegnerischen Springer. Spöttisch kassiert der Schiffsarzt den Läufer. „Schach!" Das Spiel ist nicht mehr zu retten.
Isbert Hemmel ärgert sich. Aber nicht darüber. Wenn doch nicht dieser Spott in den Augen des Gegenspielers wäre. Weiß Gott, manchmal ist dieser Arzt unausstehlich! Aber sie sind sich nun einmal ausgeliefert. Und letztlich ist das alles hier nicht auszustehen! Isbert Hemmel hat es satt, gute Miene zum bösen Spiel zu machen. Mit einer fast ungezogenen Armbewegung wischt er die restlichen Figuren vom Brett.
„Äh! Mehr Respekt! Die Figuren sind handgeschnitzt. Aus Elfenbein. Was ist plötzlich in Euch gefahren!"
Isbert Hemmel springt auf. „Zum Teufel, Doc, mit diesem Spiel! Wir machen uns doch nur selbst was vor. In Wahrheit spielen wir nicht Schach, sondern Katz und Maus voreinander. Gebt doch zu, Euch ekelt das alles hier genauso an wie mich!"
Scheinbar ungerührt stopft der Arzt seine weiße Meerschaumpfeife, drückt den Tabak im Pfeifenkopf fest und prüft mit zischenden Sauggeräuschen, ob die Pfeife richtig zieht. Isbert Hemmel bringt diese Ruhe nur höher auf den Siedepunkt.
„Menschenskind! Warum antwortet Ihr denn nicht?"

Der Arzt stößt behaglich blaue Rauchkringel aus. „Warum so angriffslustig und unbeherrscht, Käptn? Ein Kapitän hat unerschütterlich zu sein wie der Fels in der Brandung! Zugegeben, manches hab ich mir hier auch anders gedacht, aber man muß das Beste daraus machen."
Der Kapitän rennt aufgeregt die wenigen Schritte in der Kajüte hin und her wie ein wildes Tier in seinem Gehege.
Gelassen räumt der Arzt die verstreuten Schachfiguren in das Kästchen. Isbert Hemmel rennt die paar Schritte immer schneller. „Klaustrophobie", murmelt der Arzt.
Hemmel bleibt auf der Stelle stehen. „Was sagtet Ihr?"
„Nichts. Nur eine Diagnose."
Die Rauchkringel ziehen langsam zur hölzernen Täfelung der Kajütendecke hoch und verteilen sich seitlich wie Nebelschwaden. „Diagnose? Wollt Ihr behaupten, daß ich krank bin?" Hemmels Stirnadern schwellen vor Zorn an.
Der Arzt bleibt ruhig. „Ja, es ist die Angst vor geschlossenen Räumen, die zur Krankheit werden kann. Aber das ist Euch doch nicht neu."
„Soweit kommt es noch, daß Ihr mich für krank im Kopf erklärt!" Der Arzt steht auf und bleibt vor Hemmel stehen. Jeder Spott ist aus seiner Miene gewichen. „Meine Güte, Hemmel, das sollte doch keine Beleidigung sein! Solche Krankheiten lassen sich züchten. Warum wohl sonst gilt es als Strafe, im Gefängnis eingesperrt zu werden? Wenn es lange genug dauert, stößt sich jeder die Stirn wund. Der eine früher, der andere später. Aber ein intelligenter Mensch sollte der Gefahr zu entgehen wissen."
„Wie denn?" Hemmel geht zur Wand und reißt die Japankarte herunter. „Wozu brauchen wir diese Karte? Was haben wir denn in all den Wochen und Monaten bisher von Japan kennengelernt! Nur diese vermaledeite Insel Dejima mit dem Blick auf den Hafen von Nagasaki! Und rundherum Berge – und Spione. Und nicht mal diese Insel Dejima ist echt, nein, künstlich aufgeschüttet ist sie, ganze einhundertsechzig Jahre alt. Warum? Weil die Japaner den Fremden, die sie mit ach so großer Gnade dulden, keinen Fußbreit japanisches Land zubilligen. Und ist es etwa ein Trost, ständig den Papenberg auf der Insel Takoboko vor Augen zu haben? Wie sehr die Abendsonne den Berg auch verklären mag, für mich bleibt er der Berg, von dem einst Hunderte von Christen die Klippen hinabgestürzt worden sind, weil es plötzlich dem Shogun eingefallen ist, fremde Priester zu Landesfeinden zu erklären und die Ausrottung ihrer Anhänger zu befehlen."
Isbert Hemmel schweigt. Schließlich erzählt er dem Doc mit alldem nichts Neues. Es ist bekannt, mit welchem Fanatismus der Priester Shiro mit seinen Glaubensgefährten das Schloß Hara auf Shimabara verteidigt hat und mit welch heillosem Gemetzel die Belagerung endete.

In schlaflosen Nächten drohen die Schatten der hier Verbluteten Hemmel aus dem Gleichgewicht zu bringen. Was damals möglich war, könnte sich wiederholen. Unberechenbar sind die Launen derer, die Macht und Gewalt haben über ganze Völker. Damals waren die Portugiesen die einzig hier geduldeten Europäer, jetzt sind es die Holländer. Wo ist da der Unterschied! Erniedrigend bleibt es, ständig an dieses großmütig eingeräumte Vorrecht erinnert zu werden! Welch seltsame Einstellung, sich von allen Ländern fernzuhalten, sich einzuigeln und abzukapseln, nichts Außerjapanisches gelten zu lassen – und das jahrhundertelang! Selbst ausländische Schiffe, die schiffbrüchige Japaner zurückbringen wollen, dürfen nicht ankern. Da war vor Jahren dieser Fall, wo der Seeoffizier Adam Laxman auf Befehl der russischen Zarin Katharina den japanischen Kaufmann Kodai von Ochotsk nach Atkins bei Matami zurückbringen wollte! Als Gnade mußte er es ansehen, daß ihm die Kerkerhaft erspart blieb. Unverzeihlich auch, daß der Generalgouverneur von Sibirien sich unterstanden hatte, im Auftrag Katharinas einen Brief an den erlauchten japanischen Kaiser zu richten! Lieber scheinen die Mächtigen ihre eigenen Landeskinder zu verstoßen als Gefahr zu laufen, mit Vertretern ausländischer Mächte in Berührung zu geraten!

Ach, und wie farbig hatte Hemmel sich die Begegnung mit dieser geheimnisvoll fernen Welt ausgemalt! Welchen Gefahren waren sie auf der langen Schiffsreise ausgesetzt gewesen! Welche hochgespannten Erwartungen hatten sie vorwärtsgetrieben! Und nun diese nervenzermürbende Enttäuschung!

Hemmel besinnt sich auf das abgebrochene Gespräch.

„Was meint Ihr damit, daß ein intelligenter Mensch solcher Gefahr entgehen könnte?"

„Ganz einfach, er stellt sich mehr Aufgaben, als auf ihn zukommen."

„Ihr habt gut reden! Ihr als Naturwissenschaftler begrüßt natürlich jedes neue Schneckengehäuse, jede Muschel, jedes Kriechtier, jedes Pflänzchen mit Enthusiasmus. Bedaure, solche Begeisterung geht mir ab."

„Aber es füllt Euch auch nicht aus, jeden Tag Lappalien ins Logbuch eintragen zu müssen: ob Gesandte hier waren, welche Eßwaren und Bedarfsgüter sie gebracht haben, wieviel Kranke unter der Mannschaft sind ..."

„Richtig. Das kann mich nicht ausfüllen. Jeder einigermaßen Schreibkundige könnte das registrieren. Soll ich mich vielleicht als Handlanger beim Faktoreileiter anbiedern?"

Der Arzt lebt plötzlich auf. „Moment mal! Da fällt mir etwas ein. Der Faktoreileiter ist doch verpflichtet, in gewissen Abständen einen Höflichkeitsbesuch beim Shogun zu machen!"

„Ja, aber was hat das mit uns zu tun?"

„Ganz einfach. Wir müssen herausbekommen, wann der nächste fällig ist. Er

muß uns schicken. Wir müssen der Besatzung des zweiten Schiffes, das in der nächsten Woche ausgewechselt werden soll, zuvorkommen. Dann werden wir Land und Leute kennenlernen. Das ist eine Reise quer durch die Inselwelt." Der Arzt legt die abgerissene Karte auf den Tisch. Er zieht die lange Linie von Nagasaki bis Edo mit dem Finger. „Na, wäre das was?"
Isbert Hemmel ärgert sich einen Augenblick, daß ihm diese naheliegende Idee nicht selbst gekommen ist. Aber in welchen Abständen sind die Pflichtbesuche fällig?
„Selbst wenn es noch ein halbes Jahr dauert, dann bereiten wir uns eben gründlich darauf vor. Ich kenne jemanden, der gerade diesen Weg zurückgelegt hat. Ein Maler. Seine Schüler haben für mich Pflanzen und Tiere gezeichnet, die ich nach Europa mitnehmen will. Ihn werden wir ausfragen. Und in der Faktorei wird leicht zu erfahren sein, wann die nächste Reise fällig ist."
Gewohnheitsgemäß verlassen sie das Segelschiff mit den gerefften Segeln und gehen über den Landungssteg hinüber zur Insel Dejima. Selbst in der Dunkelheit kennen sie jeden der gewundenen Wege des Parks, obgleich sie ihnen zuerst wie Labyrinthe vorgekommen waren. Denn keiner dieser Wege nimmt einen geraden Verlauf, stets windet er sich wie ein natürlich fließender Bach. Über die flache schmale Brücke nach Nagasaki trippeln über handtellergroße Holzstückchen die Kurtisanen, schattenhaft leise. Sie sind die einzigen Japaner, die nachts auf Dejima geduldet werden. Stillschweigend.
„Seht mal!", der Arzt deutet auf die Schatten, „das ist auch eine Möglichkeit, dem Koller zu entgehen. Eure Leute scheinen das zu wissen. Seht nur, wie begeistert sie die Püppchen empfangen! Vielleicht solltet Ihr Euch auch mal wieder eins kommen lassen. Natürlich eins von der besseren Sorte, wo Ihr die Bildung mitbezahlt." Isbert Hemmel überhört die Anspielung.
„Wie, sagtet Ihr, heißt der Maler?"
„Shiba Kokan."
Hemmel prägt sich den Namen ein, ohne recht zu wissen, was er sich eigentlich von dieser Begegnung erhofft.

11

Unter ihren Füßen knirscht der feine helle Sand. Kein Weg nimmt einen geraden Verlauf, stets windet er sich wie ein natürlich fließender Bach. Darin liegt mehr als eine Laune des Gartenarchitekten. Darin liegt Lebensphilosophie. Wenn du es eilig hast, mache einen Umweg, sagt das Sprichwort. Alle Wege

in japanischen Landschaftsgärten sind Umwege, schöne, phantasievolle Umwege, geeignet, das Gemüt zu erheitern und die Augen zu beschäftigen. Büsche und Bäume scheinen nach eigenem Willen gewachsen, sind aber bei näherem Hinsehen durch Stutzen, Verbiegen, Verspannen und Verdrehen so mutwillig verformt worden, bis sie bizarr genug sind, um der Schönheitsvorstellung zu entsprechen. Zufällig auch wirkt der unterschiedliche Grünton, der Wechsel zwischen kleinen, spitzblättrigen Laubbäumen und langnadligen weichen Koniferen, das Nebeneinander brauner, grauer und hellgrüner Moose, der Kontrast zwischen gleißendem flachem Wasserspiegel und zerklüftet aufragendem Felsen. Erstaunlich, wie auf kleinem Raum so viel landschaftliche Reize zur Einheit gebracht sind!
Isbert Hemmel und dem Schiffsarzt aber fehlt noch die innere Bereitschaft, die kunstvolle Gestaltung zu würdigen. Widerwillig nehmen sie in der glycinienüberwucherten Wartelaube Platz. Sie haben kein Bedürfnis nach innerer Sammlung! Schließlich öffnet sich das Mitteltor, ohne daß sie vorher Schritte gehört hätten. Eine Geisha verneigt sich federnd zu ihrer Begrüßung. Sie erwidern die Begrüßung hölzern. In den Weg eingelassene Steine deuten an, wie in diesem eingefriedeten makellosen Ort, dem Roji, zu gehen ist, locker, gelöst oder streng und aufrecht mit dem Blick auf das näherrückende Ziel. Die Holländer gehen drauf los, wie sie es gewohnt sind. Barbarisch, findet der Dolmetscher. Diese Fremden haben einfach keine Manieren! Kein Japaner würde dem Gebot der Schreitsteine zuwiderhandeln. Jetzt kommt eine Weggabelung. Auf dem nach links führenden Weg liegt ein Stein, verschnürt wie ein Paket. Fragend sehen die Holländer sich um. Der Dolmetscher deutet wortlos nach rechts.
Über eine geschwungene Brücke gelangen sie zu dem kleinen Teehaus. Hier sind die eingelassenen Steine scheinbar mutwillig gestreut wie Hagelkörner. Aber auch hier waltet kein Zufall. Neben der Steinlaterne beugen sie sich nebeneinander herab zum steinernen Waschbecken, das offenbar von einer Quelle gespeist wird. Die Zeremonie schreibt vor, mit der Bambuskelle Wasser über jede Hand zu gießen, dann aus einer Hand einen Schluck zu trinken und den Rest am Griff der Kelle ablaufen zu lassen. Damit ist symbolisch das Herz gereinigt. Jetzt heißt es, die Schuhe abzustreifen und ins Teehaus einzutreten. Eigentlich müßte in Demutshaltung durch eine niedrige Öffnung hineingekrochen werden. Aber da die Fremden es ja doch nicht lernen und auch andere Körpervolumen haben, mußte man hier Zugeständnisse machen. Wenn auch ungern.
Wirklich, die Fremden tun sich schwer! Ist es denn so schwierig, kniend zunächst den Alkoven, das Tokonoma, zu würdigen, festzustellen, ob die Kalligraphie alt und das Gedicht darauf passend ist? Ach, natürlich, sie können

diese Schrift ja gar nicht lesen und folglich auch nicht würdigen! Trotzdem, es tut weh, wie sie an allem vorbeisehen. Auch an den Blumen, die doch auf die Jahreszeit, Tageszeit und auf den Gefühlston des Gedichts abgestimmt sind. Der Dolmetscher seufzt leise.
Selbst für die Erlesenheit der Teegerätschaften scheint ihnen der Sinn zu fehlen. Sehen sie denn wirklich nicht, welche Schönheit in der schlichten Form des Kohlebeckens, des Kessels, des Wasserbehälters liegt? Wozu bloß haben diese Menschen ihre Augen! Scheinbar nur für die Geisha, die kleine Kuchenstückchen auf Lacktellerchen serviert. Affentheater, denkt der Arzt unwillig, was sollen diese Spatzenportionen! Aber dennoch nimmt er gehorsam das Mundtuch, legt den Kuchen darauf und beginnt nach mehrfachen Dankesbekundungen, häppchenweise mit den Stäbchen zu essen. Isbert Hemmel vergißt fast, weshalb er herkam und von wem diese Zusammenkunft arrangiert wurde. Die Grazie dieser Geisha ist einfach vollendet. Keine ihrer Bewegungen möchte er sich entgehen lassen. Unverwandt starrt er auf die zierliche Figur, das kunstvoll hochgesteckte blauschwarze Haar mit den Elfenbeinkämmen, die dunklen Mandelaugen im blaßgepuderten ovalen Gesicht, die glutrot gefärbten Lippen, die Schwingung des Nackens, von dem der Kragen des Kimonos absichtlich absteht, den breiten Obi, der die Schlankheit der Taille nicht verwischt, und auf den Rock, der die Formen darunter nur ahnen läßt. Und was ihm sonst als reine Zeitverschwendung erschien, bekommt für ihn einen Sinn: das Blankreiben des Lackbehälters, das Säubern des Bambusteebesens, das Auswischen des Teetopfes, das Falten des Mundtuchs. Plötzlich glaubt er zu begreifen, was die Japaner mit der „Kunst des wortlosen Sich-Mitteilens" meinen. Dieses Mädchen versieht einen Dienst, zu dem sie erzogen wurde, sie versieht ihn für Fremde, die die Feinheiten gewiß nur ausnahmsweise zu würdigen wissen, aber sie versieht ihn mit einer Vollendung, als habe sie eine Prüfung zu bestehen. Und vielleicht ist es sogar so. Sie macht es sich zur Pflicht, Stumpfsinnige zu überzeugen, zu überzeugen von dem, was japanische Lebensweise ausmacht und was so ganz anders ist als das, was in Europa gilt. Ob sein Starren sie irritiert? Nein. Nichts scheint sie in ihrem Gleichgewicht stören zu können. Jede Bewegung ist einstudiert wie im Schauspiel, aber wie bei einem guten Schauspieler zum eigenen Selbst geworden. Selbst-verständlich.
Jetzt gibt sie mit dem Holzspan das grüne Pulver aus der Teedose in die Teeschale, füllt kochendes Wasser dazu und schlägt die Mischung, bis sie schäumt. Sie nickt Hemmel zu. Er als Ehrengast hat sich unter Entschuldigungen beim Nachbarn zuerst zu bedienen. Also rutscht er ihr auf den Knien eine Handbreit entgegen und nimmt höflich das Getränk entgegen. Er weiß, wie bitter es schmeckt. Trotzdem ist seine Dankbarkeit jetzt echt. Während sie ihm die

henkellose Tasse reicht, sucht er einen Blick aus diesen verwirrenden Augen zu erhaschen. Weniger als einen Augenblick lang treffen sich ihre Blicke. Allmählich wird es unhöflich, daß Hemmel den eigentlichen Gastgeber, den Maler Shiba Kokan, so gar nicht beachtet. Schuldbewußt nickt er ihm zu. Ein Mensch, mit dem Hemmel vorerst nichts anfangen kann. Unverbindlich. Ein Lächeln, das er als Grinsen empfindet. Viel Zähne, keine Augen. Viel Höflichkeit, die nichts besagt. Hemmel würgt den letzten Schluck herunter, bemüht sich, ein genießerisches Gesicht zu machen. Dann stellt er die Teeschale außerhalb der Mattenecke ab. Aber nein! Vorher muß sie ja noch an der Seite, an der er getrunken hat, mit dem Mundtuch abgewischt werden. Und dann ist die Schale durch Hin- und Herdrehen und Rundherumbetrachten zu würdigen. Auch die Teedose ist in die Hand zu nehmen, zu öffnen und zu bewundern, nach Alter, Herkunftsort, Typ und Dekor zu fragen. Nach alldem erst wird das Teegerät weggeräumt, und das eigentliche Gespräch kann beginnen.

Die Geisha zieht sich zurück. Hemmel wendet sich Shiba Kokan zu. „Ihr seid aus Edo?" läßt er übersetzen.

Der Maler bejaht. „Eine lange Reise. Gefahrvoll, aber schön." Shiba Kokan tastet sich langsam vor. Er weiß nicht, aus welchem Grunde die Holländer das Gespräch mit ihm gesucht haben. Geht es um irgend etwas Verbotenes? Immerhin möglich, denn verboten ist vieles.

„Erzähl, bitte!"

„Ich fuhr um die Zeit, da in den Wäldern die blauen Hortensiendolden in Blüte standen."

Der Arzt verschluckt ein Lachen. Typisch Japaner! Wichtiger als alles andere ist die Betrachtung der Blumen der Jahreszeit!

„Bei meiner Rückkehr begann der Spitzahorn mit seiner Rotfärbung."

Hemmel nickt zerstreut. „Wie lange brauchtet Ihr für die Reise?"

„Einen Mondwechsel. Bei Vollmond begab ich mich auf die Reise, und bei Vollmond kam ich an. Gerade zum Mondfest. Wie Ihr wißt, ist der Mond um die Jahreszeit am schönsten."

Hemmel rechnet: vier Wochen hin, vier zurück – das sind acht Wochen plus drei Wochen Aufenthalt, also elf Wochen, in denen sie endlich anderes sehen würden als diese allmählich so verhaßte Insel Dejima. Das würde sich lohnen! Er nickt aufmunternd. „Und weshalb unternahmt Ihr diese lange Reise?"

Shiba Kokan lächelt. „Jetzt besuche ich hier Freunde. Aber vor Jahren war ich schon einmal hier. Aus Neugier. Ein Kunsthändler in Edo hatte chinesische Tuschmalereien, europäische Kupferstiche und Ölgemälde. Ich bin nicht der einzige japanische Maler, der mehr dergleichen zu sehen wünscht. Und nur hier ist das Nadelöhr zur Außenwelt. Hier in Nagasaki."

Erstaunt sehen sich der Arzt und der Kapitän an und fragen fast gleichzeitig:

„Und diese Neugier war Euch eine so weite Reise quer über die Inselwelt wert?"
„Ohne Zweifel! Für alles, was der Vervollkommnung dient, ist kein Weg zu weit und zu unbequem. Es war eine gute Entscheidung. Denn es gibt einen Maler in Edo, für den meine Erfahrungen hier sehr wichtig geworden sind. Die Begegnung mit diesem Mann war die ungewöhnlichste, die ich je hatte."
„Ungewöhnlich, inwiefern?"
Shiba Kokan setzt sich gerader und zieht die Brauen bedeutungsvoll hoch. „So eine Begabung kommt in hundert, was sage ich: tausend Jahren nur einmal vor. Ich übertreibe nicht. Dieser Mann ist ein Besessener, wie von Furien getrieben. Er zeichnet mit solcher Schnelligkeit und Sicherheit, geradezu traumhaft. Kein Wunder, daß die Leute ihn als Hexenmeister bezeichnen. Kein Thema, kein Motiv, kein Format, keine Schultradition, die er nicht auf Anhieb bewältigte! Ich habe ihm gesagt, ganze Legionen von Malern stecken in ihm. Er lachte nur und spielte das Spiel mit. Nannte ich einen chinesischen Malernamen, setzte er eine flüchtige Skizze nach dessen Art hin, nannte ich Meister der Tosa-, Kano- oder Korin-Schule, zeichnete er eben in dem Stil. Mühelos scheinbar. Ein charakterlich weniger fester Mensch könnte als Fälscher viel Geld machen. Das aber sagte ich ihm nicht. Man muß ja nicht alles aussprechen."
Hemmel wundert sich. „Ja, hätte er das denn nötig?"
Shiba Kokan wiegt den Kopf unsicher hin und her. „Können allein bringt noch kein Geld. Es kommt darauf an, in wessen Dienst man sein Können stellt. Der Mann, von dem ich rede, hat keine Gönner und wirbt auch nicht um sie. Er wohnt im Handwerkerviertel und bekennt sich zu diesem Stand. Zum Geld, glaube ich, hat er ein gestörtes Verhältnis oder gar keins. Ich sah in der Ecke seines Arbeitsraums einen Papierkorb stehen und war nicht wenig erstaunt, als er einem Käufer bedeutete, das Geld dort hineinzutun."
„Das muß ja ein seltsamer Kauz sein!" lacht der Arzt. „Habt Ihr sowas je gehört? Vielleicht" – er zieht das Wort lang – „vielleicht ist es aber auch ein Trick."
„Was für ein Trick?" fragt Hemmel zurück und winkt dem Dolmetscher, dies nicht zu übersetzen.
„Die sich bescheiden stellen, sind oft die Unverschämtesten und die selbstlos tun, die Raffgierigsten. Ich traue solchen Leuten nicht über den Weg."
„Hm. Aber mich interessiert dieser Mann! Einer, der die ganze japanische Kunst der Vergangenheit und Gegenwart in sich verkörpert – wenn das stimmt. Und sich über allgemeine Ansichten einfach hinwegsetzt. Übrigens – wieso sprechen wir eigentlich immerzu von ‚dem Mann'. Er wird doch einen Namen haben." Das letztere läßt Hemmel übersetzen.

Shiba Kokan, leicht verunsichert durch das Gespräch in fremder Sprache, beeilt sich zu antworten: „Gewiß. Als ich bei ihm war, nannte er sich Sori."
„Was heißt das nun wieder?" Der Arzt schüttelt den Kopf.
„Es heißt, daß dieser Mann seinen Namen wechselt sooft wie ein wenig reinlicher Mensch sein Hemd."
„Wird er denn von der Polizei gesucht?"
Shiba Kokan lächelt überlegen. Was verstehen diese Fremden schon von der japanischen Psyche! Namen wechseln für sie nur Verbrecher. Alles muß man ihnen erklären!
„Nein, ganz und gar nicht. Es ist in Japan üblich, den Namen zu wechseln, wenn ein neuer Lebensabschnitt beginnt. So etwa wie bei Euch ein Mädchen seinen Namen aufgibt, wenn es heiratet. Versteht Ihr?"
„Hm. Das könnte vielleicht zwei- oder dreimal im Leben geschehen, aber kaum sooft wie man sein Hemd wechselt."
Shiba Kokan hat wieder sein feines, undurchdringliches Lächeln. „Natürlich habe ich übertrieben. Aber tatsächlich kenne ich keinen Menschen unter der Sonne, der so oft seinen Namen gewechselt hat. Er ist – wie gesagt – eben ganz ungewöhnlich. Und ich bin stolz, ihn zu kennen. Was er schuf und noch schaffen wird, wird einmal für Japan stehen und uns alle überdauern."
Hemmel ist hellwach. Begeistert sieht er den Arzt an. „Denkt Ihr, was ich denke? Wenn wir nach Edo kommen, sollten wir diesen Mann aufsuchen! Er muß wirklich etwas Besonderes sein, wenn ein Zunftgenosse ihn so neidlos in den höchsten Himmel hebt."
Der Arzt hat wieder den zynischen Ausdruck, den Hemmel so gar nicht an ihm mag. „Einverstanden. Aber mich interessiert er nur als psychologische Abnormität."
Hemmel verhindert gerade noch, daß dies übersetzt wird.
Unterdessen hat Shiba Kokan eine Bildrolle aus seinem Kimonoärmel hervorgeholt. „Dies hier hat er mir ins Reisegepäck geschmuggelt. Ein Abschiedsgeschenk. Ich fand es erst beim Auspacken hier in Nagasaki."
Alle Augen sind auf die Rolle gerichtet, doch Shiba Kokan wehrt ab. „Es ist nur ein kleines Blatt, sozusagen ein Sandkorn von einem großen Strand. Aber für mich ist es ein Heiligtum."
Zum Vorschein kommt eine Tuschzeichnung, die in vehementen Strichen Shoki, den Teufelsbezwinger und Vernichter des Bösen, zeigt.
Bei seinem Anblick gerät Shiba Kokan ins Schwärmen. „Spürt Ihr, wieviel Kraft darin steckt, wieviel traumwandlerische Sicherheit? Kein Strich dürfte auch nur um Haaresbreite anders laufen. Und wie sich alles auf dem Blatt verteilt! Wo das Weiß ausgespart wird. Welche Ausgewogenheit!"
Die Holländer sehen hin. Aber sie haben anderes erwartet. Hemmel spricht es

aus: „Ich denke, Ihr seid hingefahren, ihn die europäische Perspektive zu lehren? Davon sehe ich hier nichts."
„Aber nein!" wehrt Shiba Kokan ab, „was sollte sie bei so einem Bild! Jeden Tag zeichnet er sich einen Dämonenbezwinger, um gegen Unheil gefeit zu sein. Dies war seine Art, mir eine glückliche Reise zu wünschen. Außerdem hat die Gestalt des Teufelsbezwingers Shoki ihm persönlich Glück gebracht. Er malte sie auf eine Fahne zur Knabenmaifeier und bekam dafür einen Goldoban. Auch daran wird er gedacht haben."
„Wozu aber brauchte er dann Euer Wissen über die europäische Perspektive?"
Shiba Kokan wird nachdenklich. „Wozu? – der Mensch muß vieles in sich speichern, ohne im Augenblick schon zu wissen, wann er es aus der Ecke hervorholen wird. Ihr wägt sehr nach Zweck und Nutzen. Vielleicht handeln wir weniger nach logischen Gesetzmäßigkeiten als Ihr."
„Es enttäuscht Euch also gar nicht, daß Ihr Eure Bemühungen hier nicht angewendet seht?"
„Aber ganz und gar nicht!" Der Maler sieht erstaunt in die Runde. „Was ich zu vermitteln hatte, habe ich ihm gegeben. Und er hat es angenommen mit seiner unbegreiflich schnellen Auffassungsgabe. Was er aus dieser Kenntnis macht, wie und wann er sie anwendet, muß ich ihm überlassen, ganz allein ihm. Und ich bin felsenfest davon überzeugt, er wird diese Kenntnis eines Tages brauchen. Er hat den Kopf voller Pläne, so voll, daß man sich wundern muß, daß sie alle in einen Kopf passen. Er sprach von Landschaftsserien, die er vorhätte. Dafür braucht er die Perspektive mit Sicherheit.
Das gerade ist ja das Tolle an diesem Mann, daß er nie daran denken wird, sich auf seinen Lorbeeren auszuruhen, immer ist er unterwegs, auf der Suche. Und er glaubt noch lange nicht, er selbst zu sein. Dann – so sagte er mir – wolle er sich einen dauerhaften Namen zulegen, dem er dann nur wechselnde Beinamen zufügen werde."
„Wie alt ist Euer Held denn?"
„Noch in den Dreißigern."
Hemmel und der Arzt sind erstaunt. „Dann allerdings kann sein Stern noch steigen."
„Er wird steigen. Er wird!"
Fast hätte Hemmel vergessen, die Karte hervorzuholen, die Karte von Japan, die er in so schlechter Laune von der Kajütenwand gerissen hatte. Plötzlich fällt sie ihm wieder ein. „Ach bitte, sagt mir noch die Reiseroute, damit ich sie hier eintragen kann."
Und schon ist der Rotstift in Bewegung: quer durch den Norden der westlichen Insel Kyushu, von Nagasaki über Saga nach Kitakyushu, hinüber nach

Shimonoseki, von dort in Krümmungen durch das Inselmeer, mal näher an Honshu, mal näher an Shikoku. „Und dann? Nicht über Kyoto?"
Shiba Kokan gerät in Verlegenheit. Kann er dem Dolmetscher trauen? Darf er sagen, daß Kyoto für Ausländer gesperrt ist, weil der Ort sie daran erinnern könnte, daß der Kaiser dort thront, als Marionette des Shogun in Edo? Besser nicht! „Nicht über Kyoto", sagt er schnell, um dieses peinliche Thema abzuwürgen, „aber dann über Otsu – glaub ich – womit Ihr auf der berühmten Tokaido, der Ostmeerstraße seid." Hemmel zieht mit dem Stift die Linie nach, die Shiba Kokan mit der Fingerkuppe vorgibt. „Über jede der 53 Stationen der Tokaido könnte ich Euch eine Geschichte erzählen. Aber das führt zu weit. Hoffentlich habt Ihr klare Sicht. Dann könnt Ihr bei Hakone schon den Fuji sehen." Bei dieser Erwähnung gerät Verzückung in die Züge des Shiba Kokan. Fujisan! Der schönste der abertausend japanischen Berge, der höchste, der heiligste, der reinste Berg. Können die Fremden überhaupt nachempfinden, welches Wunder er ist?
„Woraus schließt Ihr, daß wir nach Edo wollen?"
„Das liegt nahe. Wozu wollt Ihr sonst die Auskünfte?"
Hemmel nickt. „Noch steht nichts fest. Aber wir wollen darüber mit dem Faktoreileiter verhandeln."
In diesem Augenblick erscheint wieder geräuschlos die Geisha, mit Schritten, so klein wie der eng gewickelte Rock sie erzwingt. Welche Augenweide! Wie der rote Kimono leuchtet in dem diffusen Licht, das durch die Papierfenster jede blendende Schärfe verliert. Als leicht bewegte Schattenbilder zeichnen sich die Umrisse von Zweigen und Blättern hinter der Gestalt auf den Schiebetüren ab. Die Geisha läßt fragen, ob die Herren durch einen Tanz unterhalten werden möchten. Gewiß möchten sie. Also stellt sie sich in die Ausgangspose. Eine Zwölfjährige stimmt die Shamisen. Die Geisha öffnet den Fächer und beginnt einen sehr langsamen, gemessenen Tanz. Isbert Hemmel wendet kein Auge von ihr.

12

Das Gespräch mit Shiba Kokan, die Anmut der Geisha, die Aussicht auf die Reise nach Edo – all das geht Kapitän Isbert Hemmel in so eindringlichen Bildern nach, daß er nicht einschlafen kann. Die Hände im Nacken überkreuzt, liegt er auf dem Rücken und starrt an die Decke, an der sich schwache Lichtreflexe bewegen. Draußen ist es fast still. Dann und wann ein Vogelschrei, ein

fernes Hundekläffen, Gelächter. Aber jetzt! Was war das für ein Geräusch? Wie Klopfen und Flüstern – ganz in der Nähe. Er horcht. Wieder! Da ist doch jemand! Isbert Hemmel steht leise auf, wirft seinen Morgenmantel über und öffnet die Tür. Er wagt seinen Augen nicht zu trauen: die Geisha. Sie verneigt sich verlegen und spricht ihn zu seiner Überraschung holländisch an: „Verzeiht die Störung!" Sie sieht sich ängstlich nach allen Seiten um. „Hört uns hier jemand?" Hemmel läßt sie eintreten. „Hier nicht."
Sie bleibt vor ihm stehen und sieht zu ihm hoch. „Versteht mich nicht falsch, aber ich muß Euch warnen. Ihr wart äußerst unvorsichtig bei Euren Gesprächen im Teehaus."
„Ihr habt gelauscht?"
„Das war nicht zu vermeiden bei den dünnen Türen."
„Setzt Euch doch bitte!"
„Danke, aber nicht auf das Kissen."
Auch seine Bewegung, Licht anzuzünden, wehrt sie ab. „Nein, nur kein Licht! Ich glaube, Ihr habt keine Ahnung, wie engmaschig das Spitzelnetz um Euch ist!"
„Verzeiht, aber ich weiß wirklich nicht, was gibt es bei mir zu bespitzeln? Und was soll ich so Unvorsichtiges im Teehaus gesagt haben?"
„Ihr spracht davon, diesen Maler Sori in Edo aufzusuchen. Ihr müßt aber doch wissen, daß den Japanern jeder Umgang mit Ausländern verboten ist. Ausnahmen sind Wissenschaftler, Dolmetscher und Hilfskräfte. Also auch Shiba Kokan, der Euerm Arzt wissenschaftliche Zeichner vermittelt. In Edo wird das viel strenger gesehen. Ihr könnt diesem Sori große Schwierigkeiten machen und auch Euch selbst. Wißt Ihr denn nicht, daß jeder Dolmetscher verpflichtet ist, ein genaues Tagebuch über alle Gespräche zu führen, die er zu übersetzen hatte? Erst recht auf Reisen?"
Hemmel wird beklommen zumute. „Ihr meint, der Dolmetscher wird den Fall melden?"
„Ihr müßt Euch etwas einfallen lassen, das ihn davon überzeugt, daß Ihr den Plan aufgegeben habt, daß dieser Besuch nur ein momentaner Einfall war, der nie zur Tatsache wird."
„Ihr meint, ich soll den Plan wirklich aufgeben?"
„Nein. Das nicht. Aber ich würde Euch dringend abraten, einen offiziellen Dolmetscher zu dem Besuch mitzunehmen und somit zum Mitwisser zu machen."
„Aber wen soll ich dann mitnehmen? Ohne Dolmetscher kann ich mich nicht verständlich machen. Und Japanisch lernen ist auch nicht so schnell zu schaffen."
Die Geisha lacht leise. „Warum kommt Ihr denn nicht auf das Einfachste: nehmt mich!"

„Wie sollte das möglich sein?"
Behutsam legt die Geisha ihre Hand auf seinen Arm. „Das alles laßt meine Sorge sein. Niemand hier weiß, daß ich Eure Sprache beherrsche. Mein Vater war Dolmetscher, aber nicht in dieser Gegend. Ich könnte mir ein Empfehlungsschreiben geben lassen für ein Teehaus in Edo. Und da ich als Frau kaum allein reisen kann, muß ich mich folglich einer Gruppe anschließen. Warum also nicht der Gesandtschaft der holländischen Faktorei. Natürlich muß das alles ganz unauffällig aussehen. Ihr müßt nur einverstanden sein."
„Warum tut Ihr das für mich?"
„Muß ich darauf antworten?"
Hemmel überrieselt es heiß. Was wäre, wenn er sie nun einfach festhielte? Aber schon windet sie sich behende aus seinem Arm heraus. Lächelnd. Verheißungsvoll lächelnd, wie ihm scheint. „Wann sehe ich Euch wieder?"
„Wer weiß?"
Ist es ein Ausweichen, Verzögern, Spielen? Wer kennt sich da aus? Hemmel fühlt sich hilflos ausgeliefert. Es ist wohl besser, das Gespräch auf den festen Boden von Tatsachen zurückzuführen.
„Also einverstanden. Aber was kann ich für Euch tun?"
Denkt er etwa an Geld? Es ist zu dunkel, um in seinen Zügen zu lesen. Sehr plötzlich steht sie auf, ohne zu antworten. Er spürt die Spannung. Nein, so darf sie nicht gehen, so nicht! Er greift nach ihrem Arm und zieht sie zu sich herum. „Wie heißt du?"
Lange und abwesend sieht sie ihn an: „Haruko". Dann geht sie.
Hemmel steht wie festgewurzelt. War das alles nur ein Traum? Warum hat er sie gehen lassen, warum? War nicht alles unausgesprochen zwischen ihnen? Was besagte ihr abwesender Blick? Er grübelt und grübelt. Was mag in ihr vorgegangen sein? Was bewog sie, ihm eine Hilfe anzubieten, die ihr selbst gefährlich werden kann? Sicher, sie hat seine Verwirrung bemerkt. Und geteilt! Warum aber dann dieses Entrücktsein? ... Ach, deshalb vielleicht, weil sie Geisha ist, eine, die – wie die Leute sagen – „den Fuß in den Sumpf gesteckt hat". Wahrscheinlich deshalb. Wahrscheinlich hatte sie Angst, von ihm als selbstgepriesene Ware verstanden zu werden. Hatte er dazu Anlaß gegeben?
Hemmel weiß nichts mehr. Nur eines wird ihm immer bewußter; daß seine Gedanken von dieser Frau nicht mehr loskommen werden. Dem Arzt teilt er nur das Nötigste mit. Seinen Spott könnte er jetzt nicht ertragen. Um jeden Preis muß der Verdacht von ihnen abgewendet werden, daß sie in Edo anderes vorhaben, als dem erlauchten Shogun ihre Aufwartung zu machen. Aber wie? Entweder sie richten es so ein, daß der Dolmetscher beim Gespräch in der Faktorei dabei ist, wo sie dann ein bißchen über Shiba Kokans Vernarrtheit in den verrückten Maler in Edo herziehen könnten, oder sie müßten unter sich

einen Streit inszenieren, bei dem die unsichtbaren Lauscher dann von selbst zur Stelle wären. Oder mit dem Dolmetscher selbst sprechen? Bestechungsgeld anbieten? Nein, das würde er einstecken und das Spionagegeld dazu.
„Erpressen müßte man ihn können, von schwarzen Flecken auf seiner weißen Weste wissen!"
„Stimmt! Das wäre das Sicherste!" Hemmel sinniert. Bevor er zum Rapport befohlen wird, muß etwas passieren. „Könnte der Dolmetscher nicht erstmal krank werden?"
„Krank wird so einer nie."
„Mit etwas Nachhilfe?"
Der Arzt lacht. „Das möchte ich aber überhört haben! Euer Schiff ist wohl mal zu dicht an Soho vorbeigesegelt!"
„Spaß beiseite, irgendwas muß geschehen, sonst sind unsere ganzen Pläne hinüber, und wir kommen keinen Fußbreit runter von dieser vermaledeiten Insel."
Während die beiden Männer fruchtlose Pläne schmieden, hat Haruko längst gehandelt. Sie weiß die Wege, auf denen die Spionagebotschaften ausgetauscht werden. Und sie weiß, daß eben dieser Dolmetscher für das Untertauchen ihres Vaters verantwortlich ist. Nur deshalb verpflichtete sie sich nach Nagasaki, um die Hintergründe aufzuklären. Ein Wink, ein anonymer Hinweis – und dieser Dolmetscher sitzt selbst für das, was er ihrem Vater angehängt hat. Diesen Wink, diesen Hinweis hat sie heute weitergegeben. Der Bericht von gestern ist vernichtet und wird auch niemanden mehr interessieren. Viel größere Dinge sind im Spiel. Haruko ist mit sich zufrieden. Ihre Aufgabe hier ist erfüllt, in doppelter Hinsicht. Denn gleichzeitig konnte sie diesen Kapitän vor Unheil bewahren, diesen holländischen Kapitän, an den sie sich auf unerklärliche Weise gebunden fühlt, der bei aller Unbeholfenheit so höflich ist und so respektvoll. Und dem sie nahe sein wird auf der langen Reise nach Edo.

13

Nach langen und zähen Verhandlungen ist schließlich alles geregelt. Ganz wohl fühlt Isbert Hemmel sich nicht. Eigentlich hat die Mannschaft recht, daß sie auf ihn eingeschworen ist und daß ein Kapitän bei Schiff und Mannschaft zu bleiben hat, auch wenn das Schiff vor Anker liegt. Gewiß mußten sie einsehen, welche Ehre es für ihren Kapitän bedeutet, als Gesandter Holland vorm

Shogun zu vertreten. Ehre auch für sie. Hoffentlich geht alles glatt mit dem Stellvertreter. Auch mit dem Stellvertreter des Arztes ... Jetzt, wo es losgehen soll, steckt Hemmel voller Zweifel und Gewissensbisse. Aber ein Zurück gibt es nicht mehr. Schon formiert sich der Zug. Den drei Holländern – dem Faktoreivorsteher, Isbert Hemmel und dem Arzt – sind zweiundsechzig Japaner zugeordnet: vier Dolmetscher, zwei Assistenten für naturkundliche Ermittlungen, ein Beamter des Stadthalters, drei Offiziere als Sicherheitsbeauftragte, vier Schreiber, ein Kassenwart, zwei Troßmeister, ein Aufseher mit acht Trägern, drei Köche und dreiunddreißig weitere Bedienstete. Die Rang- und Reihenfolge ist genau festgelegt.

Isbert Hemmel überblickt den Troß. So groß und so prachtvoll hat er ihn sich nicht vorgestellt, obgleich er als Gesandtschaftssekretär an der Planung beteiligt war. Offizielle Gäste des Landes kann man nicht würdelos reisen lassen. An der Länge des Trosses wird die Bedeutung der Mission ermessen.

Ob Haruko Wort hält? Hemmel sucht vergebens nach ihr.

Nach dem Abschied von Dejima setzt sich der Zug in Bewegung. Träger und Pferde bilden den Vortrab. Die zahlreichen Schaulustigen in Nagasaki können nur ahnen, was sich in den vielen Kästen und Bündeln verbirgt: Möbelstücke, Tafelservice, Kristallgläser, Silbergerät, wissenschaftliche Meßinstrumente, Nachschlagewerke, Medikamente, Bücher, Kleidungsstücke, Geschenke. Ah, jetzt kommen die Sänften. An ihnen weiß jeder den Rang des Insassen abzulesen. Die vornehmsten sind die Norimono, die tragbaren Häuschen aus Flechtwerk und lackiertem Holz, überdacht, mit Fenstern und Tür. Die Norimono sind dem Adel, Staatsbeamten, Priestern, Ärzten und Damen vorbehalten. Die kleineren und weniger kostbaren Sänften zweiten Ranges, die Kemon kago, kommen den Offizieren und Beamten zu. Für sie reichen meist zwei Träger. Die billigste Form heißt Sjuk kago. Hier sitzt der Reisende frei in einem Korb wie in einer Waagschale, offen der Witterung ausgesetzt.

Hemmel hat die Fenster geöffnet. Häuser und Straßen hängen voller Tücher und Matten. Menschen aller Altersstufen winken dem Zug zu. Für sie ist es jedesmal ein Fest, ein Schauspiel. Nicht so prächtig, als wenn der Daimyo mit seinem Gefolge nach Edo zieht, aber immerhin. Dies ist ihr Umzug, das Fest der Einwohner von Nagasaki.

Hemmel rückt die Polster, Matten und Felle zurecht. Erst jetzt wird ihm bewußt, welche Qualen er auf sich genommen hat. Wie soll das werden, wochenlang auf dem schwankenden Boden dieser Sänfte zu sitzen, wo man die zu lang geratenen Beine nicht ausstrecken kann! Noch jetzt sind seine Schienbeine blau von der letzten Teezeremonie. Wie die Japaner sich nur an solche Sitten gewöhnen konnten! Er seufzt. Zweifelhafte Bequemlichkeit! Aber: wer das eine will, muß das andere mögen. Und besser als Dejima bei jedem Son-

nenaufgang wird es allemal sein. Schließlich werden sich Vorwände finden lassen, auch einmal ein Stück zu Fuß zu gehen, wenigstens außerhalb der Ortschaften. Jetzt hält der Zug am Tempel, um alle Reisenden dem Schutz des himmlischen Geistes Tenshin zu befehlen. Dabei geht es fröhlich zu, mit Sake, gesalzenen Fischen, Früchten, Pilzen, Gebäck und Eierspeisen.
Die vulkanischen Gebirge sind von dichten Wäldern überzogen. Wo die Wegbreite es zuläßt, ist die Sänfte des Arztes neben der Hemmels, und es erfolgen botanische Belehrungen über Eichen und Lorbeerarten, Zypressen, Tuja, Ahorn, Myrten, Stechpalmen, Aralien, Reben, Deutzien, Liguster, Kiefern und Azaleen. Auf dem ersten Berggipfel bitten die Holländer um eine kurze Rast. Zu befreiend ist die weite Aussicht, rechts zum Golf von Shimabara mit den Fischerdörfern Himi und Aha und dem in der Ferne liegenden Vulkan Unzen, links auf die Bai von Omura und geradeaus auf das Tara-Gebirge.
„Das ist ein schönes Stück Welt, was?" Hemmel humpelt dicht an den Abhang und vergißt seinen eingeschlafenen Fuß. „Wie war doch gleich diese Legende von der Erschaffung Japans? Die Dolmetscher sollen kommen. Sie müssen sie doch kennen." Der rangälteste Dolmetscher räuspert sich. „Im ältesten Buch Japans, dem Kojiki aus dem Jahre 712, heißt es: Als Himmel und Erde sich geschieden hatten, kamen die Götter. Erst fünf und zwei, dann fünf Paare. Die letzten waren Izanagi und Izanami. Sie hatten die Aufgabe, das unter dem Himmelsgefilde dahinfließende Gebilde zu formen und zu festigen. Auf der Himmelsbrücke, dem Regenbogen stehend, tauchten sie einen juwelenbesetzten Speer ins Wasser des Ozeans. Als sie ihn herauszogen, erstarrten die herabfallenden Tropfen zu Inseln."
Hemmel fühlt sich lebendig, wie schon lange nicht mehr. „Wahrhaftig! Bei diesem Anblick könnte man's glauben!"
„Als wundergläubiger Schwärmer seid Ihr mir neu."
Kann dieser Arzt sich denn nie seinen Spott verbeißen? Hemmels Laune ist zu ausgelassen, um in Verdrießlichkeit umzuschlagen. „Mein Gott! Wann zuletzt hatte ich so ein Gefühl von Freiheit? Sagt, was immer Ihr wollt, dagegen!"
„Es ließe sich schon etwas dagegen sagen", mischt sich der Dolmetscher ein, „vor einigen Jahren erst ist nämlich der Vulkan dort hinten ausgebrochen. Jetzt scheint er friedlich, zur Hälfte mit Schnee bedeckt, aber wenn Ihr ein Fernrohr habt, seht Ihr sein schroffes, wüstes Aussehen, den eingestürzten weiten Krater, aus dem noch immer Rauch und Dampf aufsteigen, ebenso wie es hin und wieder aus siedenden Quellen brodelt. Jeden Tag kann von neuem Unheil kommen. Schon ein mittleres Erdbeben kann die Lava in Wallung bringen."
Der Arzt läßt Ferngläser aus dem Instrumentenkasten holen und zückt das Notizbuch. „Wann, sagtet Ihr, war der Ausbruch?"
„1792."

Er notiert alle handfesten Informationen. Das Ausmaß der Verwüstung muß unvorstellbar gewesen sein.
Hemmel versteht, daß sein „Gefühl von Freiheit" auf Widerstand stieß. Aber es sollte doch eigentlich ein Kompliment sein, ein Lobpreis der landschaftlichen Schönheiten dieses Inselreichs, gewiß. Der Dolmetscher beeilt sich auch schon, seine voreilige Bemerkung zu bedauern.
Weiter bewegt sich der Zug. Die Holländer ziehen den Fußmarsch vor, werden aber vor dem Ort Yagami höflichst ersucht, doch wieder ihre Sänften zu besteigen, da anderes ihrem Stand nicht zukomme. Der Wirt, bei dem sie für die Nacht gemeldet sind, kommt ihnen entgegen, und sie wundern sich nicht wenig, als sie erfahren, daß ihre erste Herberge auf dieser langen Wanderung ein Buddha-Tempel sein soll. Sogar eine europäische Tafel mit Tisch und Stühlen erwartet sie, reich gedeckt. Die Ikko-shu-Sekte ist weltlichen Genüssen nicht abgeneigt. Sogar heiraten dürfen die Priester.
Links vom Eingang steht der Altar, durch ein Gatter verschlossen. Dahinter auf einem Lotosblütenthron deutlich sichtbar der vergoldete Amida. Seitlich beschriftete Täfelchen und unterschiedliche Opfergaben: Reiskuchen, Räucherkerzen und Blumen.

Unruhig schläft Hemmel in der ersten Nacht dieser Reise, erschreckt von wirren Traumbildern; in seiner Abwesenheit wird das Schiff von Lavamassen verschüttet, Haruko ist als Galionsfigur an den Bug gekettet, der „Hexenmeister" Sori bannt Hemmel auf einen Seidendrachen und läßt ihn in die Wolken steigen. Schweißgebadet wacht er auf. Was er sieht, als er die Augen öffnet, hält er zunächst für die Fortsetzung seines Traumes: ganz dicht über ihm das Gesicht Harukos. „Seid Ihr krank?" flüstert sie besorgt. Hemmel starrt sie mit weit aufgerissenen Augen an. „Wie kommt Ihr hierher, Haruko?"
„War es nicht so vereinbart?"
„Doch. Aber ich habe Euch nirgends gesehen."
„Also war meine Tarnung gut."
„Tarnung?"
Sie lacht übermütig. „Ich reise in Männerkleidern. Ein paarmal war ich ganz in Eurer Nähe."
„So nahe?" Er zieht sie an sich heran und spürt die Wärme und Weichheit ihres geschmeidigen Körpers. Wie eine heiße Woge überflutet es ihn. Sie hat es gewollt. Sie hat ihn gewollt ...
Noch vor der ersten Morgendämmerung huscht sie so geräuschlos hinaus wie sie gekommen war.

Der Arzt merkt Hemmels Verträumtheit und spart nicht mit Anspielungen.

Gleich beim Morgenimbiß fängt es an. Hemmel stört es nicht, nichts könnte ihn jetzt vom Träumen abbringen. Er lacht nur und schweigt sich aus. Womit hat er so viel Glück verdient? Die Landschaft, schon gestern herrlich und gigantisch, erscheint ihm heute noch strahlender und unvergleichlicher. Als der Zug sich formiert hat, sucht er verstohlen nach den Augen, die er doch unter jeder Verkleidung erkennen müßte. Die Haut der Jünglinge ist glatt wie die der Mädchen, aber die Augen, die müssen sie verraten. Lange sucht er. Dort, ja dort sind diese Augen. Sie lächeln und senken sich. Hemmel vergißt seine Jahre. Er fühlt sich wie ein Jüngling.

Der Weg führt durch hohe Teeplantagen. Die Sträucher sind in Reihen gepflanzt, so eng, daß die Pflückerinnen gerade dazwischen Platz haben. Eine ganze Weile geht es am Meer entlang. Taucherinnen springen vom Boot aus ins Wasser. Lange dauert es, bis sie wieder an die Oberfläche kommen. Sie tauchen nach Perlmuscheln. Oft vergebens, manchmal mit Erfolg. Eine erbsengroße Perle bringt vierundzwanzig Gulden. Manchmal kostet sie ein Menschenleben.

Hemmel läßt halten. Wenigstens eine Perle muß er kaufen. Es fällt ihm ein, daß er Haruko noch nichts geschenkt hat, keine Winzigkeit. Die schönste Perle sucht er aus und verwahrt sie gut.

„Für wen?" Dem Arzt entgeht aber auch nichts.

„Weiß ich nicht, wird sich finden." Hemmel ist fest entschlossen, sein Geheimnis zu wahren.

„Mit Speck fängt man Mäuse. Kein Fisch ohne Köder. Also doch!"

„Was soll Euer Gemurmel?"

„Nichts, nur ein Monolog."

Die Sonne strahlt. Das Meer wechselt ständig seine Farbe. Vom blassesten Hellblau über Türkis bis Tintenblau. Möwen kreischen, umflattern in Schwärmen die schmalen Fischerboote, schießen pfeilschnell herbei, wenn die silbrigen Fischleiber aufblitzen, und stoßen mit spitzen Schnäbeln nach Artgenossen, die ihnen die Beute mißgönnen. Es riecht nach Salz und Meerestang.

Der Arzt und seine Assistenten sind schon wieder zu Fuß unterwegs. Gut, daß sie so viele Behälter für Pflanzen und Kleingetier mitgenommen haben. Bei jeder Rast müssen die Gehilfen zeichnen. Mit wachsendem Interesse sieht Hemmel ihnen zu. Warum nur unterscheidet sich die gleiche Pflanze, das gleiche Tier in der Abbildung der japanischen Künstler so sehr von der Wiedergabe eines europäischen? Es ist doch das gleiche Objekt!

Nie hat Hemmel sich Gedanken über Kunst gemacht. Erst Shiba Kokans Begeisterung hat ihn aufhorchen lassen, seine Neugier angestachelt. Vielleicht

gelingt es ihm über die Kunst, dem japanischen Wesen etwas näher zu kommen. Braucht er dazu die Kunst? Hat er nicht Haruko?
Haruko! Wann wird er ihr wieder nahe sein? Kein Tag, an dem Hemmel nicht verstohlen ihre Nähe sucht, keine Nacht, in der er nicht auf heimliche Schritte hofft. Aber sie können nicht vorsichtig genug sein. Haruko kennt die Gefahren, und sie kennt die Schliche, den Gefahren auszuweichen.
Der Maler rührt die Farbe auf dem Tuschstein an, bis sie die richtige Dichte hat. Jetzt streift er sie ab, damit sie nicht klecksen kann, und setzt die Spitze aufs Papier auf. Blitzschnell umreißt er die Kontur, wobei die Dicke des Strichs ganz unterschiedlich ausfällt, dynamisch breiter werdend und sich dann, wie mit der Feder gezogen, verengend. Ein Tintenfisch wird porträtiert. Jetzt kommen die beweglichen Tentakeln. Hemmel hat Mühe, so schnell zu gucken, wie die Striche Form annehmen. Der Arzt bringt neue Zeichenobjekte. Er sieht Hemmels Hingabe.
„Nanu? Habt Ihr neuerdings naturkundliche Interessen? Ich dachte immer, meine Belehrungen gehen Euch auf die Nerven."
Hemmel verfolgt weiterhin jeden Pinselstrich. „Ich finde es toll, wie schnell und exakt so ein Bild entsteht. Ihr habt Euch gute Leute ausgesucht."
„Ja. Es ist eben ihr Beruf. Ich bin ganz zufrieden. Frisch läßt sich das alles ja nicht lange mitnehmen."
„Ihr seht nur den wissenschaftlichen Zweck."
„Sicher. Was sollte ich auch sonst sehen?"
„Kam Euch nie der Gedanke, daß das Kunst sein könnte?"
„Kunst? ... Nein! Ihr übertreibt!" Er gibt den Malern neue Anweisungen.
Hemmel aber läßt nicht locker. „Und wie denkt Ihr über die dicken Wälzer mit großen Kupferstichtafeln, wie beispielsweise die Pflanzenbilder von Sibylla Merian? Hat das auch nichts mit Kunst zu tun?"
„Fragen könnt Ihr stellen! Das ist mir völlig egal. Ich bin Wissenschaftler und sammle Material."
„Shiba Kokan hat da neulich eine Frage aufgeworfen. Und hier stellt sie sich mir neu: Warum zeichnet ein Europäer anders als ein Japaner, selbst wenn es um den gleichen Gegenstand geht?"
„Warum? Warum? – Die Schrift unterscheidet sich ja auch wesentlich. Was glaubt Ihr, wie die Japaner sich über unsere Schrift wundern? Holländische Buchstaben, sagen sie, bewegen sich waagerecht wie ein Schwarm Wildgänse überm Horizont!"
Hemmel gefällt der poetische Vergleich. Aus solcher Sicht hört manches auf, selbstverständlich zu sein. Warum und mit welchem Recht sind wir so gedankenlos und halten nur für gut und richtig, was uns seit Kindesbeinen beigebracht wurde?!

Denen hier wurde anderes beigebracht, anderes Fühlen, Denken und Urteilen. Nicht nur eine Schrift, die von oben nach unten läuft und von rechts nach links gelesen wird.
Jetzt wird eine Muschel gezeichnet. Wie sie auf dem Blatt angeordnet ist! Nicht zentral, sondern links unten. Die rechte obere Diagonalhälfte bleibt frei. Vielleicht hat der Arzt recht, vielleicht spielen die Sehgewohnheiten eine ähnliche Rolle wie die Lesegewohnheiten und hängen miteinander zusammen. Schließlich gilt hierzulande ja auch die Schrift als Kunst.
Mit jedem Tag schärft sich Hemmels Blick für alles, was anders als gewohnt ist. Mit jedem Tag wächst seine Bereitschaft, für dieses Andere offen zu sein. Mit jedem Tag wächst sein Wunsch, jenen seltsamen Maler in Edo kennenzulernen und von ihm etwas zu kaufen, was ihn für alle Zeiten an diesen denkwürdigen Aufenthalt in Japan erinnern wird.
Das Landschaftsbild verschiebt sich ständig. Gebirgswege folgen Küstenstreifen, dann Alleen mit Kirschbäumen, Zypressen, Kampferbäumen. An jeder Distriktsgrenze werden zwei Vertreter des zuständigen Gouverneurs ausgetauscht, die dem Zug das Geleit geben. Ihnen zu Ehren werden die Straßen in der Nähe von Ortschaften gefegt und bei Regenwetter mit trockenem Sand bestreut. Die ehemaligen Heerstraßen sind breit, so breit, daß zwei Züge ihrer Größe aneinander vorbeikommen können. Und belebt sind diese Straßen. Als wäre stets die Hälfte aller Bewohner auf Reisen! Zunächst gibt es die Umzüge der Daimyos, die einmal jährlich dem Shogun ihre Ehrerbietung erweisen müssen, die Pilgerscharen, die Handelskarawanen, Gefangenentransporte, Nachrichtenüberbringer. Einen jämmerlichen Anblick bietet eine Menschengruppe, die wegen der ausgebrochenen Blattern ihre Heimat verlassen mußte und nun zurückkehrt. Sie alle sind Gezeichnete, haben die Krankheit mit knapper Not überstanden und viele Angehörige verloren.

Am achten Tag erfolgt die Überfahrt von Kokura nach Shimonoseki. Westwind muß abgewartet werden, bevor die Weiterfahrt per Schiff durch das Innenmeer fortgesetzt werden kann. Die Küstenkulisse bietet Abwechslung: bald springen schmale Landspitzen vor, mit schroffen Gebirgen, bald ziehen sie sich in Buchten zurück, mal ist die Durchfahrt zwischen den Inselgruppen weit und offen, mal bedrohlich eng. Wer ein Schiff durch dieses Labyrinth steuert, muß sich auskennen.
Vier Tagesreisen vor Osaka geht es wieder an Land, und die mühsamere Art des Reisens wird fortgesetzt. Aus dem Grün der Reis- und Gemüsefelder heben sich weiße Reiher wie Leuchtpunkte ab. Kein Wunder, daß diese schönen Vögel zu Glückssymbolen geworden sind!
Nun sind Flüsse zu durchwaten. Für die Träger ist es eine Selbstverständlich-

keit, sich trotz niedriger Temperaturen auszuziehen, die Sachen gebündelt auf Kopf und Schultern zu befestigen und die Herrschaften hinüberzutragen.
Über Brücken und Dämme, durch Täler und Plateaus kommt der Zug voran, jeden Tag Edo ein Stückchen näher. Hemmel überlegt, wieviel von allem Beobachteten jener Maler wohl in Strichen und Farben festgehalten haben mag, wieviel von seinen persönlichen Beobachtungen er dort wiederfindet. Das gelblich-hellgrüne Licht im Bambusdickicht? Die Reiher im Feld? Die Bauern mit den schweren Körben an der Schultertrage? Die sich einspinnenden Seidenraupen? Die Wäscherinnen an den Flüssen? Die Grazie einer Geisha wie Haruko?
Ach, was erwartet er doch für Unmöglichkeiten! Trotzdem, er muß wissen, ob Shiba Kokan übertrieben hat!
Hemmel wird ständig zur Planung des nächsten Reiseabschnittes hinzugezogen. Plötzlich ist auch die Rede von Kyoto, das auch Miyako genannt wird. Die alte, die eigentliche und ursprüngliche Kaiserstadt soll er sehen! Das ist mehr, als zu erwarten war. Im Morgennebel treffen sie ein. Eine Stadt voller Tempel, nirgends standen sie so dicht. Eine Stadt voller Prunk: Lackarbeiten, Färbereien, Webereien, Seide, Brokat, Gold, Bildschitzerei. Alles wird feilgeboten, auch Bücher und Farbholzschnitte. Gerade hier aber fehlt die Zeit zur Betrachtung. Der Weg führt zwar an der massiven Burg vorbei, die der Shogun für Besuche unterhält, aber nicht an der kaiserlichen Residenz, die nicht berührt werden darf.
Die Regenzeit schlägt die Stimmung nieder. Die Pferde rutschen mitunter trotz der Strohsandalen. Am vielbesungenen Fujisan ist die Sicht so schlecht, daß nichts von der Pracht und Herrlichkeit des Bergriesen zu sehen ist. Hinzu kommt bei Hemmel die Sorge um Haruko, denn beim Dorf Hakone sind strenge Paßkontrollen. Die Wachen durchsuchen sogar die Sänften und lassen alle, bis auf die Gesandten selbst, aussteigen. Sie suchen nach einzuschmuggelnden Waffen und Frauen. Wenn Haruko nun noch ihre Männerkleidung anhat und entdeckt wird!
Hemmel täuscht Unwohlsein vor und läßt den ganzen Zug an sich vorbeitrotten. Er atmet erst auf, als Haruko ihm munter jenseits der Kontrolle zunickt.
Edo rückt immer näher. Sie müssen sich verabreden. Nur drei Nächte bleiben noch. Es steht nicht fest, wie lange sie sich in Edo aufhalten werden. Vielleicht vier Wochen. Aber wird dort die Bespitzelung nicht verdreifacht werden?
Hemmel berät sich mit dem Arzt. Wenn jemandem Freiheiten eingeräumt werden, dann ihm. Europäische Ärzte stehen hoch in der Gunst. Alles, was das leibliche Wohl des erhabenen Herrschers betrifft, hebt sonstige Gesetze auf. Das einzige Übel für den gottgleich Mächtigen ist, daß er sterblich ist. Nichts kann deshalb wichtiger sein als sein Leben und seine Gesundheit. Dem

dienen die Tausende von Samurai, der ganze aufwendige Hofstaat, das ganze Land mit seinen Untertanen, vor allem aber die Ärzte, die deshalb in hohem Ansehen stehen. Zu viele Vorgänger des Erhabenen starben eines unnatürlichen Todes, oft durch Gift.
„Ihr denkt immer noch an diesen verrückten Maler?" Der Arzt will zunächst nichts davon wissen. „Was versprecht Ihr Euch davon?"
„Ihr werdet mich doch nicht im Stich lassen. Ich denke, es war abgemacht."
„Wie stellt Ihr Euch das vor? Die Dolmetscher sind durch Eid zu genauestem Bericht verpflichtet."
„Das Problem ist geklärt. Wir brauchen niemanden von den offiziellen Dolmetschern." Hemmel muß Farbe bekennen.
„Ach so! Das klingt schon besser." Der Arzt überlegt. „Dann müssen wir bei dem ersten Begrüßungsgelage einen Vorwand finden, die Umzingelung zu verlassen. Ich werde mir eine Einladung von einem Hofarzt besorgen. Schriftlich, für Euch mit. Dann müssen die Bewacher uns durchlassen."
„Gut. Die erste Nacht in Edo also. Ich werde Haruko die Nachricht zustecken."

14

Sori hat einen festen Schlaf. Deshalb hört er auch nicht das leise Klopfen und Rütteln an der Tür. Seine Frau, daran gewöhnt, auch im Schlaf noch das Atmen der Kinder zu bewachen, ist sofort hellwach.
„Wer mag das sein? Mitten in der Nacht!"
„Öffne!" befiehlt Sori verschlafen. „Was Wichtiges muß es ja wohl sein."
Die Frau streicht ihren Yukata glatt und zurrt den Gürtel fest. Zerstreut streicht sie sich übers Haar. Vor der Tür zögert sie.
„Bitte, wer ist da?"
„Seien Sie unbesorgt, öffnen Sie!"
Eine Frauenstimme, gottlob. Soris Frau zündet ein Licht an und löst die Verriegelung der Tür. Als sie öffnet, zuckt sie zusammen und schiebt den Türflügel wieder zu. Nur einen Moment sah sie diese Menschen, Menschen mit heller Haut und hellen Augen. „Ihr seid hier bestimmt falsch", murmelt sie tonlos und zittert vor Angst. „Rotschöpfe", flüstert sie Sori zu. Der aber springt auf.
„Seit wann ist es bei uns Sitte, Besuchern den Eintritt zu verwehren!" Ärgerlich öffnet er und bittet die Fremden herein. Überrascht ist auch er. Shiba Ko-

kan, flitzt es ihm durch den Kopf, nur der kann sie mir geschickt haben. Sicherheitshalber schiebt er die Regenfenster vor. Die Nachbarn müssen nicht sehen, was sich hier abspielt.
„Hashimemashita."
Die Fremden legen Hüte und Mäntel ab und setzen sich auf die angebotenen Kissen. Richtig, ein Brief von Shiba Kokan wird überreicht. Sori überfliegt ihn. Alles hat seine Richtigkeit. Fragend sieht er auf die Frau im Geishagewand. Haruko beginnt wie ein Wasserfall! „Die Herren haben ein Anliegen an Euch. Ich bin ihre Dolmetscherin. Ich weiß, das ist nicht üblich. Ich bin nur eine Frau. Aber Ihr dürft mir vertrauen. Mein Vater war Dolmetscher und hat mir die Sprache der Fremden nahegebracht. Glaubt mir, ich kam aus freien Stükken mit und schulde niemandem Rechenschaft."
„Shiba Kokans Freunde sind auch mir willkommen. Ihr braucht keine Rechtfertigung."
Sori mustert die Gäste. So nahe hat er noch nie Europäern gegenübergesessen. Das also ist der Kapitän in Diensten der Ostindischen Kompanie, jener der Schiffsarzt. Sori läßt heißen Sake anbieten.
Das Gespräch kommt stockend in Fluß. Eine ungewöhnliche Situation. Gefährlich für beide Seiten.
Hemmel läßt Sori bitten, seine Arbeiten zu zeigen, möglichst alles, was da ist, ältere wie neuere. Shiba Kokan habe sie so neugierig gemacht. Darauf springt Sori an, bittet sie in den Arbeitsraum. Was zuerst? Sori stapelt Bildrollen vor ihnen auf. Am besten, er greift wahllos das nächste, wie beim Lotterielos. Eine schöne, eine wilde, eine grausame, eine farbenprächtige, eine atemberaubende lebendige Welt tut sich vor den Betrachtern auf. Alltägliches wie Phantastisches, Bedrückendes wie Heiteres. Alles pointiert, im Augenblick größter Spannung erfaßt. Haruko scheint überflüssig. Die Betrachtenden sind stumm. Nur ab und zu kommt eine Frage. Shiba Kokan hat wahrhaftig nicht übertrieben. Was alles hier – meist in Skizzen – festgehalten wurde, übertrifft die Erwartungen. Wieviel Detailbeobachtungen! Als hätte dieser Mann die ganze Reise mitgemacht und alles, was auch sie gesehen haben, festgehalten. Diesen Augen scheint wahrhaftig nichts zu entgehen, unheimlich fast! Und es ist glaubwürdig, daß dies alles erst ein Anfang ist. Er scheint unerschöpflich an Phantasie, Einfallsreichtum, Bildfindungen.
„Das meiste ist natürlich verkauft oder verschenkt."
Soll das eine Entschuldigung, ein Angebot oder eine Aufforderung sein?
Hemmel sieht plötzlich sein Haus im fernen Rotterdam vor sich, sieht die Wände voll japanischer Rollbilder, seine Freunde erstaunt und verwundert davor stehen. Eine tolle Idee!
Plötzlich sieht er alles nur noch unter diesem Aspekt, als seinen persönlichen

Besitz, den er mit nach Europa nimmt. Welche Bilder möchte er haben? Dieses mit der bizarren Gebirgslandschaft? Jenes mit den eleganten Kurtisanen? Jene Päonienblüte? Diesen Grashüpfer? – Am liebsten alles. Was wäre am typischsten für Japan? – Auch alles. Hemmel wird immer unsicherer. Er muß anders herangehen.

„Wie lange malt Ihr an einem Bild?"
„Ganz unterschiedlich, meistens sehr schnell. Aber manches ist Fleißarbeit, langwierig, wie hier die Blütenfüllungen, das Auftragen des Goldstaubs."
„Reichen drei Wochen für zwei figurenreiche Makimono?"
„Sicher. Warum fragt Ihr?"
Hemmel holt tief Luft. „Ihr würdet mir eine große Freude machen, wenn Ihr einen Auftrag von mir annehmen würdet. Zur Erinnerung an Japan und an Euch."
„Und was soll ich Euch malen? Woran möchtet Ihr erinnert werden?" Sori wartet gespannt, was ihm darauf übersetzt wird.
Hemmel zögert. Dann leuchten seine Augen auf. „Wie wäre es, wenn Ihr mir das Leben einer Japanerin und das eines Japaners in Bildern darstellt? Die Japanerin dürfte unserer Dolmetscherin ähnlich sein."
Haruko lächelt verschmitzt und unterschlägt den letzten Satz. Jetzt mischt sich auch der Arzt ins Gespräch. „Die Idee ist nicht übel. Solche Rollbilder hätte ich auch gern."
Soris Frau sucht ihrem Mann aus dem Hintergrund Zeichen zu geben. Wie kann er nur darauf eingehen! Er weiß doch, daß er nicht für die Fremden arbeiten darf!
Aber Sori läßt sich nicht beirren, am allerwenigsten durch eine Frau. Allerdings, der Preis muß danach sein. Die Gefahr darf er sich schon mitbezahlen lassen.
„Ich müßte dann manches andere warten lassen. Wichtige Aufträge. Und ich müßte mich in der Werkstatt, die ich leite, vertreten lassen."
„Wären Eure Verdienstausfälle mit einhundertfünfzig Oban entschädigt?"
Überrascht horcht Sori auf. Der Preis ist höher, als er ihn zu fordern gewagt hätte. Damit ließen sich etliche Schulden abtragen! Da kann er unmöglich widerstehen! Und dazu noch der Gedanke, daß diese Bilder weit weg von Japan in einem europäischen Haus hängen werden!
Der Handel muß mit einer weiteren Runde Sake besiegelt werden. Sie reden über Gott und die Welt und über den, der beides zu verkörpern glaubt, den Shogun.
„Habt Ihr ihn je gesehen?"
Sori verneint. „Höchstens von weitem seine Sänfte."
„Und für ihn gearbeitet?"

„Auch das nicht. Einmal fast." Und er erinnert sich der Geschichte, die sich auf dem Weg nach Nikko abgespielt hat.
„Unbegreiflich, daß der Shogun noch nicht auf Euch aufmerksam geworden ist."
„Warum sollte er? Er hat seine Hofmaler."
„Würde es Euch nicht reizen, diesem Menschen einmal von Angesicht zu Angesicht gegenüberzutreten?" Es ist eine Testfrage, die der Arzt stellt. Irgendwie hat er sich diesen Maler ganz, ganz anders vorgestellt.
„Doch. Meine Neugier würde er schon reizen."
Der Arzt dreht ein Reiskörnchen zwischen den Fingerkuppen, ein Reiskorn, das er unwillkürlich vom Fußboden aufgesammelt hat. Erst als er merkt, daß es uneben ist, sieht er es sich genauer an. „Ist hier etwas eingeritzt?"
Sori lacht. „Ja, es war ein Ulk. Jemand wollte nicht glauben, daß ich es schaffe, zwei fliegende Spatzen auf ein Reiskorn zu ritzen. Die Menschen haben ja so eine merkwürdige Neigung zu Übertreibungen."
„Richtig, damit könntet Ihr auch die Neugier des Shoguns herausfordern. Ihr verbreitet, daß Ihr das größte Gemälde der Welt malen wollt. Wie wäre das?"
„In meinen Augen eine Jahrmarktsattraktion. Aber da ich Sinn für Humor habe, könnte ich ja probieren, ob Eure Rechnung aufgeht. Nach meinen bisherigen Erfahrungen lobt die Welt nicht immer das, was großartig und außergewöhnlich ist, sondern das, was vor Staunen die Mäuler aufreißen läßt."
„Stimmt, leider. Aber da wir nun einmal in dieser so beschaffenen Welt leben und zurechtkommen müssen, bleibt uns nichts anderes übrig, als gewisse Spielregeln als gegeben anzunehmen."
„Und unsere Steine nach ihnen zu setzen. Auf das größte Bild der Welt!"
Soris Frau schleicht ängstlich von einem Raum zum anderen, lugt durch Spalten, ob in den Nachbarhäusern auch niemand wach ist, niemand etwas hört. Wenn die Männer doch bloß leiser wären! Wenigstens die Kinder sind nicht wachgeworden. Wollen diese Fremden nicht endlich gehen? Ihre Unruhe wächst. Wenn sie doch irgend etwas tun könnte! Aber sie kann es nicht, eine Frau ist machtlos. Zählt nicht.
Schließlich bewegt sich das Murmeln dem Ausgang zu. Sie kann erleichtert aufatmen. Doch zu früh! Als sie erfährt, welchen Auftrag Sori angenommen hat, bricht sie fast zusammen. „Das kann unser aller Untergang sein! Wie konntest du nur!"
„Dreihundert Oban! Ist das nichts?"
Verzweifelt knetet sie ihre hageren Hände. „Was nützt das Geld, wenn das beobachtet wurde. Sie werden dich ins Gefängnis werfen."
„Mal nicht den Teufel an die Wand! Es wird gutgehen. – Und jetzt will ich kein Wort mehr davon hören!"

Sori löscht das Licht und streckt sich auf der Schlafmatte aus. Noch tagt es nicht. Schlafen wird er nicht können nach diesen Gesprächen. Aber Ruhe braucht er. Ruhe zum Überlegen und zum Planen. Die Holländer, die den Mut aufbrachten, zu ihm zu kommen, sollen ihren Entschluß nicht bereuen.

15

Sori meldet sich krank, damit die Schüler nicht vergebens warten. Ein anderer Grund, der Werkstatt des Tanari Sori fernzubleiben, scheint ihm nicht stichhaltig. Als vorläufiger Werkstattleiter kann er sich die Notlüge leisten.
Er braucht Ruhe. Von dieser Arbeit hängt viel für ihn ab. Seit dem ersten Sonnenstrahl ist er hellwach und grübelt. In Gedanken sieht er zunächst zwei leere querformatige Rollbilder aus Seide vor sich. Ja, bei dem hohen Preis, der ihm geboten wird, muß es Seide sein, mit ganz hellen Baststangen.
Das Leben einer Japanerin von der Kindheit bis zum Grabe ... Ein seltsames Thema. Wer denkt schon darüber nach! Was für einer Japanerin? Einer ganz durchschnittlichen? Die sich vor dem Vater duckt, solange sie in seinem Hause lebt, die dann geheiratet wird von jemandem, den meistens der Vater aussucht, und die sich dann weiter duckt, eben vor diesem Mann ...? Nein, das können die Rotschöpfe nicht gemeint haben! Schließlich wollen sie ein typisch japanisches Bild. Es muß schon das Bild einer geachteten Frau sein, also einer Geisha. Ihr Leben verläuft in genau festgelegten Etappen, die, jede für sich genommen, schon reizvolle Bilder abgeben.
Sori sieht Haruko vor sich. Seltsam. Eine Frau von höchster Bildung, die sich den Fremden als Dolmetscherin anbietet! Warum tat sie es? Besteht eine enge Beziehung zwischen ihr und diesem Kapitän? Wie überhaupt kam es zu dieser Bekanntschaft? Warfen sie sich nicht versteckte Blicke zu?
Je mehr Sori nachdenkt, desto wahrscheinlicher wird es ihm, daß er richtig handelt, wenn er als Modellfall für das Leben einer Japanerin das Leben einer Geisha wählt.
Auch ihm selbst käme das entgegen. Hat er doch in unzähligen Ukiyo-e gerade diese Seite des japanischen Lebens festgehalten, immer mit den Vorbildern des großen Utamaro und Kiyonaga vor Augen. In den Vergnügungsvierteln der Osthauptstadt kennt er sich aus, er kennt die Lebenswege der Geisha und Kurtisanen. Oft stammen sie aus einer armen Familie und sind schon als Kind verkauft worden oder haben sich freiwillig geopfert. Mit sechs Jahren begann die Lehre. Als erstes müssen sie die Trommel spielen lernen, mit acht Jahren

die Shamisen und sich im Tanz üben. Sie lernen Schönschreiben und Rezitieren, die Fächersprache und den Gesang. Da ihre Stimme von Natur aus hoch ist, müssen sie bei Frost und Nebel im Morgengrauen bei offener Tür singen, bis die Sonne aufgeht. Und das so oft, bis sie die Stimme verlieren und heiser werden. Bei ausreichender Begabung können sie noch andere Musikinstrumente erlernen wie die Tsutsumi, die mit Händen geschlagene, sanduhrförmige Handtrommel, die geigenartige, mit Roßhaarseiten bespannte Kokyn, oder sie dürfen als Auszeichnung das Kotospiel erlernen, das sonst nur Vornehmen zukommt. Die Geisha muß geistreich in der Unterhaltung sein, sich in der Teezeremonie und in der Blumensteckkunst, dem Ikebana, auskennen. Arm bleibt sie auch bei den großzügigsten Verehrern, denn ihr Verdienst geht zum Teil an den Teehausbesitzer, zum Teil an die Familie. Wird sie geheiratet, gilt sie als ehrbar. Sonst ist die Haltung zu ihr zweispältig. Das Volk verehrt sie, die Dichtung rankt gefühlvolle Liebesgeschichten um sie, die Holzschnittkunst preist ihre Eleganz und Schönheit. Die eigene Familie, die ihr Los bestimmt hat, nimmt das Geld, schämt sich ihrer aber. Gegenüber den Kurtisanen hat die Geisha das Vorrecht, Freier abzulehnen oder selbst auszusuchen. Folglich bleibt ihr mehr Stolz und Selbstbewußtsein. Das und der äußere Glanz ihrer Erscheinung bringen ihr wohl auch die mit Neid gemischte Bewunderung der japanischen Durchschnittsfrau ein. Aber wie läßt sich ein solches Leben in eine sinnfällige Bildfolge bringen?
Sori schließt die Augen. Die Szenen müßten wellenartig ineinander übergehen. Zuerst die Weihe der Neugeborenen am Shintoschrein am dreiunddreißigsten Tag nach der Geburt, dann die Übergabe der Sechsjährigen an die Geishaschule, Vertragsunterzeichnung, die Ausbildung im Schreiben, Singen und Musizieren, unbedingt eine Tanzszene. Es folgen die Darbietung der Teezeremonie vor einem Gast, eine Liebesszene, dann die gealterte Geisha, wie sie junge Mädchen unterweist, zuletzt ihr Grab, vielleicht mit einem Schmetterling, damit ein Trost bleibt.
So etwa könnte es gehen. Dazu das Pendant, das Leben eines Japaners, eines Samurai. Weihe am Shintoschrein am zweiunddreißigsten Tage nach der Geburt, Unterweisung im Schreiben, Bambussäbelfechten, Judo. Das brächte Farbe, Vehemenz und Kontrast ins Bild. Und auch bei diesem Thema wäre Sori ganz in seinem Element! Schluß mit den Grübeleien! Er springt auf, wäscht sich flüchtig, zieht hastig seinen Arbeitskimono an, wartet das Frühstück nicht ab und verschwindet in seinem Arbeitsraum. Gut, daß er noch Seide vorrätig hat! Ein reiner Zufall ist das. Er rollt sie aus, schon liegt die Bahn vor ihm. Jetzt packt ihn das Fieber. Eine leere Fläche stellt eine ungeheure Herausforderung dar, immer wieder! Schon der erste Strich verändert alles, bedeutet Anfang. Oft, wenn Sori auf der Straße vor Leuten zeichnete, über-

ließ er dem Erstbesten diesen ersten Strich. Mancher zeichnete ihn groß und krumm, um ihn in Verlegenheit zu bringen. Aber es gibt keinen Strich, aus dem sich nichts machen ließe. Immer wieder hatte Sori lachend diesen Beweis erbracht. Hier aber dürfte kein anderer den ersten Strich ziehen. Die ganze Komposition hängt von diesem ersten Strich ab, der bereits entscheidet, wieviel Szenen unterzubringen sind. Wieviel dürften es sein? Fünf oder sechs, mehr nicht, sonst würde alles zu kleinteilig und unübersichtlich. Sori zieht den ersten Strich rechts oben – das Dach des Shintoschreins.

Der Anfang ist da, jetzt folgt eins aus dem anderen. Sori arbeitet mit äußerster Konzentration, wechselt die feinen spitzen Pinsel, stimmt die Farbtöne ab, legt Pausen ein, zögert. Jeder Strich muß sitzen. Korrekturen sind nicht möglich. Schließlich steht die erste Szene. Er hängt den Seidenstreifen an die Wand und betrachtet sein Werk mit Abstand. Kritisch. Nickt, ja, wenn die anderen Szenen so werden, darf er mit sich zufrieden sein. Jetzt aber knurrt sein Magen.

„Omae!"

Seine Frau ist sofort zur Stelle und stellt das Tablett mit den Schälchen und Tellerchen vor ihn hin. Mit keinem Blick würdigt sie das begonnene Makimono. Es wäre ihr lieber, er ließe die Hände davon. „Willst du wirklich hier essen, bei dem Farbengeruch?"

„Ja, das stört mich nicht."

„Der Nachbar hat schon gefragt, warum du heute nicht aus dem Haus gegangen bist."

„Auch das stört mich nicht. Du allmählich aber mit deinem Gerede!"

Erschreckt huscht sie hinaus. Hat sie sich zu weit vorgewagt?

Während des Essens läßt Sori seine begonnene Arbeit nicht aus den Augen, setzt in Gedanken fort, was als nächstes Gestalt annehmen soll. Er zieht einen Zettel Schmierpapier zu sich heran, skizziert, probiert, zerknüllt ihn. Seltsam. Unsicherheit ist ihm doch sonst fremd!

Am besten wäre jetzt ein Spaziergang. Den Augen und den Gedanken freien Lauf lassen. Aber das geht nicht, schließlich hat er sich krankgemeldet. Vielleicht ist die Anspannung deshalb so groß, weil die Fremden so hochgespannte Erwartungen haben, die er nicht enttäuschen will. Drei Wochen Zeit hat er, für vier Makimono. Kein Grund, schon jetzt nervös zu werden.

Vorsichtig tastet Sori sich an die nächste Szene heran. Nein, es hat keinen Zweck! Die Vorsichtigkeit überträgt sich auf die Strichführung. Der Schwung fehlt. Plötzlich tut sich eine bisher unbekannte Kluft auf zwischen Plan und Ausführung. Irritiert räumt er alles beiseite. Das Außergewöhnliche läßt sich nicht erzwingen. Es muß selbst kommen und das wird es auch. Er muß nur alles überschlafen.

Der erzwungene Aufschub hat sich bewährt. Am nächsten Tag geht Sori die Arbeit ganz anders von der Hand. Fast ohne Pausen und Stockungen. So muß es sein. Er gerät in Hochstimmung.
Schließlich hängt das erste Makemono fertig vor ihm. Stolz kann er sein! Harunobu hätte es nicht besser gekonnt, Utamaro und auch Kiyonaga nicht. Die pflanzenhaft schwingenden Konturen der Kimonos schaffen natürliche Überleitungen von einer Szene zur anderen. Nichts wirkt gequält, nichts widernatürlich.
Sori ist ebenso froh wie ausgebrannt. Die stundenlange Anspannung hat Kraft gekostet. Mehr Kraft, als man den winzigen Figürchen ansehen mag.
Bevor er das zweite Makimono anfängt, legt Sori einen Tag Pause ein. Eine Pause allerdings, die seinen Zielen dienen soll. Er liest in den alten Heldengeschichten. Sie sollen seiner Phantasie auf die Sprünge helfen, sie sollen seine Begeisterung beflügeln. Und wieder kommt er nicht vorbei an der alten und ewig neuen Geschichte der siebenundvierzig Ronin ...

16

Die drei Wochen sind um. Die Makimono liegen abholbereit. Nachts horcht Sori auf jedes Geräusch. Schließlich sind die Fremden da. Mitten in der Nacht, wie damals.
Sie erzählen von der Audienz beim Shogun, dem Hofzeremoniell, den Speisen, den Bediensteten, den Räumen, Beobachtungen unterschiedlichster Art. Dann erst kommt die Frage nach dem Auftrag. Sori breitet die Rollen aus.
„Wie verabredet, ist alles fertig."
Hemmel ist begeistert. „Wunderbar! Ganz so, wie ich es mir gewünscht habe! Fast noch schöner! Herzlichen Dank!"
Ja, wirklich! Diese Geisha wird ihn zuhause in Rotterdam an Haruko erinnern, ein Leben lang. Und dieser Samurai an den Besuch beim Shogun, an all diese schwerterbewaffneten Männer um ihn. Auch der Samurai ist ein Symbol Japans, Symbol einer besonderen Treue- und Tapferkeitsethik. Wirklich, Hemmel ist mehr als zufrieden. Er ist begeistert, und es fällt ihm nicht schwer, zu seinem Wort zu stehen. Er zählt die einhundertfünfzig Oban vor Sori auf die Tatamimatte. „Domo arigato ..."
„Nein, ich habe zu danken!"
Jetzt ist es an dem Arzt, seinen Geldbeutel zu erleichtern. Der aber legt nur eine kleine Summe hin. Sori stutzt, wartet. Nichts geschieht.

9   Der Suwasee in der Provinz Shinano

10 Der Fuji vom Gohyaku-Rakan-Tempel aus gesehen

11 Gesellschaft auf einer Aussichtsplattform in Yoshida an der Ostmeerstraße

12 Mädchen mit Blume

13 Sonnenuntergang hinter der Ryogoku-Brücke am Sumidafluß

14 Blick zum Fuji durch die Mannen-Brücke von Fukagawa

„Einhundertfünfzig war ausgemacht."
„Nicht mit mir."
Sori packt der Zorn. „Die Bedingungen legte der Kapitän fest, das stimmt. Aber Ihr habt Euch angeschlossen, also auch zu gleichen Bedingungen. Mit welchem Recht wolltet Ihr weniger zahlen?"
Die Augen des Arztes funkeln unheildrohend. „Glaubt Ihr, ich weiß nicht den Unterschied zwischen einem Original und einer Kopie? Ich denke nicht daran, eine Arbeit, die jeder Schüler leisten könnte, so hoch zu bezahlen!"
Sori springt auf. „Was fällt Euch ein! Kein wirklicher Künstler kopiert sich selbst. Wollt Ihr meine Arbeit mit der eines beliebigen Schülers gleichsetzen? Zeigt mir nur einen einzigen Makel in den Bildern! Eine verwischte Stelle, einen mißglückten Strich, eine falsch gesetzte Farbe! Und zeigt mir nur zwei Stellen, die übereinstimmen! Gleich ist nur der Inhalt. Nichts weiter!"
Hastig rollt er die beiden Makimono zusammen und steckt sie in die köcherartige Verpackung. „Steckt Euer elendes Geld wieder ein! Ich lasse mich nicht beleidigen!"
Hemmel versucht zu vermitteln, redet auf den Arzt ein, leise, eindringlich. Vergebens. Bedauerlich, daß diese ereignisreiche Begegnung ein so häßliches Ende nehmen soll. Er wird in Rotterdam die Bilder nicht mehr ansehen können ohne bitteren Beigeschmack. So bleibt ihnen nichts übrig, als sich in Mißstimmung zu trennen. Kaum sind die Fremden aus der Tür, als Soris Frau in nie erlebter Schärfe ihre Stimme erhebt: „Das hast du nun von deinem verdammten Stolz! Kein Mensch wird die Bilder kaufen wollen! Welche himmelschreiende Dummheit, statt weniger Geld gar keins zu nehmen! Soviel Stolz kann sich nur ein Reicher leisten! Sind wir das etwa?"
Sori packt sie am Arm. „Was ist in dich gefahren, Weib! Vergißt du, wer du bist? Misch dich gefälligst nicht in Sachen, von denen du nichts verstehst! Feg du deine Matten ab und rühr deine Suppen um und krieg Kinder, aber laß mich tun, was ich tun muß! Stolz ist keine Frage des Sich-Leisten-Könnens, es ist eine Frage des Charakters. Auch der Arme muß seine Würde wahren!"
Mit einem Ruck läßt er ihren Arm los, daß sie fast hinfällt. Die Stille hat etwas Bedrückendes, belastet mehr als der laute Streit. Beide ringen um Fassung.
„Scht! War da nicht jemand?"
Das fehlte noch, ein Spitzel! Die Frau wird starr vor Angst.
Sori sieht nach. Hemmel und Haruko sind es. Sie sind also nochmal umgekehrt. „So konnten wir nicht weggehen. Das dürfte nicht der Abschied sein."
Sori reißt sich zusammen. „Dann, bitte, kommt herein!"
„Wir möchten unseren Freund entschuldigen. Es ist sonst nicht seine Art. Er hatte wohl einen schlechten Tag. Bitte gebt uns in seinem Namen die beiden Makimono, zum vollen Preis."

Und zum zweiten Mal in dieser Nacht zählt Hemmel dem Maler einhundertfünfzig Oban vor.
Sori wirft einen triumphierenden Blick in die Ecke zu seiner Frau. Na also! Man darf nicht jedem Widerstand nachgeben!
„Ich werde Euch in bester Erinnerung behalten. Vergessen wir die kleine Meinungsverschiedenheit! Besten Dank!"
„Ganz meine Ansicht! Ein bitterer Tropfen vergiftet das beste Mahl."
Sori räumt das Geld beiseite und holt Sakeschalen. „Auf unsere Freundschaft!"
„Auf das Ende des Sakoku, der Abschließung des Landes! Daß solche Begegnungen nichts Verbotenes mehr sind!"
„Daß die Erdteile näher aneinander rücken!"
„Daß Völker nicht anderen Völkern als Feinde gegenüberstehen!"
Utopische Wunschträume? Ja, beide denken das insgeheim. Mit großem Bedauern und Traurigkeit.
Wie schnell die Gefühle umschlagen können! Nichts mehr von Soris Zorn ist übriggeblieben. Hemmel ahnt den bevorstehenden Abschied von Haruko voraus. Schlimm wird es sein. Ein Zipfel seines Herzens wird hier hängenbleiben. Viel mehr noch als bisher wird er sich hin- und hergerissen fühlen zwischen Heimweh und Fernweh. Eine Brücke hierher muß bleiben.
„Ich hörte von Shiba Kokan, daß Ihr viele Pläne habt. Pläne für große Holzschnittserien. Landschaften mit europäischer Perspektive. Stimmt das?"
Sori nickt. „Ich glaube, es ist sehr wichtig für den Menschen, in welcher Landschaft er lebt. Er geht aus ihr hervor und bleibt ein Teil von ihr, auch wenn er seine Umwelt noch so sehr zu verändern trachtet. Die Natur rächt sich dafür, früher oder später. Ich denke an Serien von Wasserfällen, Flüssen, vor allem aber Bergen, an Serien, die den Fuji in seiner ganzen Majestät zeigen."
„Ja, Ihr lebt in einem sehr schönen und abwechslungsreichen Land. Bei mir zu Hause gibt es keine Berge. Alles ist flach, viel Wasser, Wiesen und viel Himmel. Ganz anders."
Während Haruko übersetzt, wirkt Hemmel sehr in sich gekehrt.
„Schade, daß ich Eure sicher großartigen Landschaftsserien nicht kennenlernen werde." Dann aber kommt ihm sichtlich ein glücklicher Einfall. „Natürlich! Holzschnitte gibt es doch in vielen Abzügen, nicht wahr? Und Schiffe der Ostindischen Kompanie werden auch immer wieder nach Nagasaki fahren. Es muß doch möglich sein, über diese Schiffe und die Faktorei Verbindung zu Euch aufzunehmen."
„Sicher. Nur wechsle ich meinen Wohnplatz oft, wie Ihr wißt."
„Aber Ihr könntet doch Shiba Kokan auf dem laufenden halten, wo Ihr zu finden seid."

„Hm. Das ginge." Auch Sori begrüßt diese Möglichkeit. Der Gedanke, daß in so weiter Ferne jemand etwas von ihm erwartet, wird ihn beflügeln. Sicher.
„Versprochen?"
„Versprochen."
Es wird Zeit zum Aufbruch, höchste Zeit. Der Arzt wartet. Das aber bedauert Hemmel nicht, soll er ruhig! Er und Haruko kommen jedoch ohne den Arzt und seinen Passierschein nicht zurück.
„Habt Ihr die Rollen?" begrüßt sie der Arzt.
„Natürlich."
„Und zu welchem Preis?"
„Zum angemessenen."
„Also zu meinem?"
„Nein, zu Soris Preis!"
„Heißt das, Ihr habt gar nicht darum gehandelt?"
„Heißt es. Der Preis stand ja fest."
Der Arzt kocht. „Wäre ich doch bloß mitgekommen!"
„Hättet Ihr ja tun können! Nur, dann hättet Ihr die Rollen nicht bekommen."
„Bitte, da haben wir's! Hab ich doch gleich gesagt, daß sich hinter Bescheidenheit Raffgier verbirgt und Arroganz."
„Darüber denke ich anders."
„Was Ihr ja durch Eure Handlungsweise eindeutig bestätigt habt!"
„Wenn Ihr so an Eurem Geld hängt, hättet Ihr's behalten können."
„Ein glattes Verlustgeschäft. Kein Mensch wird mir soviel dafür wiedergeben."
Hemmel bleibt stehen. „Moment mal! Ihr wolltet es als Spekulationsobjekt, für den Kunstmarkt?"
„Natürlich! Kunst ist Geldanlage. Was sonst!"
„So kann man es allerdings auch sehen." Betroffen schweigt Hemmel.

17

Eingekeilt in die Menschentraube der Schaulustigen am Straßenrand, verfolgt Sori den Zug der holländischen Gesandtschaft. Hemmel selbst sieht er nicht, nur die Norimons, von denen einer ihm zugewiesen sein muß. Das Schauspiel ist nicht ungewohnt, trotzdem immer wieder faszinierend. Soris Maleraugen saugen sich an Einzelheiten fest. Wie kunstvoll sind die Mähnen der Pferde ge-

flochten und gestärkt, wie schwungvoll krümmen sich die Sättel, wie abwechslungsreich sind die Satteldecken gemustert! Und wie sich die Träger auf das Gewicht der Sänften einstellen! Viel Farbe und Goldverzierung flimmert in der Sonne. Man müßte mehr als zwei Augen haben, um alles gleichzeitig zu sehen, und mehr als ein Gedächtnis, um alles festzuhalten!
Sori mustert die vielen, vielen Kästen und Gepäckstücke. Worin wohl mögen seine Bildrollen verwahrt sein? Stolz erfüllt ihn bei dem Gedanken, welch weiten Weg sie vor sich haben und wie sie dort am Ziel einen Begriff vermitteln von dem, was japanische Kunst heißt. Ob Hemmel Wort halten wird? Ob es ihn von Europa aus wirklich noch kümmern wird, was ein gewisser Maler in Edo treibt? ... Vielleicht doch!
Der Troß ist vorbei. Nur eine Staubwolke zeigt noch die Richtung an, in die er verschwunden ist. Sori kehrt zurück in die Werkstatt.
Hier aber hat er Mühe, sich in die gewohnten Arbeitsabläufe zu finden. Immer wieder ertappt er sich dabei, daß seine Gedanken den Fremden nachlaufen. Das wäre etwas! Die vielgepriesene Tokaido – die Ostmeerstraße – zu durchwandern bis hin nach Kyoto und Osaka, dann sich einschiffen ins Innenmeer mit seinen tausend Inseln, deren Schönheit die Sänger preisen, und danach auf die westliche Insel Kyushu, wo schon tropische Bäume wachsen. Palmen. Fernweh erfaßt Sori.
Die Begegnung hat vieles verändert. Vieles in Sori. Mehr noch als die Begegnung mit Shiba Kokan. Shiba Kokan war Vermittler. Jetzt aber kennt Sori einen Holländer persönlich – und noch einen zweiten, den er lieber vergessen möchte. Wie mag dieser ferne Erdteil sein? Die Landschaft flach, hat Hemmel gesagt, die Häuser aus rotem Ziegelstein mit hohen Fenstern aus Glas, bleigefaßt. Wie das wohl aussieht?
Sori läßt sich Bericht erstatten über den Fortgang der Arbeiten während seiner Abwesenheit. Der jüngere Soji sitzt ihm gegenüber. Eines Tages soll Sori seinen Namen und später auch die Werkstattleitung an ihn abgeben. So ist es seinerzeit beschlossen und abgemacht. Also wird dieser Bericht gleichzeitig zum Prüfstein dafür, ob es bald an der Zeit ist, Soji mit der Leitung zu betrauen. Sori hat Grund, genau hinzuhören und genau hinzusehen. Soji ahnt nicht, daß schon jetzt die Nachfolge erwogen wird. Unbefangen berichtet er. Als müsse er Sori beschwichtigen. Alles lief inzwischen glatt, ganz in seinem Sinne. „Alle Aufträge wurden pünktlich und zur Zufriedenheit erledigt."
„Das freut mich. Und sonst? Gab es Ärger?"
Soji zögert. „Ärger nicht gerade."
„Aber?"
„Na ja, Ihr wißt ja, der Altgeselle! Manchmal ist es nicht ganz einfach mit ihm."

„Das konnte ich mir denken. Er fühlt sich zuständiger, stimmt's?"
Soji nickt. „Es fällt ihm schwer, sich einem Jüngeren unterzuordnen."
„Das kenne ich. Es ist nicht leicht, den richtigen Mittelweg zwischen der Achtung vor dem anderen und dem Anspruch auf Autorität zu finden. Mir gefällt es auch nicht, wenn ich die Zügel straff ziehen muß. Manchmal aber geht es nicht anders."
„Ich glaube, der Mann ist verbittert."
„Das liegt an seiner falschen Selbsteinschätzung. Sicher kann er etwas, kennt sich aus in der Werkstatt, verbrachte sein halbes Leben hier. Aber der ältere Sori wußte schon, weshalb er nicht ihn zum Nachfolger bestimmte. Es reicht eben nicht aus, starr die Traditionen der Schule weiterzuführen, ohne jeden Einfallsreichtum, ohne persönliche Prägung, unangefochten von jedem Zweifel. Leben heißt Bewegung, heißt einen Sinn haben für das, was Menschen fühlen und denken, für die Dinge, die sie beschäftigen. Kunst darf nicht erstarren. Wenn aber Menschen Macht bekommen wie er, ehrgeizig werden, Erfolge nach Ziffern berechnend und dabei geistlos, dann werden die besten Traditionen zur blassen Routine. Ihr habt das Zeug, diesen Abrutsch zu verhindern."
„Glaubt Ihr wirklich?"
„Ja. Und Ihr müßt Euch behaupten. Nicht Euretwegen, sondern um der Kunst willen. Vergeßt das nie!"
Soji berichtet weiter. Noch ist es zu früh, denkt Sori, leider! Ob er mich versteht? Ach, diese leidigen Schultraditionen!
„Hört Ihr mir überhaupt noch zu?"
„Aber natürlich!"
Sori reißt die Brauen hoch und sieht sein Gegenüber voll an. Tatsächlich aber spinnt er seine Gedankenfäden weiter: Schon damals, beim Eintritt in Shunshos Werkstatt, gab es betretenes Schweigen und scharfe Worte, weil er sich anerkennend über Maler und Holzschnittmeister anderer Schulen geäußert hatte. Nach den ungeschriebenen Gesetzen dieses Berufs hätte er sie ignorieren müssen. Aber das konnte er nicht. Also eckte er an und wurde am Ende als „Verräter an der Kunst" mit Schande aus der Werkstatt verwiesen. Bei Kano Yusen ebenso ... Und trotzdem! Zu bereuen gibt es nichts. Auch oder vielleicht gerade die Ärgernisse haben ihn weitergebracht. Wäre er gleich bei Shunsho hängengeblieben, würde er noch heute nichts anderes können, als Schauspieler in den gängigen Rollen malen und jene zwar köstlichen Silhouetten pflanzenhaft sich bewegender Frauengestalten. Nicht aber wüßte er den Reiz des Flüchtigen zu schätzen, den ach so vergänglichen Augenblick, in dem sich ein Blütenblatt vom Baum löst oder ein Schmetterling zu einer Blume schwebt. Das Leben als Bewegung und Veränderung zu begreifen und den Eindruck des Nicht-ganz-Vollendeten zu erwecken – das erst begriff er

durch die Tuschzeichnungen der Chinesen, die durch die Kano-Schule weiterentwickelt wurden. Und schließlich wären ihm die Lehren des Shiba Kokan entgangen. Jetzt aber sollte Schluß sein mit der ganzen Nachahmerei!
Sori überdenkt sein Alter. Fast achtunddreißig. Da wird es Zeit, endgültig die Kinderschuhe auszuziehen. Es wird Zeit, endlich jenen dauerhaften Namen anzunehmen nach dem Sternbild des kleinen Bären Hokushin Myoken, wovon er schon lange träumt. Diesen Namen aber muß er sich erst vor sich selbst verdienen! Soji ergeht sich in Einzelheiten. Jede belanglose Kleinigkeit zählt er mit Wichtigkeit auf. Kleinkrämerei. Sori winkt ab. „Schon gut!"
In diesem Augenblick kommt Soris Tochter Omiyo hereingestürzt. „Vater! Komm schnell! Mutter ...!" Mehr bringt sie nicht heraus und ist schon wieder weg. Sori läuft ihr auf der Stelle nach. Die Menschen, die sich vor seinem Haus versammelt haben, machen wortlos Platz. Die Tür steht offen. Schon beim ersten Blick von der Schwelle her weiß Sori, daß nichts mehr zu ändern ist. Seine Frau ist tot.
Langsam, ganz langsam dringt diese Tatsache in sein Bewußtsein. Warum? Wie konnte das geschehen? So plötzlich. Er fragt es laut. Sieht von einem zum anderen. „Sie war krank. Schon lange."
Wieso? Wieso habe ich das nicht gewußt? Ausgerechnet ich nicht? möchte er fragen. Aber dann wird ihm klar, daß er diese Frage wohl sich selbst zu stellen hat. Wann hat er sich schon um sie gekümmert! War sie ihm denn mehr als eine willige Arbeitskraft, eine Magd, die für die schweren und niedrigen Alltäglichkeiten zuständig war, die ihm all das vom Hals hielt?
Weinend schmiegt sich Omiyo an ihn. „Wird Mutter jetzt weniger unglücklich sein?"
Sori wird blaß. Was sagt da sein eigenes Kind? Weniger unglücklich. War sie denn unglücklich bei ihm? Welche Anschuldigung!
„Was redest du da!" murmelt er tonlos.
„Die Opfer werden doch nicht alle umsonst sein?"
„Welche Opfer?"
„Mutter hat alle Opfergaben zum Altar des Yakushi Nyorai gebracht."
„Na und? Das ist der Buddha der Medizin."
„Aber sie hat gesagt, der heilt auch das Gebrechen, als Frau geboren zu sein, und würde dafür sorgen, daß bei der Wiedergeburt die Frauen als Männer auferstehen."
Hatte sie es nötig, diesem Gott zu opfern?
Sori denkt nach, wie er zu seiner Frau gewesen war. Sicher nicht schlechter als die anderen japanischen Männer zu ihren Frauen. Trotzdem, vom Standpunkt der Frau aus gesehen, kommt er nicht gut dabei weg. Hat er sie nicht oft genug herumgestoßen, sie hart angefahren und seine Launen an ihr ausgelassen? Hat

er ihr nicht ständig den Mund verboten? Hat er genügend Verständnis gezeigt für ihren Kummer, als die so begabte Tochter Otetsu so früh starb? Nein, er hat es nicht. Und er hat sich nichts dabei gedacht, daß sie immer mehr ein Schatten ihrer selbst wurde. Kam gar nicht auf den Einfall, daß sie krank sein könnte und Hilfe brauchte! – Sori kommt nicht umhin, sich Vorwürfe zu machen, mit sich ins Gericht zu gehen. Jetzt, wo es zu spät ist.
Ihr Tod ändert vieles. Er wird nicht in diesem Haus bleiben. Der Sohn Tominosuke soll ohnehin zu seinem Großvater in die Lehre, um Spiegelmacher zu werden. Omiyo muß zu Verwandten. Sie wird ihm fehlen. Plötzlich wird er allein sein, ohne Familie, wie früher. Hat er sich nicht manchmal gewünscht, ganz frei zu sein für seine Arbeit? Jetzt ist er es. Aber so war dieser Wunsch nicht gemeint. Nein, gewiß nicht!
Sori hält Totenwache bei seiner Frau.

18

Laut Kalender ist Frühling. Draußen aber wirbeln dicke Schneeflocken auf blühende Bäume. Dazu scheint die Sonne, aber kein Regenbogen leuchtet am Himmel.
Sori steht in der offenen Tür. Ein verrücktes Wetter, unvorschriftsmäßig, unvorhersehbar. Wie das Leben selbst.
Er blinzelt gegen die gleißend hellen Schneeflocken. Mindestens seit einer Woche war er nicht mehr draußen in der Sonne. Er ist auf dem besten Wege, ein Höhlentier zu werden.
Heute aber könnte ihn kein noch so verrücktes Wetter abhalten, hinauszugehen, denn heute sollen die Probedrucke der ersten Holzschnittserie fertig sein, in der Sori die neue Perspektive angewandt hat, Ansichten von Edo. Wohlweislich hat er bei jeder Platte die Stelle freigelassen, wo die Namenszeichen einzusetzen sind. Fallen die Drucke gut aus, sollen sie den neuen Namen tragen: Hokusai. Wird das ein Gefühl sein, diese Buchstaben zum erstenmal eigenhändig in Holz zu schneiden! Natürlich, das wird er sich nicht nehmen lassen. Überhaupt unterläßt er es nie, die letzten Korrekturen, die letzten Feinheiten selbst auszuführen. Schließlich kennt er sich aus in diesem Handwerk. Wozu hatte er es gelernt, wenn er alles den berufsmäßigen Holzschneidern und Druckern überlassen würde!
Sori genießt den langen Fußweg, die frische, feuchte Luft. Er atmet tief durch und fühlt sich lebendiger denn je, voller Spannung. Wie werden die Farben

ausfallen? Hoffentlich nicht zu schwer, hoffentlich leicht und transparent genug. Aber das läßt sich noch ändern. Hauptsache, die Linien stimmen, verlaufen so, daß die Illusion von Tiefe, Ferne, Räumlichkeit erreicht wird! Wenn alles so wird, wie er es sich vorstellt, dann bedeutet das eine grundlegende Wende für den japanischen Holzschnitt. Es wird neue Anfeindungen geben, Verständnislosigkeit, Ignoranz. Ganz, ganz wenige nur werden begreifen, daß ein Umbruch erfolgt ist, ein Abgehen von lang ausgefahrenen Spuren, eine Aufnahme fremder Einflüsse, die zu Eigenem geworden sind. Das nämlich ist wichtig! Nicht die Übernahme neuer Techniken – wie etwa des Kupferstichs oder der Ölmalerei – sondern das Verarbeiten im Sinne der eigenen Wesensart. Und die ist anders.

Wieder sieht er Hemmel und den Schiffsarzt vor sich. Ja, sie sind anders, so wie ihre ganze Kultur. Trotzdem gibt es Brücken, Verständigungsmöglichkeiten. Nicht zuletzt durch die Kunst!

Sori bleibt stehen. Sumokämpfer. Daran kommt er nicht vorbei. Die extrem massigen Leiber, die so sehr von jeder Norm abweichen, haben ihn schon immer gereizt. Oft hat er sie gezeichnet. Bauz! Mit welch dumpfem Prall sie auf die Matte fallen! Welch Spiel der Muskeln trotz des vielen Fetts! Welche Verrenkungen der Körper, denen so viel Beweglichkeit schwer zuzutrauen ist! Wieviel mag der mit der roten Bauchbinde wiegen? Dreimal soviel sicher wie ein ausgewachsener Mann sonst.

Die Zuschauer feuern ihren Favoriten an, rufen dazwischen, pfeifen, schimpfen, lachen.

Sori hat längst sein Skizzenheft gezückt und zeichnet mit wilden Strichen. Ja! Wie die Schulter ausgekugelt wird, wie die Brüste über der Bauchwölbung hängen, wie die Wülste über den Gurt quellen – das alles könnte er sonst vergessen haben! Und die Gesichter der Zuschauer: Spannung, Begeisterung, Entsetzen und Mitleid, alles ist zu finden, gerade so, als wäre diese Zusammenstellung eigens für ihn, den Maler, hierherbestellt. Das muß er unbedingt ausnutzen!

Schade! Bis zum Schluß kann er nicht bleiben, das Heft ist ohnehin voll. Fast hat Sori vergessen, zu wem er unterwegs ist. Noch ein paar Straßen und Querstraßen, alle gleich eng und mit vorkragenden Dächern, alle im verwitterten Holzton von dunklem Braungrau – dann hat er das Haus des Holzschneiders und Druckers erreicht.

Er wird erwartet. Alles ist genauso wie damals, als Shunsho in die Werkstatt kam und Sori – damals Tetsuzo – ihn bedienen durfte. Nur daß jetzt nicht Sori der Bedienende ist. Seltsam, warum ihm das gerade jetzt einfällt!

Die Probedrucke liegen ausgebreitet vor ihm. Aufgeregt springen seine Blicke hin und her. „Hier müßte man ein bißchen Rot zugeben, dort etwas grüner

einfärben. Hier fehlt noch das Gegengewicht auf der rechten Seite. Aber alles in allem – wie findet Ihr's?"
Der Drucker verneigt sich. „Ungewöhnlich – mit Verlaub gesagt. Wir hatten noch nichts in der Art. Man braucht Zeit, sich hineinzusehen. Aber Stimmung steckt darin."
„Euer Urteil ehrt mich. Ich weiß, es ist nicht oberflächlich. Wer jeden Strich von der Zeichnung ins Holz übertragen und die Farben abstimmen muß, der setzt sich schon sehr genau mit einer Arbeit auseinander. Ihr wißt, daß ich nur bei den besten Holzschneidern und Druckern arbeiten lasse."
Wieder stummes Verbeugen. Ein Glück, daß Sori zufrieden ist. Bei ihm weiß man das nie.
Schließlich, nach ausgiebiger Betrachtung der Blätter, läßt Sori sich die Platten bringen und die Schnitzmesser. Der Werkstattleiter beobachtet ihn lauernd. Kommt jetzt das dicke Ende nach?
Sori nimmt Platte für Platte vor. Legt die zusammengehörigen nebeneinander. In welcher Farbe soll nun der neue Name gedruckt werden? Schwarz? Rot? Grün? Oder soll er jeden Abzug handsignieren? Ja! Neben der gedruckten Verlagsmarke wird er später jeden Abzug eigenhändig signieren. Dabei kann die Farbe variiert werden.
Also setzt er das Messer nur hier und da an, um eine Rundung stärker auszuheben, einen Strich sanfter ausklingen zu lassen, eine Parallellinie deutlicher anzugleichen. Der Werkstattleiter atmet auf. Weiter nichts?
„Meinen Namen werde ich später auf die frischen Drucke mit dem Schreibpinsel setzen. Dieser Name wird ein neuer sein."
„Wieder ein neuer Name? Ja, Ihr seid auf einem neuen Weg."
„Richtig. Und dies wird ein sehr langer Weg sein. Jedenfalls mir erscheint er unendlich lang, ein Weg ungeahnter neuer Möglichkeiten."
Der Werkstattleiter bemüht sich vergebens, seine Unsicherheit zu verbergen. Wie kann er das meinen! Ein unendlich langer Weg mit ungeahnten Möglichkeiten! Künstler reden in Rätseln. Trotzdem mag er nicht so verständnislos dastehen. „Habt Ihr Euch einer neuen Schule angeschlossen?"
Sori lacht. „Nein. Keiner Schule. Es könnte höchstens sein, daß ich eine neue Schultradition begründen werde."
„Ihr – selbst?"
„Ach, laßt uns später darüber reden! Dies ist nur ein Anfang. Ihr werdet es sehen!"
Sori verabschiedet sich. Es hat aufgehört zu schneien, liegengeblieben ist der Schnee auch nicht. Es tropft von Bäumen und Sträuchern, Pfützen haben sich auf den Wegen gebildet. Die Vögel haben den Kälteschauer schon vergessen und jubilieren.

Auch in Sori jubiliert es. Endlich hat er etwas Eigenes zustandegebracht! Etwas, was unvergleichbar ist mit Werken anderer Künstler. Die Kinderschuhe sind abgestreift, ein für allemal! Das sollte gefeiert werden! Wer könnte das nachempfinden? Bakin! Kyoden! Ihnen wird er sich zuerst vorstellen als frischgebackener Hokusai!
Das Blut pulst rasch in seinen Adern. Jetzt erst fängt das Leben richtig an! Jetzt stehen ihm Mittel und Wege offen, um alles zu verwirklichen, was er bisher nur als Ahnung in sich trug. Unbegrenzt sind die Möglichkeiten, die sich ihm erschließen. Er fühlt sich allmächtig. Er wird sich in die Arbeit stürzen, noch unerbittlicher, noch selbstkritischer, noch schonungsloser. Alles läßt sich formen in Bildern, in Serien. Nichts darf fehlen, was das Leben zu bieten hat, nichts, was die Phantasie gebiert. Ahnungen brechen in ihm auf, Ahnungen von einer Schöpferwut, die vor nichts haltmachen wird, die ihn entzünden und ausbrennen mag, die ihn aber nicht brechen und zerstören kann. Nichts wird ihm fortan unmöglich sein. Er wird die riesigsten und spektakulärsten Gemälde entwerfen. Er fühlt sich berufen, die ganze Welt herauszufordern.

19

Plakate und Anschläge verkünden es, und Ausrufer trommeln es durch die Straßen: „Der Zauberkünstler Hokusai, der am zweiundzwanzigsten Mai ganz Edo verblüfft hat, indem er das größte Gemälde Japans, den Riesendaruma, in der Haupthalle des Gokoku-Tempels schuf, wird heute erneut eine Vorstellung geben. Verpaßt die Gelegenheit nicht! Seht es euch an! Noch eure Enkel und Urenkel werden davon reden! …"
Die Ankündigung zieht. Kinder sind als erste zur Stelle. Greise humpeln an Stöcken herbei. Kein Weg wird ihnen zu lang. Frauen mit Körben auf dem Kopf eilen, ihre Last loszuwerden. Händler und Handwerker verriegeln die Tür, um noch einen Platz zu erwischen. Bäcker und Süßwarenhändler schlagen Stände auf. Reichlicher Absatz ist gesichert. Die ganz Pfiffigen klettern auf die Hausdächer um den großen Platz, der durch Zäune aus Zedernstämmen abgegrenzt ist. Dort sind einundzwanzig Tatamimatten ausgebreitet. Die Zuschauer, die ganz früh gekommen waren, haben sie gezählt. Jetzt wird der riesige Papierbogen entrollt. Alle staunen. Die Kappamacher, die Hersteller der papiernen Regenmäntel, haben die Aufgabe übernommen, so viele Papierlagen zusammenzukleben, bis diese riesige Fläche entstand. Sehr geschickt sind die Bahnen verzahnt, kaum sieht man die Stoßkanten.

Gleichzeitig wird seitlich ein hohes Gerüst aufgebaut. Die Menge verfolgt jeden Handgriff der Stellmacher und Zimmerleute. Jetzt befestigen sie an beiden Seiten je einen Flaschenzug. Seile werden gespannt und am oberen Ende des Papiers, dort wo es durch eine breite Querlatte verstärkt ist, befestigt. Die Unruhe wächst. Gleich muß der große Meister erscheinen.
„Was? Der da? Der mit dem Strohmantel der Bauern und den billigen Bastsandalen?"
„Ja, das ist er! Dachtet Ihr, er käme in Brokat?"
„Das nicht! Aber ein so verwildertes Äußeres hätte ich ihm nicht zugetraut."
Hokusai verbeugt sich vorm Publikum, begrüßt es, bekundet, welche Ehre es ihm sei, so viel Aufmerksamkeit zu erfahren, dankt den Veranstaltern für die aufgewandte Mühe und verspricht, sein Bestes zu tun.
Winzig wirkt er auf der weißen Fläche. Geradezu verloren, wie ein einsames Pferd auf einer weiten Koppel. Wie will der Mann auf dieser Fläche nur die Übersicht behalten! Dazu müßte er selbst ein Riese sein oder von der Höhe eines Turms alles überblicken können! Spannung spiegelt sich in den Gesichtern. Es ist mucksmäuschenstill. Hokusai wirft seinen Strohmantel ab. Zum Vorschein kommt ein kurzer Arbeitskimono, wie ihn das Volk trägt. Natürlich, er muß sich bewegen können. Auch die Schüler haben die Säume ihrer Hakama hochgebunden und die Ärmel in die Schärpe gesteckt. Auf einen Wink rücken sie die Kübel mit schwarzer Tusche näher. War das eine Arbeit! Erst die Tusche in dem großen Mörser zu zerreiben, dann im Faß anzurühren und später in die tragbaren Kübel abzufüllen. Die Ecken des Papiers drohen sich im Wind aufzubäumen. Eilig werden Zedernbalken zur Beschwerung daraufgelegt.
So, jetzt könnte es losgehen! Die Mitglieder der Verlagsgilde auf der Ehrentribüne nicken.
Hokusai läßt sich ein Reisstrohbündel reichen und tunkt es in den Farbkübel. Mit einer unwahrscheinlichen Behendigkeit reißt er das Bündel hoch und zieht einen Bogen um sich. Mit diesem einen Pinselstrich schon ist die Farbe im Kübel verbraucht. Die Schüler beeilen sich, einen neuen Kübel herbeizuschaffen. Der nächste Strich. Diesmal mit einem Bambuswedel. Der nächste Besen ist noch größer. Was es werden könnte, läßt sich nicht erraten. Manche Zuschauer glauben, Augen zu erkennen. Beim Daruma hat er auch mit den Augen angefangen, aber noch ist alles ungewiß. Jetzt ist der Buchweizenpinsel an der Reihe. Mehrere Strichlagen nebeneinander. Sind es Haare? Wetten werden abgeschlossen. Es könnte der starke Waldmensch Kintoki werden oder ein Tier.
„Weniger Wasser in den nächsten Kübel!" ruft Hokusai den Schülern zu. „Die Brühe muß dick sein wie Bohnensuppe!"

Behende und unbeirrt hüpft er auf der Fläche hin und her. Er schwitzt. Was er da leistet, ist allein als Gymnastik schon beachtlich. Die Menge starrt auf jede Bewegung. Wieviel Kübel Farbe sind eigentlich schon verstrichen? Im Hintergrund wird unermüdlich nachgefüllt.

„Den nächsten Kübel hell!" keucht Hokusai, „so hell wie Schellfischsuppe!" Die Schüler haben Mühe, ihm alles recht zu machen. Stunden vergehen, ohne daß dieser rastlose Mann müde wird. Immer wieder taucht er Besen, Zweige, sogar Flaschen als Pinsel in Farbe und streicht sie in Geraden und Bögen, in Wellen und Zickzacklinien aus. Was so entsteht, und in solcher Geschwindigkeit, kann nichts als Chaos sein! Veralbert er sein Publikum? Alle strengen sich an, irgend etwas zu erkennen. Aber da jeder nur einen Teil sieht und den noch in Verzerrung, vergeht viel Zeit, bis das Rätsel gelöst ist. Wirklich! Um eine Übersicht zu haben, müßte man als Vogel darüberflattern. Wie nur will dieser Mann namens Hokusai hier die Übersicht behalten, hier unten von der Erde aus? Das ist geradezu unheimlich, grenzt an Scharlatanerie! Man würde es nicht für möglich halten, ginge ihm nicht der Ruf voraus, ein malender Hexenmeister zu sein.

Immer noch springt Hokusai wie ein Besessener herum. Sogar die Hände nimmt er zu Hilfe, um die Farbe zu verteilen. Wo das Wasser als Pfütze stehengeblieben ist, trocknet er es mit Tüchern auf. Jetzt mischt er Rot unter das Schwarz. Die Schüler sprenkeln es aus Kellen darüber. Einige dunkle Stellen dürfen die Schüler mit Farbe füllen.

„Es fehlt nur noch, daß der Mann jetzt in dem Geschmiere Purzelbäume schießt und sich darin herumwälzt!" murrt ein alter Mann.

„So etwas wäre früher nicht zugelassen worden!"

Keiner hört auf ihn. Es scheint, als ob das wilde Schauspiel sich aufs Ende zubewegt. Der Meister geht diagonal über die Fläche, setzt hier und dort einen tieferen Schatten und verbindet Umrisse, die vorher nicht als zusammengehörig zu erkennen waren.

Die auf den Dächern erkennen es zuerst und brüllen es laut in die Menge: „Ein Pferd! Beim Buddha, es ist ein Pferd!"

Ein „Aah" der Erlösung geht durch die Menge. Natürlich! Die Haare bilden die Mähne. Wie es die Nüstern bläht! Wie die Augen rollen! Ja, ein richtiges galoppierendes Pferd! Alles stimmt! Trotz der unheimlichen Größe! Rufe der Bewunderung werden laut. Aber noch fehlen Beine, Rücken und Schweif. Obgleich Hokusai sich nicht schont und kaum Pausen macht, dauert es bis zum Abend. Dann muß gewartet werden, bis die Farbe trocknet und nicht mehr verläuft. Schließlich kommt der große Augenblick: Das Riesengemälde wird aufs Gerüst gezogen. Diesmal haben die Veranstalter aus den Fehlern von damals gelernt und das Gerüst gleich hoch genug gebaut. Es klappt. Stück für

Stück wächst das Pferd zu seiner vollen Größe empor. Fast wie ein Gespenst. Ein Schauspiel, wie es kein Theater bieten kann.
Hokusai reißt sich die Schweißbinde von der Stirn. Sie ist klitschnaß. Das war Knochenarbeit! Auch er sieht jetzt mit Spannung zu, wie das Bild – einer Fahne gleich – gehißt wird. Ein bißchen flattert es im Wind, wie ein Segel. Aber so stark ist der Wind nicht, daß er das Bild zerreißen könnte.
Stimmt alles? Sitzt wirklich alles am rechten Fleck? Hokusai nickt sich selbst zu. Ja, es stimmt! So hat er es entworfen. So sollte es werden!
Die Menge hält den Atem an. Auf dem Erdboden schon war die Fläche groß, aber in der Senkrechten erscheint sie noch viel, viel größer. „Beim Buddha!", ruft ein Junge, „ein ausgewachsenes Pferd könnte durch das Maul laufen und ein Mensch durch ein Auge, ohne sich zu bücken."
Es stimmt. Alle versuchen, sich das vorzustellen. Damit ist das Stichwort gegeben. Die Spannung löst sich. Lauter Beifall brandet auf, die Begeisterung ist vollkommen.
Wieder verneigt sich Hokusai, verweist einen Teil des Dankes an die Schüler. Dann verneigt er sich in Richtung der Ehrengäste der Verlagsgilde. Sie haben schließlich die Fäden gezogen für dieses Marionettenspiel. Sie haben die Plakate drucken und in allen Buchhandlungen der Stadt aushängen lassen. Sie haben die Unkosten übernommen, die selbst durch die Sammelaktion nicht gedeckt werden. Aber sicher bringt dieses Schaustück auch sie ins Gespräch und sorgt für mehr Absatz. Ob diesmal zum nächsten Festumzug die Laternen wieder mit Pferden bemalt werden wie damals mit dem Riesen-Daruma?
Noch immer spürt Hokusai kaum Müdigkeit. Der Erfolg tut ihm wohl. Ja, er sonnt sich in seinem Erfolg. Das Jahr der Ratte hat ihm Ansehen gebracht. Es gefällt ihm, gefeiert zu werden, im Mittelpunkt zu stehen, das Leben mit beiden Fäusten zu packen. Warum nicht?
Die Tempeldiener sammeln Spenden ein. Fast jeder gibt etwas, wenn auch nur eine Kleinigkeit. Der Stoff muß bezahlt werden, die Farbe, die Besen. Und etwas wird schon für ihn übrig bleiben. Er geht durch die Menschengasse. Zurufe erreichen ihn. „Malt uns das nächste Mal einen Hotei!"
Hokusai nickt. „Vielleicht!" Nun dreht er sich um. Von hier aus müßte der Abstand richtig sein, um das Bild als Ganzes zu überblicken. Hm, es geht. Das rechte Hinterbein könnte etwas mehr verkürzt sein.
„Du bist also wirklich unter die Schausteller gegangen? Ich habe es nicht glauben wollen."
Blitzschnell dreht Hokusai sich um. Die Stimme kennt er. Bakin. „Na und? Hast du was dagegen?"
„Warum so gereizt? – Haben wir den gleichen Weg?"
Hokusai willigt ein. Nur heraus aus diesem Gewühl, bevor Bakin seinem Anse-

hen öffentlich schadet! „Ich weiß nicht, warum du mich angreifst! Hast du die Begeisterung nicht gesehen?"
„Sicher. Die gleiche Begeisterung, die ein Feuerschlucker oder Schlangenbändiger erntet. Ich dachte immer, du hättest andere Ziele."
Hokusai schluckt und holt zum Gegenangriff aus: „Wovon leben denn deine Romane? Doch nicht von geistreichen Betrachtungen über das Diesseits und Jenseits, sondern von krachenden Knochen und fließendem Blut!"
„Meinst du wirklich? Nicht eher von den menschlichen Leidenschaften, die allerdings zu Bluttaten führen können?"
„Wo ist der Unterschied? Gelesen werden sie wegen der krachenden Knochen und des fließenden Bluts, und das mit einer wesentlich größeren Begeisterung, als sie Feuerschluckern und Schlangenbändigern gezollt wird."
„Wenn du so über meine Arbeit denkst, wie kannst du sie dann illustrieren?"
„Etwas Gutes müssen die Bücher ja wenigstens enthalten." Hokusai lacht über das gekränkte Gesicht seines Freundes. „Komm, schließen wir Frieden! Wir haben uns wohl beide etwas verrannt. Ich bin auch ziemlich erschöpft. So etwas strengt ganz schön an."
Bakin schüttelt den Kopf. „Aus dir werde einer schlau! Wozu machst du sowas?"
„Warum sollte ich nicht? Gewinne ich nicht in einer Stunde mehr Ansehen als im stillen Kämmerchen in Jahren? Und ist es schlecht, das eigene Können anerkannt sehen zu wollen?"
„Ein Mensch kann nicht alles erreichen wollen, er sollte sich beschränken."
„Richtig. Und im stillen denkst du, daß ich auch dir ins Handwerk pfusche. Stimmt's?"
„Das kannst du ruhig. Du wirst mir keine Gefahr."
Hokusai reagiert überreizt. „Du willst damit also sagen, daß es Schund ist, was ich schreibe!"
„Das hast du gesagt."
„Unterschätze mich nicht! Die Zeit der kleinen billigen Hefte mit den gelben Umschlägen liegt weit zurück. Inzwischen bin ich nicht nur als Maler gewachsen."
„Stimmt. Deine Kunst ist ins fast Unmeßbare gewachsen. Wie hoch waren sie doch gleich? Hundert Fuß? So wurde geschätzt."
Hokusai knurrt nur mißmutig. Niederprügeln müßte man diesen Bakin! Das Verfluchte ist nur, daß er irgendwo recht hat. Und von Freunden sollte man sogar bittere Wahrheiten ertragen können. So schluckt er die Wut wortlos in sich hinein.
„Und doch werde ich einen Riesen-Hotei malen oder eine Riesen-Kannon,

wenn es mir paßt! Und ich werde ebenso lange und turbulente Romane schreiben wie dieser Bakin! Kein Mensch hat ein Recht, mir Vorschriften zu machen oder mir etwas zu verbieten! Ich, Hokusai, bin unschlagbar!"

20

Die Mär von dem malenden Hexenmeister verbreitet sich wie ein Lauffeuer in der Stadt. Sie dringt in ärmliche Bretterhütten, über tiefe Wassergräben und zyklopische Befestigungsmauern, Brücken und Tore bis in den Palast des Shogun Tokugawa Ienari.
„Sagtet Ihr wirklich, ein Pferd könne durch das Maul und ein Mensch durch ein Auge laufen? Ein ausgewachsener Mensch?"
Der Shogun unterbricht sein Menü und vergißt fast, das nächste Schälchen vorkosten zu lassen, ob es auch nicht vergiftet sei. Die Geschichte geht ihm nicht aus dem Kopf. Irgendwie ärgert es ihn, daß der Pöbel da etwas gesehen hat, was ihm, dem erlauchten Herrscher, vorenthalten blieb. Er ißt weiter: gebräunte Kastanien, Wachtelpasteten in Sojasoße mit Zucker und Salz, Muscheln in der eigenen Schale gebacken, Kaviar von Bachforellen mit Orangen, Pilze in Bohnenpaste, Seebrasse mit rotem Lachskaviar – jeweils nur kleine Häppchen, dann Schildkrötensuppe mit Schnittlauch und Ingwersaft. Sashimi, den rohen Fisch, rührt er heute nicht an, dann lieber Päonienhummer, Makrele, Süßwassertang, Hühnerfleisch mit Rettichgrün, Auberginen, Ingwerschößlinge in Essig, Melonen und Persimonen.
Unmöglich kann sich ein Shogun unter das Volk mischen, unmöglich! Der Shogun grübelt. Andererseits ist es nicht üblich, daß der Shogun Bürgerliche von so niederem Stand in den Palast befiehlt. Sehen aber möchte er es! Während ihm die süßen Mandarinenscheiben auf der Zunge zergehen, kommt er zu dem Entschluß: Es muß eine Ausnahme gemacht werden!
„In einer Woche, nach Beendigung der Falkenjagd, soll der Mann im Dempo-Tempel mit Tani Buncho in Wettstreit treten. Veranlaßt das Nötige!"
Der Zeremonienmeister zuckt zusammen. Widerrede ist undenkbar. Ein scharfer Blick des Shogun beweist, daß an diesem Entschluß nicht mehr zu rütteln ist. Schrecklich! Wie soll man in einer Woche aus einem Kuli einen Menschen machen?! Der Shogun sollte sich an die Worte des Staatsphilosophen Ota erinnern, der da sagte: „Das gemeine Volk hat zwar menschliche Züge, und nur insofern unterscheidet man es von Vögeln und Vierfüßlern. Die Samurai sind Edelleute. Sie bestimmen die Gesetze und unterscheiden sich vom Volk.

Bauern, Handwerker und Kaufleute bilden das Volk. Die Samurai aber und die anderen Edelgeborenen sind Menschen. Es ist notwendig, den Unterschied zwischen Menschen und Volk zu erkennen."
Wie kann nur der erlauchte Shogun diesen deutlichen Unterschied unbeachtet lassen! Aber einen Shogun berichtigt man nicht und belehrt man nicht. Nicht einmal als Zeremonienmeister! Dennoch, zu verantworten ist es nicht!
Unter diesen schmerzlichen Erwägungen leidet der Zeremonienmeister. Er sinnt auf einen Ausweg und findet ihn auch: Schließlich nennt sich dieser Mann Hokusai, leitet seinen Namen also von einer Gottheit ab, die wiederum einem Sternbild den Namen gab. Folglich könnte man das Gerücht ausstreuen, dieser Mann sei als Edelmann geboren und habe einen Schwur aus religiösen Gründen getan, sich nicht als Edelgeborener zu erkennen zu geben. Oh ja! Die Augen des Zeremonienmeisters leuchten auf. Nichts geht doch über einen klugen Kopf! Jetzt fällt es ihm schon viel leichter, die nötigen Anweisungen zu geben. Unverzüglich ist der Maler aus seinem Rattenloch zu holen und auf einen Daimyositz zu bringen. Dort ist er die ganze Woche lang im Hofzeremoniell zu schulen und als Mensch zu verkleiden. Wenn das nur gut geht! Nach all den Erkundigungen, die man so über ihn eingeholt hat! Aber Befehl bleibt Befehl, und am Hof des Shogun sitzen die Köpfe nun mal locker. Es muß klappen!
Als der Schnelläufer in Hokusais Werkstatt kommt, findet er den Meister emsig bei der Arbeit. Der Schnelläufer wagt nicht zu stören, setzt sich abseits auf eine Matte und wartet. Das ist er nicht gewöhnt, daß man ihn warten läßt. Ihn, den doch das Wappen der Tokugawa, das dreifache, kleeblattförmig zusammengefügte Malvenblatt, als Boten des Shogun ausweist. Hokusai scheint ihn gar nicht wahrzunehmen. Der Bote sieht sich verunsichert um. Was steht auf dem Schild am Eingang? „Es hat keinen Zweck zu buckeln und zu dienen, es hat keinen Zweck, mir Geschenke zu bringen." Der Bote liest ein zweites Mal. Kein Zweifel, so steht es da. Seltsam. Und wie schmutzig es ist! Gut, daß er die Matte bei sich hatte. Hier könnte man sich nirgends hinsetzen. Wenn er nur erst seine Nachricht loswäre! Schließlich stellt Hokusai den Tuschpinsel in Wasser und läßt sich herab, ihn zu bemerken.
Die Nachricht aber stimmt ihn um, regt ihn doch auf. Zum Shogun? Was noch nie war: Hokusai zittern die Hände. Er muß schnell aufräumen. Wenigstens die anderen Pinsel in Wasser stellen, damit sie nicht inzwischen hart werden und verderben. Sich umziehen! Das ist leicht gesagt! Als ob er Galakleider zur Verfügung hätte! Kaum einen sauberen Kimono!
Schon stehen die Nachbarn in der Tür. „Was ist? Was wollte der Schnelläufer des Shogun?"
Hokusai läuft mit fahrigen Bewegungen umher. „In den Palast soll ich. Der

Shogun will sich mit eigenen Augen überzeugen, was dran ist an dem Gerede. Über eine Woche werde ich weg sein."

„Ah, so desu-ka! – Ach, so ist das?" Da staunen sie nicht übel und dienern, als sei ihm schon ein Höflingstitel verliehen.

Als schließlich die Stunde um ist und die Sänfte vor der Tür steht, geht Hokusai durch ein dichtes Menschenspalier. Wie zur Hinrichtung, denkt er unwillkürlich. Na, hoffentlich wird es keine! Er nickt nach links und rechts. Teils muß er lachen über die ungewohnte Rolle, die er hier spielt, teils ist ihm unbehaglich. Aber irgendwo ist er auch stolz. Welche Überwindung muß es den Shogun gekostet haben, diesen ungewöhnlichen Befehl auszusprechen! Und warum wurde er ausgesprochen? Weil dieser Hokusai eben solch ein Teufelskerl ist und mehr kann als Reis essen!

Zum ersten Mal in seinem Leben hockt Hokusai in einer Sänfte und nun gleich in einer des Hofes. Träumt er oder wacht er?

Hätte ihm das gestern einer prophezeit, er hätte ihn ausgelacht. Damals, als er sich mit Yusen entzweit hatte und nicht nach Nikko kam, hatte er da nicht aus Trotz gesagt, er werde vielleicht einmal mehr erreichen, als nur für den Shogun zu arbeiten, er werde vielleicht noch einmal über die Brücke in den Palast selbst kommen, ihm persönlich vor die Augen?

Jetzt soll das wahr werden. Hokusais Phantasie geht mit ihm durch. Er sucht sich alles vorzustellen, den Palastgarten, den Tempel, die vielen Samurai und vor allem den Shogun selbst. Wie wird er sein?

Daß man so schwebt in einer Sänfte! Hokusai gibt sich voll dem Genuß hin. So kann man das Reisen allerdings lange aushalten. Ein Kissen weicher als das andere. Dazu Felle und Decken. Seinetwegen können sie ihn bis zum fernsten Daimyositz auf Kyushu tragen. Ja, so merkt man wohl einen Unterschied zwischen Volk und Menschen, zwischen Trägern und Getragenen.

Schneller als es Hokusai recht ist, haben sie den Stadtteil Asakusa erreicht. Hier werden die Träger gewechselt. Nun geht der Weg durch Alleen, Wälder und Felder. Welch reizvolle Kulisse! Und all das begegnet ihm in diesem Schwebezustand. Sollte er nicht eigentlich die Träger bedauern? Aussteigen und zu Fuß gehen? Wahrscheinlich würden sie ihn gar nicht aussteigen lassen. Sie haben ihre Anweisungen. Und verstehen würden sie es auch nicht. Vielleicht sogar als Beleidigung auffassen, weil er mit ihrer Arbeit nicht zufrieden sei. Wozu also eingreifen, wenn das Schicksal ihm diese Rolle zuweist! Genießerisch rückt er die Kissen zurecht. So, in diesem bequemen Schneidersitz, könnte er es bis ans Ende der Welt aushalten.

Hokusai gerät in einen angenehmen Dämmerzustand, in eine Art Trägheit, die an stille und heiße Mittagsstunden erinnert, eine Lähmung des Willens. Dabei hat er doch Skizzenhefte eingesteckt und Notizen machen wollen. Auch sollte

er jetzt darüber nachdenken, welche Beweise seines Könnens den Shogun am meisten zu beeindrucken vermögen. Aber er mag nicht. Jetzt nicht. Das Wort Sänfte leitet sich von „sanft" ab, und „Trägheit" offenbar von „getragen werden". Zusammen, als sanftes Getragenwerden, können die Worte zur Lebensanschauung werden. Zu einer untätigen Lebensanschauung allerdings, die man sich leisten können muß und die sicher bald langweilt und die Lebensgeister tötet. Aber es ist gut, dies selbst zu erleben, sich selbst „gehoben" zu fühlen. Und sei es auch nur über eine Strecke von drei oder vier Ri! Hokusai gähnt. Die Augen fallen ihm zu. Traumgestalten umschweben ihn. Menschen aller Rassen werfen sich vor ihm in den Staub. Tief unter ihm liegen sie. Demütig, ängstlich, ehrfurchtsvoll. Er sieht auf sie herab. Aus halber Höhe zwischen Himmel und Erde, aus dem Abstand eines fliegenden Vogels oder eines schwebenden Drachens. Ihn schwindelt vor der Höhe. Er möchte zurück auf die Erde. Wer ist er? Warum fürchten die Menschen ihn und erweisen ihm Ehrerbietung! Warum ist er ihnen so weit entrückt? Immer unheimlicher wird dieses Schwebegefühl. Wurde er selbst der Drache aus Papier? Oder zum Gruseltier der Märchen?
Plötzlich sieht Hokusai nichts mehr. Alles um ihn ist schwarz, es gibt keinen Raum mehr, nichts Faßbares, kein Oben und kein Unten. Er schreit auf und erwacht.
Die Träger halten. Hokusai steigt aus, ihm ist übel, sein Puls fliegt. Eine kurze Pause. Bald wird der Daimyositz erreicht sein. Schon leuchten die geschwungenen grauglasierten Dächer durch das Geäst.

21

Als die Stöberhunde hechelnd in das sumpfige Dickicht einbrechen, peitschen hastige Flügelschläge das Wasser. Enten flüchten. Aber nicht auf sie hat die berittene Jagdgesellschaft gewartet. Noch näher kommt sie durch die Bambusschößlinge auf den Schilfgürtel zu. Da geschieht es. Ein riesiger schneeweißer Reiher mit schwarzen Schwanzfedern und Halsstreifen und roter Kopfkappe fliegt majestätisch und lautlos hoch. Ein wahrhaft königliches Exemplar!
Mit kurzem Ruck wird die Kappe vom Kopf des Falken gelöst. Fast gleichzeitig wirft sich der prächtige Vogel gleich einem Rachegeist in die Lüfte. Stolz erfüllt den Shogun. Stolz und Jagdfieber. Bedauerlich nur, daß er sich selbst nicht in diesen Falken zu verwandeln vermag, der da so mühelos die Schwere verliert! Sein dunkles graublaues Gefieder mit der schwarzen Bänderung und

der gräulichen Unterseite ist schon nicht mehr erkennbar. Gleich wird er seine Krallen in die Beute schlagen, mag der Reiher auch viel größer sein als er selbst! Alles geht blitzschnell. Der Abstand verringert sich immer mehr. Aber was ist das? Der Reiher windet sich schraubenförmig höher und verhindert so, daß der Falke ihn übersteigen kann. Jetzt aber! Jetzt schafft es der Falke! Von großer Höhe her schießt er auf den Reiher herab. Der aber richtet instinktiv seinen spitzen Schnabel auf. Jetzt! Jetzt stoßen sie zusammen! Aber was geschah dem Falken? Er läßt ab von der Beute und fällt taumelnd herab.
Ein Schrei des Schreckens geht durch die Jagdgesellschaft. Jeder weiß, daß es der Lieblingsfalke des Shogun war, ein teures und kostbares Geschenk. Seine Abrichtung hatte der Shogun persönlich überwacht. Sie erfordert Geduld. Wie lange doch muß so ein Tier durch Schaukeln im Tonnenreifen, durch Hunger und Schlaflosigkeit, durch Verbinden der Augen in jenen Zustand äußerster Hilflosigkeit gebracht werden, in dem er die Hand seines Herrn als Rettung und Hort der Sicherheit empfindet! Und nun? War das alles umsonst?
Die Hunde bringen den Falken. Ohne Zweifel, er ist tot. Aufgespießt von dem Tier, das ihm zur Beute bestimmt war. Umkehrung des Rollenspiels. Wie war das möglich!
Der Shogun wirft einen Blick auf die bluttriefende aufgerissene Brust. Wen kann er dafür verantwortlich machen? Wen bloß? Kein Zweifel, es war ein Unfall, von niemandem vorauszusehen. Kein Fehler des Abrichtens, durch nichts zu verhindern, aber gerade deshalb so beunruhigend. Daß derartiges möglich ist! Der Falke gehörte dem Shogun. Und da wagt es ein Reiher, diesen Lieblingsfalken des Shogun umzubringen und somit dem Shogun zu beweisen, daß seine Macht Grenzen hat.
Das Gesicht des Shogun hat sich verfinstert. Sollte es doch stimmen, daß Menschen in Tiergestalt wiedergeboren werden? Soll das eine Warnung sein? Trachtet ihm, dem Shogun, jemand nach dem Leben? Könnte er ebenso unvermutet zum Opfer werden wie sein Falke? So plötzlich, vor so vielen Augenzeugen? Trotz seiner achtzigtausend Samurai? Er bricht die Jagd ab. Die gute Laune ist ihm gründlich verdorben. Zerstreuung tut not. Ach ja, gut, daß der Zeremonienmeister ihn daran erinnert: Dieser malende Hexenmeister sollte ja seine Künste vorführen!

Im Dempo-Tempel ist alles vorbereitet. Tani Buncho und Hokusai erwarten den Augenblick, wo sie vor das höchste Antlitz befohlen werden. Farben und Malutensilien aller Art sind nach ihren Anweisungen beschafft worden. Sie sprechen kaum miteinander. Hokusai denkt an die Sumokämpfer. Wer wird diesen Wettkampf bestehen? Und wozu eigentlich! Weil es üblich ist, Kräfte zu messen und danach zu unterscheiden zwischen Siegern und Besiegten?

Was hat ihm Tani Buncho getan, daß er ihn unbedingt ausstechen muß? Hofmaler beim Shogun möchte er, Hokusai, doch niemals sein! Wozu also Wettstreit? Auch ohne Buncho hätte der Shogun sich seine Künste vorführen lassen können. Einerlei! Jedenfalls wird ihm auf diese Weise die Auszeichnung zuteil, das allerhöchste Antlitz zu sehen. Der Shogun wird sich für ihn von einem imaginären Mythos in einen Menschen verwandeln.

Unruhe kommt unter die Tempeldiener. Jemand hat das Jagdhorn gehört. Früher als geplant, scheint die Jagd abgebrochen zu sein. Hoffentlich ein gutes Zeichen.

Dann kommt der Schnelläufer und meldet die Ursache. Kein gutes Omen. Die Majestät wird mißgestimmt sein. Hokusai und Tani Buncho werden alle Kräfte aufbieten müssen, den Shogun zu beeindrucken.

Stille tritt ein. Alle horchen. Und richtig! Jetzt ist deutlich das Trappeln der Pferde zu hören. Der Shogun und sein Troß nahen.

Der Gong meldet die Ankunft des Herrschers. Geschäftige Unruhe erfaßt die kahlköpfigen Palastwachen. Natürlich muß der Herrscher sich waschen und umkleiden lassen. Das dauert. Hokusai mißt mit den Augen den Saal. Tausend Tatamimatten groß soll angeblich der Audienzsaal sein. So groß ist dieser Tempelraum nicht, aber groß genug für das, was Hokusai vorhat. Zermürbend, dieses Warten!

Schließlich wird die Tempelglocke angeschlagen. Das wird das Zeichen sein! Alle fallen auf die Knie, legen Handflächen und Stirn auf den Boden, bis der Shogun seinen erhöhten Platz eingenommen hat und das Zeichen gegeben ist. Musik ertönt. Woher sie kommt, bleibt rätselhaft. Wohl aus dem Seitenraum, der durch Bambusstäbe abgetrennt ist. Ein Sprecher tritt vor. Mit umständlichen und blumenreichen Worten würdigt er die Weisheit des größten aller Herrscher und gibt den Anlaß der Zusammenkunft kund. Womit er niemanden überrascht. Katsukawa Hokusai gegen Tani Buncho – Ansage wie bei einem Ringkampf. Tempeldiener stehen für Handreichungen bereit.

Als erste Aufgabe sollen Blumen im klassischen Stil gemalt werden. Keine Schwierigkeit, für Hokusai nicht und nicht für Tani Buncho. Als nächste Aufgabe folgt eine Landschaft, auch das ist gewohnt. Die dritte Aufgabe lautet: Vögel im klassischen Stil. Hokusai besinnt sich noch zeitig genug, keinen Reiher und keinen Falken zu zeichnen. Auch das geht beiden leicht von der Hand. Hokusai allerdings ist schneller als Tani Buncho.

Der Herrscher deutet Zufriedenheit an. Es ist somit erwiesen, daß beide die Regeln der klassischen Malerei voll beherrschen. Nun also das Neue! Ein Bild eigener Erfindung, nach Belieben groß. Zunächst Hokusai! Denn dazu gehört Platz.

Jetzt erst wird es wirklich spannend. Was mag er sich ausgedacht haben? Un-

gewöhnliches wird erwartet. Und Ungewöhnliches geschieht. Hokusai hängt mit Hilfe der Diener die hohen Tempeltüren aus und legt sie auf den Boden des Saales. Ihre weißen Flächen leuchten matt. Sie also sollen sein Malgrund sein?
Was nun? Er tunkt einen Strohsack in helles Indigo, und wie mit einem Riesenpinsel beschreibt er Wellenlinien auf den Papierflächen der Türflügel. Jetzt geht er zu einem zugedeckten Korb. Etwas Zappelndes kommt zum Vorschein: ein Hahn. Verblüffung zeichnet sich auf den Gesichtern der Zuschauer ab. Was soll das? Aber es bleibt keine Zeit für Mutmaßungen. Schon steckt Hokusai die Füße des Hahns in rote Farbe und läßt ihn an einem Bindfaden über die Fläche laufen. Die Wirkung ist hinreißend. Alle erkennen schlagartig: es sind die herbstroten Blätter des Spitzahorns, die im Fluß Tatsuta schwimmen! Jeder kennt das alte Gedicht. Die Verblüffung wandelt sich in einhellige Bewunderung. Der Shogun vergißt den Tod seines Lieblingsfalken.
Dagegen kommt Tani Buncho nicht auf. Er versucht es auch gar nicht und niemand erwartet es. Bestimmt ist dies das schnellste Bild, das je gemalt wurde. Und so poetisch! Voller Gefühl!
Hokusai fühlt das allerhöchste Antlitz auf sich gerichtet und nimmt jene zeremonielle Haltung ein, die ihm in der Woche auf dem Herrensitz beigebracht wurde. Viel lieber würde er jetzt das Mienenspiel des Shogun sehen. Soweit es überhaupt ein Mienenspiel bei ihm gibt.
Der Dank des Shogun wird ihm in Form eines sehr alten und sehr wertvollen Teekessels aus dem Haushalt seiner Majestät überbracht. Hokusai dankt mit der vorgeschriebenen Zahl von Verbeugungen. Die Spannung läßt nach. Alles lief glatt, kein Zweifel: Hokusai ist der Held des Tages, und sicher nicht nur dieses. Gelobt sei das Jahr der Ratte!

22

Hokusais Erfolgssträhne hält an. Der Kunsthändler hat seine letzten Holzschnitte sogar in bar bezahlt, was nicht üblich ist. An Aufträgen fehlt es nicht. Von der Glückwunschkarte bis zur Romanillustration, von der Fächerdekoration bis zum Riesenbild. Hokusai wirkt im Lauten wie im Stillen. Und nichts von dem, was er schafft, versickert im Sande. Alles wird beachtet, jetzt, wo er einen Namen hat. Neben den zahllosen Gemälden beschäftigen ihn Landschaftsfolgen. Mehr als die Serie „Vergnügungen der Osthauptstadt" waren die „berühmten Stätten der Osthauptstadt" ein großer Erfolg, da er sie mit Kyoka-

Gedichten ergänzt hatte. Jetzt sind die Folgen „Berge über Berge" und „die beiden Ufer des Sumidagawa Kyogan" fertig. Neue Pläne schwirren ihm durch den Kopf. Soll er es wagen?
Ein tollkühner Plan läßt ihn nicht los: eine Tokaido-Serie. Alle Welt spricht über diese Serien. Vor vierzehn Jahren war es Akisato Rito, der eine illustrierte Landkarte der Tokaido zusammenstellte. Sechs Bände von dreißig Künstlern, nach sieben Jahren abgeschlossen. Danach gab es ein Gesellschaftsspiel – Tokaido Sugoroku, schließlich den Schelmenroman „Auf Schusters Rappen über die Ostmeerstraße" von Jippensha Ikku. Ein vielgelesenes Buch. Im gleichen Jahr veröffentlichte Utamaro in seiner Serie schöner Frauen Kartuschen mit Tokaidobildchen. Hokusai fühlt sich herausgefordert. Aber ist das nicht ein Wagnis, wo er doch nie auf der Tokaido war?
Viele haben über diese Straße berichtet. Shiba Kokan. Die Holländer – Hokusais Miene hellt sich auf. Die Holländer! Ja, schon ihretwegen – oder richtiger: Isbert Hemmels wegen – sollte er nicht zögern! Es wäre genau das richtige Thema, sich bei ihm in Erinnerung zu bringen!
Was wird erwartet von einer Serie über die Tokaido? Hokusai überlegt angestrengt. Für denjenigen, der dort war, muß sie Erinnerungen heraufbeschwören. Was für Erinnerungen? An Gebäude? Landschaften? Geschehnisse?
Das Buch des Jippensha Ikku muß her! Hokusai besorgt es sich und liest es in einer Nacht durch. Dieses Buch lebt von Geschehnissen, Anekdoten. Menschen stehen im Mittelpunkt, nicht Gebäude und nicht Landschaften! So sollte es auch in seinen Holzschnitten sein! Trotzdem, was auf jeder der dreiundfünfzig Stationen geschieht, muß schon typisch sein für die jeweilige Gegend.
Hokusai durchblättert seine Skizzenbücher. Eigentlich läßt sich fast alles daraus verwenden: Straßen mit Tannen, Zypressen, Lebensbäume, Flüsse mit reißenden Wassermassen nach der Schneeschmelze, Brücken aus Zedernholz, federnd über hohen Abgründen. Wehrhafte graublaue Schlösser auf Hügeln oder an Flüssen, mit dreifachen Festungsmauern, Gräben und Erdwällen, Tempel aus Zedern- und Tannenholz, Poststationen, die gleichzeitig Pferdewechselstellen sind. Lastträger und Lasttiere, Pferde und Ochsen, Herbergen, Sänften, Reisende in Regenmänteln aus geöltem Papier oder aus Stroh ... Hokusai blättert weiter. Hier, die Träger der Sänfte, die ihn zum Shogun brachten. Sie tragen über dem dunkelblauen Baumwollobergewand eine farbige Binde um die Hüfte, wohinter die Schlippe gesteckt wird, und Wappen auf Brust, Rücken und Ärmeln. Sie sind mager, aber muskulös.
Reisen! Hokusai gerät in schwärmerisches Träumen. Gibt es Schöneres als Reisen? Ein uraltes Gedicht fällt ihm ein, eines, das mehr als fünfhundert Jahre alt sein mag und das die Stimmung auf einer Reise wiedergibt.

„Harfenmusik liegt im Rauschen der Kiefern,
und das Schlagen der Wellen am Strand
ist wie Trommelklang.
Das Keuchen der Sänftenträger
gleicht dem Laut der Bambusflöte,
und das Getrappel der Pferde
erinnert
an das dumpfe Dröhnen der Pauke."
Etwas von dieser Poesie muß in seinen Blättern zu spüren sein. Mit geschlossenen Augen sitzt Hokusai da. Eine Serie mit dreiundfünfzig Blättern! Wird er darüber nicht müde werden? Aber dann lacht er seine Bedenken weg. Er, Hokusai, doch nicht!
Der Anfang ist leicht, denn die Tokaido beginnt in Edo, beim Palast des Shogun, bei der Nihonbashi-Brücke, die zweiundvierzig Klafter oder zweihundertzweiundfünfzig Fuß lang ist. Sie ist Ausgangspunkt und Zentrum. Von hier aus werden alle Entfernungen ins Land gemessen. Am Ende dieser Brücke stehen die sieben hölzernen Anschlagtafeln mit den gültigen Verordnungen des Shogun. An dieser Brücke ist auch der Sarashiba, der Ausbleichplatz für die Schädel und Gebeine hingerichteter Verbrecher, aufgetürmt zur Abschreckung und Warnung. Hier an dieser Brücke schreien die ambulanten Fischhändler ihre Waren aus, hier treffen sich Arme und Reiche, Gehobene und Niedrige, ein ständiges Kommen und Gehen, ein Gewimmel wie im Ameisenhaufen.
Ja, das wäre ein Anfang! Hokusai zeichnet, was er vor seinem geistigen Auge sieht, präzis, detailreich und doch mit dem Blick für das Ganze.
Die zweite Station ist Shinagawa, bekannt für seine Kurtisanen. Weit über tausend soll es geben und annähernd hundert Gasthäuser. Was also liegt näher, als Kurtisanen zu zeichnen und den Blick auf den fernen Fuji, denn der muß von hier aus zu sehen sein.
Über Kawasaki gab es große Aufregung, weil vor Jahren die sechshundert Fuß lange Brücke über den Rokugo weggeschwemmt war. Hokusai zeichnet ein Fährboot. Daneben ein Pferd, dem die Strohsandalen gewechselt werden.
Kanagawa liegt in der Nähe des Fischerdorfs Yokohama, Totsuka nahe Kamakura. Kamakura – wer dächte da nicht an den Daibutsu, den Riesenbuddha, der frei steht, seitdem die Halle über ihm durch einen Sturm zerstört wurde! Ein meditierender Buddha, unberührt von den Menschen unter ihm, unberührt von der Zeit wie der Stein, aus dem er gemeißelt wurde.
Von einigen Stationen hat Hokusai keine Vorstellung. Fujisawa, Hiratsuka...
Er muß Erkundigungen einholen. Einige aber sind durch Legenden und örtliche Produkte bekannt oder durch besondere Denkmäler. In Oiso etwa erinnert

der Gedenkstein der Tora Gozen an die Geliebte des Soga Juro, die sich in die Einsamkeit des Koraiji-Berges zurückzog. Yoshiwara ist Zentrum des Weinbaus, Kambara der Salzgewinnung. In Narumi werden die Stoffe aus dem Nachbarort Arimatsu mit ihren spinnenartigen Mustern verkauft. In Kuwara gibt das Sammeln der Venusmuscheln Anlaß zu Festen; weil die verschieden geformten Hälften zusammenhalten, gelten sie als Symbol des Eheglücks. Die schönste Muschel wird jeweils durch ein Gedicht gefeiert. In Yui schreiben Kalligraphen Abwehrzauberverse gegen Krankheit, Feuer, Wasser und Diebstahl auf. Auch werden hier Salbenpflaster aus Tannenharz, in Rinde gewickelt, verkauft. Über den berühmten schönen Kiefernwald von Miho berichtet die Sage, daß dort ein Fischer das Federgewand einer badenden Himmelsjungfrau gestohlen habe. Sie wurde seine Frau, fand aber das Gewand wieder und flog zurück in die Himmelsgefilde. In Nissaka erzählen die Mönche die Sage vom nächtlich weinenden Stein. Hier soll eine Hochschwangere von einem Räuber ermordet worden sein. Danach habe ein Stein laut um das Leben des Kindes geweint, worauf ein Mönch das Kind gefunden und zu einer Amme gebracht habe. In Goyu erinnert die Koshin-Stupa an jenen Tag, an dem in China und Japan besondere Riten begangen werden. An diesem Tag darf keine Hochzeit stattfinden und kein Kind gezeugt werden. In der Koshin-Nacht entweichen die drei Leichenwürmer, die jeder Mensch in sich trägt, aus dem Leib. Sie steigen in den Himmel und melden dem Himmelskaiser, dem buddhistischen Dämon Kongo oder dem shintoistischen Gott Saruda-Hiko die Verfehlungen des Menschen, was unweigerlich dessen Tod bewirkt. Um das zu verhindern, muß die Koshin-Nacht durchwacht werden. In Kusatsu wird eine Medizin verkauft, deren Erfinder angeblich von dem Medizinbuddha Yakushi beraten wurde ...
Hokusai schwirrt der Kopf. Immer mehr Geschichten fallen ihm ein. Er weiß mehr über die Stationen der Tokaido, als er selbst vermutete. Dort, wo es keine örtlichen Besonderheiten gibt, könnte er allgemeine Reiseeindrücke anbringen: Torii, Samurai, Sänften, Schreine, Tempel, ausländische Gesandtschaften, Daimyozüge, Flußüberquerungen, Lotosteiche, Karpfenfang, Drachensteigen. Ach, so vieles! Und enden müßte die Serie in Kyoto, im Palast des Kaisers, in der Halle für Staatszeremonien.
Es gibt keinen Zweifel mehr, er muß diese Serie anfertigen! Und niemand soll auf den Gedanken kommen, daß Hokusai diese Stationen nicht aus eigener Anschauung kennt! Schließlich kennt er das Leben auf der Straße, in Teehäusern und Gaststuben. Vielleicht genauer als mancher Vielgereiste. Auch Isbert Hemmel wird zufrieden sein und nichts vermissen!
Müde streckt Hokusai sich auf seiner Schlafmatte aus. Morgen, morgen wird er seinen Plan ausarbeiten.

23

Hokusai sortiert die Drucke seiner Tokaido-Serie. Nicht nur dreiundfünfzig, sondern sogar sechsundfünfzig Blätter sind es geworden. In der Größe der Surimono, der Glückwunschblätter, und wie diese mit Kurzgeschichten ergänzt. Alle, die diese Blätter bisher gesehen haben, sagen ihnen einen großen Erfolg voraus. Ein Exemplar dieser Serie wird auch auf die weite Reise über Nagasaki bis zu Hemmel nach Rotterdam geschickt werden. Lange wird es dauern, bis er es erhält, und noch viel länger, bis Hokusai die Antwort darauf haben wird. Stolz erfüllt Hokusai, ein Stolz, der trunken macht. Schade nur, daß er nicht darüber sprechen kann, wohin dieses Bündel auf die Reise gehen soll. Nur der Kunsthändler ist eingeweiht. Sonst niemand.

Er muß aufpassen. Zu leicht geraten die Blätter durcheinander. Eigentlich könnte er diese Arbeit auch einem Schüler überlassen, aber der Umgang mit den fertigen Blättern macht ihm Spaß. Noch einmal werden ihm die Mühen und Freuden, die Schwierigkeiten und Erfolge ihrer Entstehung bewußt. Nichts kommt von selbst. Alles will erobert und erkämpft werden. Wäre es anders, könnte es auch nicht diese überschwengliche Freude geben, diesen Erfolgstaumel!

Der ganze Fußboden liegt voll von diesen kleinen Farbdrucken. Hokusai tritt vorsichtig in die Zwischenräume. Gut, daß er die Blätter numeriert hat. Bald bleibt sein Blick an dem einen und bald an dem anderen Druck hängen. Ja, das Ganze war keine schlechte Idee! Wieder wird sein Name in aller Munde sein!

Hokusai reckt sich. Der Rücken ist ihm müde geworden bei dem langen Bükken. Fertig! Alle Blätter, signiert und numeriert, liegen in der richtigen Reihenfolge übereinander. Jetzt muß er nur noch von jedem Stoß jeweils ein Blatt hochnehmen, um vollständige Serien zusammenzustellen. Vorher aber bleibt er noch aufrecht in der Mitte des Raumes stehen. So, auf einen Blick, wird er die vollständige Serie niemals wieder sehen. Schon Grund, einen Augenblick innezuhalten und sich diesem Gefühl zu überlassen, diesem Gefühl, es geschafft zu haben, kein Versager zu sein, dazustehen als Schöpfer vor seinem Werk.

Aus dem Tokonoma, dem Alkoven, leuchtet Hokusai der kostbare Teekessel des Shogun entgegen. Eine ständige Erinnerung an jenen denkwürdigen Tag im Dempotempel. Immer noch steht Hokusai untätig inmitten seiner Farbholzschnitte. Ja, die Waagschale scheint zu seinen Gunsten auszuschlagen. Er kann wohl sagen: Ich habe es geschafft.

Noch nie zuvor wurde er so beachtet. Noch nie zuvor grüßten ihn die Men-

schen so respektvoll auf der Straße. Noch nie zuvor kamen so viel Besteller und Käufer zu ihm, und noch nie boten sich ihm so viel Frauen an. Ob das der Gipfel des Ruhmes ist? Dann wäre es Zeit, ein Fest zu geben, eine Feier der Vollendung!
Hokusai sammelt schnell die Blätter ein. Natürlich! Daß er darauf nicht früher gekommen ist! Solche Erfolgssträhne muß gefeiert werden. Warum warten, bis er fünfzig ist, fünfundvierzig ist schließlich auch keine ganz krumme Zahl! Plötzlich ist die Tokaido-Serie nicht mehr wichtig. Die Stöße bleiben aufgestapelt in der Ecke liegen. Das Fest! Alle Gedanken Hokusais drehen sich jetzt um das Fest. Warum nicht? Hunderte von Surimonos – wenn nicht Tausende – hat er für andere gepinselt, wird es nicht endlich Zeit, eigene Einladungskarten zu verschicken? Mit den gleichen langen und umständlichen Texten, wie er sie so oft in Schönschrift niedergeschrieben hat, etwa so: „Indem ich hoffe, daß Sie trotz der drückenden Hitze bei guter Gesundheit sind, gebe ich mir die Ehre, Ihnen mitzuteilen, daß ich wegen meines großen öffentlichen Erfolges meinen Namen geändert habe, und daß ich zur feierlichen Einweihung meines neuen Namens am vierten Tage des nächsten Monats ein Fest gebe von zehn Uhr morgens bis vier Uhr nachmittags. Mag es schön sein oder regnen – ich rechne auf die Ehre Ihres Besuchs …"
So ist es üblich. Aber schließlich habe ich meinen Namen schon vor Jahren geändert. Etwas spät, das erst jetzt zu feiern. Richtiger wäre, den Erfolg und die Vollendung meiner Kunst als Anlaß zu nehmen und zu benennen.
Immer ist es dasselbe: Sobald Hokusai einen Einfall hat, stürzt er sich darauf wie ein Hund, der einen Knochen benagt. Mit der gleichen Inbrunst und dem gleichen Eifer. Bis nichts mehr zum Kauen übrig bleibt. So auch jetzt. Der Entwurf der Einladungskarte verdrängt alle übrigen Gedanken. Sie muß dem Anlaß gerecht werden, muß beweisen, daß Hokusai allen Grund hat, sich feiern zu lassen. Das dicke, saugfähige Hoshopapier muß genommen werden. Das Format sollte klein bleiben, aber das Verhältnis von Bild und Text ganz besonders gut ausgewogen sein! Zu überlegen bleibt, ob das Gedicht mehr lyrisch oder satirisch gefärbt sein soll. Schließlich wirft niemand von den Empfängern ein solches Surimono weg. Er hebt es auf, zeigt es Freunden und tauscht es höchstens gegen ein anderes ein. Surimono sind Kunst- und somit Sammelobjekte.
Aber zurück zum Motiv. Soll es sich auf ein Glückssymbol beziehen, auf ein Tierkreiszeichen? Pflanzen oder Tiere sind immer sehr dekorativ. Oder Heldengestalten? Oder – vielleicht – sollte es doch auf den neuen Namen anspielen, der vom Sternbild abgeleitet ist? Vom Gedankenblitz zur Skizze, vom Hirn zur Hand ist der Weg bei Hokusai kurz. Schon umflattern ihn Abfallzettel aller Größen, auf denen er Einfälle festhält. Die Entscheidung fällt

schwer. Vielleicht fällt sie leichter, wenn er den Kreis der Gäste an sich vorüberziehen läßt. Da wären zunächst die Schüler, diejenigen, die jetzt zu ihm kommen, und jene, die bei ihm ausgelernt haben; dann die Malerkollegen, Drucker, Verleger, Kunsthändler; nicht zuletzt Schriftsteller wie Bakin, Kioden und andere Freunde, Verwandte, Nachbarn ...
Viele kommen so zusammen. Und wie Hokusai sie kennt, wird kein Unwetter sie hindern zu kommen. Aber wie die Einladungskarte aussehen muß, die sie alle gleichermaßen anspricht, das weiß Hokusai noch immer nicht. Das will wohl doch noch ein paarmal überschlafen sein.
Feier der Vollendung – wie das klingt! Wann wirklich kann ein Mensch von sich behaupten, fertig, vollendet zu sein? Überhaupt jemals? Hokusai verjagt die Zweifel. Erfolg heißt schließlich, etwas Vollendetes vollbracht zu haben. Und es ist üblich, das mit einem Fest zu feiern. Also, Freunde, zögert nicht, euren Freund Hokusai zu bejubeln. Er lebe hoch! Und er lebe lange!

24

Gespannt sitzt Hokusai wie alle anderen auf dem Boden des mäßig beleuchteten Zuschauerraumes. Gleich wird das Spiel beginnen. Immer wieder ist es ein Warten auf das große Mysterium. Noch zeigt sich kein Schauspieler auf dem Hanamichi, dem Blumenweg, aber die Musik deutet an, daß Unheimliches geschehen wird.
Schon oft hat Hokusai mit dieser seltsam prickelnden Spannung so dagesessen, besonders damals bei Shunsho, ganze Tage lang. Fast immer waren es Dramen mit schwerterblitzenden fechtenden Samurai, durch die Luft wirbelnden Geistern und verzweifelt schreienden Frauen. Spiegel des Lebens? Manchmal ein Zerrspiegel, alles überbetont, zum Grotesken wie zum Tragischen hin, aber anregend! Gestalten, die sonst nur die Phantasie gebiert, stehen nun leibhaftig vor ihm, Geschehnisse, skurril wie Träume, sind darstellbar. Das Theater hat viele Möglichkeiten, ebenso wie die Kunst.
Da! Auf dem schmalen Steg, der sich als Ausläufer der Bühne rechts durchs Parkett über die Köpfe der Zuschauer hinweg erstreckt, ist eine Gestalt erschienen, eine Frauengestalt, gebückt, dunkel, das Gesicht hinter den Ärmeln des Kimonos verborgen. Mit kleinen Schritten bewegt sie sich langsam, wie an Fäden gezogen, vorwärts. Jetzt fällt ein Lichtstrahl auf die Bühne. Eine unheimliche Szenerie: ein Friedhof mit Steinlaternen, Hausurnen, Buddhafiguren und pechschwarzen Krähen. Die Zuschauer überläuft ein Frösteln. Offenbar ist Totengedenktag, denn von allen Seiten kommen die Verwandten der

Toten. Ein alter Marionettenhändler mit einem Sonnenschirm, von dem Gliederpuppen herabhängen. Ein Hampelmann schießt scheinbar selbständig Purzelbäume, makaber dieser Kontrast! Ein anderer Mann trägt eine Schriftrolle bei sich, die sich zum Entsetzen des Publikums in eine Schlange verwandelt. Über dem Grabstein aber erscheint langsam aufsteigend ein Kopf in der Form eines Flaschenkürbis. Von Feuerschein angestrahlt, für alle deutlich sichtbar, kriecht aus diesem Kürbiskopf eine Kröte.
Plötzlich bricht die Musik ab. Totenstille herrscht. Eine unheimliche Stimme, tief und hallend, als ob sie aus einer Gruft käme, erzählt die Bluttat, die an der boshaften und häßlichen Kasane begangen wurde: Der Ehemann wird angeklagt, sie nachts in den Fluß geworfen zu haben. Als sie dann schwimmend das Boot erreichte und sich an dessen Rand festklammerte, habe er mit dem Ruder auf ihren Kopf eingeschlagen, bis ihre Hände losließen. So starb sie. In einer schaurigen Vision werden dem Mörder jetzt die Schrecken der Hölle ausgemalt. Mischwesen von gräßlicher Gestalt foltern ihre Opfer auf die peinigendste Weise.
Inzwischen hat die dunkle Frauengestalt vom Hanamichi die Bühne erreicht. Sie richtet sich auf und wendet ihr kalkweißes Gesicht den Zuschauern zu. Es ist wie von Krallen zerkratzt. Irrsinn funkelt aus ihren Augen. Blitzschnell zieht sie ein Messer aus dem Kimonoärmel und tötet sich.
Jetzt wächst der Geist der Kasane. Fast stößt der Kopf bis an den Schnürboden der Bühne. So vollkommen ist die Illusion, daß kein Zuschauer darüber nachdenkt, wie hoch die Stelzen sein müssen, auf denen der Schauspieler steht. Schrecklich wiehert das Rachegelächter der Kasane durch den Raum. Sie hat es geschafft. Ihre Spukereien haben die Rivalin, die zweite Frau ihres Mannes, in den Tod getrieben ...
Längst ist der Abgesang erfolgt. Die Schauspieler haben sich feiern und hofieren lassen. Hokusai sitzt noch immer wie benommen da. Das sind Bilder! Das ist ein Stoff für Illustrationen! Daß er sich nicht früher darum gekümmert hat! Schon beginnen die gespielten Szenen sich in seinem Kopf in farbige Holzschnitte umzuformen. Erstes Blatt: Kasane sitzt auf der Anhöhe des Friedhofs, umflattert von schwarzen Nachtvögeln. Zweites Blatt: Kasane mit dem Kürbiskopf ...
Nicht schnell genug kann er nach Hause kommen, um diese Gespenstergeschichte aufs Papier zu bringen.
Seltsam! Auf einmal kommt ihm das alles so bekannt vor. Hat Bakin nicht davon gesprochen, diese alte Geschichte als Roman in fünf Bänden nachzuerzählen?
Das muß geklärt werden! Hokusai läuft mehr als er geht. Schon in der Tür platzt er mit seiner Frage heraus:

„Hab ich's geträumt oder stimmt es, daß du an einem Roman schreibst mit dem Titel ‚Shin Kasane gendatsu monogatari' – Eine neue Geschichte der Erlösung der Kasane?"
„Es stimmt. Aber warum regt dich das so auf?"
„Weil ich die Geschichte im Theater gesehen habe und dir dazu Illustrationen anbieten möchte."
„Ohne den Roman zu kennen?"
„Wenn du ihn mir nicht zeigst!"
„Wer sagt dir denn, daß ich ihn dir nicht gezeigt hätte, wenn er fertig wäre, und daß ich dich nicht um Holzschnitte dazu gebeten hätte!"
„War das wirklich deine Absicht?"
„Du mußt mir ja nicht glauben."
Hokusai gerät in Hitze. Geht angriffslustig auf ihn zu. „Doch, natürlich glaube ich dir! Was wären deine Bücher denn ohne meine Holzschnitte!"
„Nun halt dich aber zurück! Dir ist wohl einiges zu Kopf gestiegen. Hast du getrunken?"
„Keineswegs. Hier! – Sieh dir wenigstens meine Entwürfe an!"
„Hier! Lies erstmal meinen Roman!"
Hokusai läßt die Entwürfe liegen, nimmt das Romanmanuskript und geht so hastig, wie er gekommen ist.
Zuhause verschlingt er das Buch. Gut zu lesen, aber nichts grundsätzlich Neues gegenüber dem Volksstück. Oder hat Bakin seine Geschichte ans Theater verkauft? Egal. Viel neue Bilder enthält das Buch nicht. Hokusai beschließt, die Entwürfe im wesentlichen so zu lassen und auszufeilen. Aber zurückholen mag er sie nicht. Also schreibt er an Bakin: „Bei Einverständnis bitte die Entwürfe zurück. Anbei das Manuskript. Habe es gelesen." Ein Schüler wird auf den Botengang geschickt.
Bakin sagt zu. Die Holzschnitte werden gedruckt. Hokusai bringt sie selbst zu Bakin. Der Zorn scheint verraucht. Sie besprechen, an welchen Stellen die Bilder in das Buch eingebunden werden sollen.
Bakin holt die von ihm herausgegebenen und nacherzählten chinesischen Heldengeschichten hervor. „Sieh her! Die ersten zwölf Bände der ‚Räuber vom Liang Shan' sind schon vergriffen."
Selbstgefällig blättert Hokusai die Hefte durch, Seite für Seite, von hinten nach vorn, liest mal zusammenhanglos eine Zeile, sieht auf seine Holzschnitte.
„Hm! Nun denk dir mal meine Holzschnitte weg. Glaubst du dann auch noch, daß es schon vergriffen wäre?"
Bakin schießt augenblicklich das Blut in den Kopf. „Fängst du schon wieder so an! Du willst mein Freund sein! Wie konnte ich dich nur so viele Jahre lang ertragen? Bildest du dir allen Ernstes ein, du seiest der einzige Holzschnittkünst-

ler, der einen Bakin illustrieren könnte! Verdammt noch mal! Geh mir aus den Augen! Für immer!"
So kennt Hokusai Bakin nicht. Oft gab es Plänkeleien. Versuche des einen, sich über den anderen zu erheben. Wechselseitig. Aber dieser Funken Feindschaft und Rivalität hatte beide weitergebracht. Sie hatten sich gegenseitig angestachelt. Jetzt aber ist es ernst. Es wird kein Zusammenarbeiten mehr geben. Vielleicht sind sie einander zu ähnlich. Beide stolz, ehrgeizig, nicht bereit, den Ruhm zu teilen, schade. Aber auch Hokusai kann nicht mehr zurück. Er würde sein Gesicht verlieren. Vor sich selbst und vor Bakin. Also ist der Bruch endgültig.
Hokusai geht. Grußlos, mit einem unguten Gefühl in der Magengegend. Bakin wird ihm trotz allem fehlen.

25

Verdirbt Erfolg den Charakter? – Seit dem Bruch mit Bakin bohrt diese Frage in Hokusai, unbequem, aber hartnäckig. Sie läßt ihn nicht los. Gewiß, der Verleger hat ihm, Hokusai, recht gegeben. Hat Bakin das Buch nicht weiterschreiben lassen, sondern Takai Ranzan. Schade um das Buch! Reißen die guten Illustrationen nun wirklich den jetzt tatsächlich viel schlechteren Text heraus? Mußte es so weit kommen?
Hokusai hat plötzlich keine Freude mehr an seinen Erfolgen. Keine Freude, andere zu verblüffen und in Erstaunen zu versetzen. Sind das nicht wirklich Mätzchen?
Schmutzig ist die Werkstatt, so schmutzig wie noch nie. Sonst hat er wenigstens hin und wieder aufgeräumt, doch seit dem Streit mit Bakin bleibt alles liegen.
Ärgerlich schubst er eine Druckplatte mit dem Fuß aus dem Weg. So heftig, daß sie zerbricht. Für einen Augenblick steht Hokusai selbst fassungslos da. Seit wann zertrümmere ich meine Heiligtümer! Langsam bückt er sich, hebt die Hälften auf und paßt sie aneinander. Das Holz muß in der Sonne gelegen haben und ausgetrocknet sein. Beim Drucken wird der Bruch zu sehen sein, wenn die Platte geklebt wird. Verdorben also!
Hokusai wirft die Stücke beiseite, setzt sich an den Platz am Fenster, wo er sonst arbeitet, und verfällt in dumpfes Brüten. Ein zweites Ich scheint sich aus seinem Innern zu lösen und von außen auf ihn einzureden, als stünde er selbst neben sich. Dunkelheit umgibt ihn und nur ein ganz dumpfes Gefühl von

Noch-da-Sein, ohne jede Kraft, ohne die geringste Möglichkeit einer Willensanspannung oder Gegenwehr. Er fühlt sich einer Macht ausgeliefert, deren Vorhandensein er bisher kaum ahnte. Gibt es kein Ausweichen? Keine Rettung?
Reglos sitzt er da, fassungslos, verzweifelt. Und doch voll innerer Spannung, die ihn augenblicklich zu zerreißen droht.
Verdammt! Was ist mit mir los! – Er möchte aufspringen, losbrüllen, bleibt aber völlig regungslos sitzen. Ihm ist, als fiele er in eine unendlich tiefe und völlig lichtlose Schlucht. Der Aufprall wird ihn zerschmettern, trotzdem wünscht er ihn sich herbei. Käme er doch endlich! Dieses spiralenförmige Fallen ist unerträglich! Warum läßt sich denn nichts, aber auch gar nichts dagegen tun! Wohin sind der Elan, der Humor? Wohin sind Lebenslust und Begeisterung? – Hokusai kennt sich selbst nicht mehr.
Als er aus der Reglosigkeit langsam erwacht, weiß er nicht, wieviel Stunden vergangen sind.
Die Krise hält an und ist durch nichts zu beeinflussen. Wie sehr Hokusai sich auch wehrt, er bringt nichts Brauchbares zustande. Alle Zeichnungen landen im Papierkorb. Schickt der Himmel ihm eine Warnung, sein Leben zu ändern? Grundsätzlich?
Was ist schief gelaufen? Schien nicht alles in bester Ordnung? ... Der Bruch mit Bakin kann es nicht sein. Wäre dieser Bruch vermeidbar gewesen? Nein!
Szenen zwischen Hokusai und Bakin werden in ihm lebendig. Wir beide waren Ichmenschen, ganz auf uns selbst ausgerichtet. Ich vielleicht noch mehr als er. Ich brauchte viel Raum um mich. Zu viel Raum wahrscheinlich. Alles und alle, die mir Raum nahmen, mußten aus dem Weg. Jede Bindung wurde mir zur Fessel, die meine Riesenkräfte einengte. Ja, als Riese habe ich mich gefühlt. Schöpfer des Riesendaruma, Schöpfer des Riesenpferdes ... Ich dachte, es ginge immer so weiter. Lebte, als sei das Leben uns für alle Ewigkeiten gegeben und seine Kraft unausschöpflich. Aber das ist es nicht. Wir Menschen müssen mit unseren Kräften haushalten, müssen sie bewußt einsetzen, nicht vertun. Auch die Bäume reichen nur scheinbar bis in den Himmel. Ja, das ist wohl die Lehre, die mir erteilt werden sollte! Jetzt reicht es. Ich habe diese Lektion begriffen!

Hokusai verkriecht sich vor seinen Freunden und Schülern, findet einen Unterschlupf bei einem Bauern, wo ihn niemand kennt und niemand ausfragt. Er arbeitet mit auf dem Feld. Von Sonnenaufgang bis Sonnenuntergang. Harte Knochenarbeit. Ungewohnt, ermüdend, abstumpfend. Eine Art Selbstkasteiung für Hokusai. Er versucht, alles Denken zu unterlassen, zu vergessen, wer

er eigentlich ist. Eines Tages, so hofft er, wird er wieder zu sich selbst finden.
Die Menschen hier sind freundlich, aber wortkarg, ihre Körper mager mit ausgeprägten Muskeln und Sehnen, ihre Haut rissig und ausgedörrt. Ihre Mägen sind an schmale Rationen Reis gewöhnt. Ihre Gedanken umgreifen das Nächstliegende, Notwendige, Nützliche. Sie danken den Göttern, wenn sie Krankheiten von Vieh und Familie fernhalten. Ein Tag vergeht wie der andere, nach festem Rhythmus. Wenig Erlös bleibt ihnen, dennoch murren sie nicht. Im Flüsterton allerdings wissen sie von anderen Provinzen zu berichten, in denen es große Bauernaufstände mit zweihunderttausend Beteiligten gegeben hat.
Hokusai lernt das Leben von einer neuen Seite kennen und lernt dabei viel. Die kleinen Dinge achten, nichts selbstverständlich hinnehmen, am allerwenigsten die Tatsache, daß er lebt. Der Preis für diese Tatsache ist Schinderei von morgens bis abends, aber hat er bisher anderes getan? Er wirkte für etwas, das nicht aufgegessen wurde, das blieb, das immer wieder neu war, immer wieder etwas Einmaliges. Mit dem Bewußtsein legte er sich jeden Abend nieder, und mit Plänen für den nächsten Tag wachte er auf. Das war schon eine andere Art von Anstrengung. Und eine andere Art von Genugtuung, wenn es gelang. – Hokusai wartet. Irgendwann muß es ihn doch wieder packen, muß die Düsternis aus seinem Gemüt weichen, muß es ihn in den Fingerspitzen jukken, muß ihn danach verlangen, Gesehenes ins Bild zu bringen! – Nur ganz allmählich wird sein Blick wacher, sieht er wieder in Linien und Konturen. Sein Gedächtnis hält diese Linien auch fest, das Seltsame aber bleibt, daß ihn alles Gesehene kalt läßt, keine Gefühle in ihm auslöst. Es ist etwa so, wie wenn ein Spiegel ein Bild mechanisch auffängt. Gewiß, er könnte es zeichnen. Aber es würde kein Bild werden, unter das der Name Hokusai gehört.
Schließlich ist der Tag des Reisfestes gekommen. Die Arbeit ruht. Es ist ein heiliges Fest und wird wohl schon jahrtausendalang gefeiert. Immer nach gleichem Ritus und immer mit gleichem Ernst. Diesmal erlebt Hokusai es anders als sonst. Diesmal hat er seinen Anteil an der Arbeit und somit ein erkauftes Recht, dieses Fest zu genießen.
Keiner aus dem Dorf fehlt. Vorrang hat die Jugend. Die große Drachenfahne am hohen Bambusstab ist aufgezogen. Nur mit einem Lendentuch bekleidet, wälzen sich Männer im Schlamm des Feldes. Sie bespritzen sich, reiben sich Gesicht und Arme ein, denn dieser heilige Schlamm bewahrt sie nach altem Glauben das ganze Jahr hindurch vor Krankheiten.
Beim Klang dumpfer Trommeln und greller Pfeifen naht der Zug der Jugendlichen. Auf dem Damm zum Saatfeld bleiben sie stehen, seitlich die Musikanten, in der Mitte die Mädchen in langen weißen Gewändern über kirschroten

Unterkleidern, daneben die Jungen in blauweißen Kimonos. Zwei zwölfjährige Jungen bearbeiten einen Stab mit einem Holz, so daß anfangs ein raspelndes, schließlich schrilles Geräusch zu hören ist. Unter Trommelschlägen singen die Musikanten das Lied, mit dem sie um den Reissegen bitten. Nun treten die jungen Männer auf die Mädchen zu, stecken deren lange weiße Röcke auf und umschreiten paarweise Hand in Hand das Feld. Die Mädchen ergreifen kleine Halmbündel, reichen sie den Männern und pflanzen mit ihnen zusammen die Halme ein.

Gespannt starren alle auf den Drachen. Wird er gen Osten niederfallen? Ja! Und schon stürzen sich die schlammschwarzen Gesellen darauf, um einen Fetzen zu erbeuten. Sie balgen sich darum in einem wirren Knäuel, denn jeder Fetzen garantiert Glück. Erfrischungen werden gereicht. Jetzt folgt das große Gebet um den Reissegen, und schließlich verkünden unter symbolischen Gesten die beiden zwölfjährigen Knaben, daß die Göttin Erfüllung der Bitte zugesagt habe. Alle verneigen sich ehrfurchtsvoll.

Hokusai wartet. Das eine der Mädchen möchte er aus der Nähe sehen. Sie muß hier vorbeikommen. Sein Herz schlägt heftig. Endlich! Endlich fühlt Hokusai wieder sein Herz!

Jetzt? Ja, er starrt sie an. Wirklich! Aus der Nähe ist sie noch anmutiger, als ihren Bewegungen aus der Ferne zu entnehmen war! Im Vorbeigehen wirft sie ihm einen kurzen Blick zu. Wie ertappt, errötet sie sofort und dreht den Kopf weg. Hokusai gibt ihr einen angemessenen Vorsprung und heftet sich an ihre Fersen.

Ein Bann scheint gebrochen. Als ob das Wehr einer Schleuse geöffnet wäre, toben lang vermißte Leidenschaften in Hokusais Brust. Dieses Mädchen ist seine Rettung! Schlagartig weiß er es. Am liebsten würde er sie sich auf der Stelle greifen und nach dem Muster alter Frauenraubgeschichten hoch zu Roß mit ihr davonstürmen.

26

Der hohe Summton der Zikaden erfüllt millionenfach die Luft. Unvorstellbar, daß so kleine Tiere einen solchen Lärm verursachen können. Als selbstverständliche Begleiterscheinung sommerlicher Hitze kann dieses Geräusch unerträglich werden. Heute aber klingt es Hokusai wie Musik in den Ohren. Während sich der Zug langsam bergan auf den Shintoschrein zubewegt, betrachtet Hokusai seine Braut. Prachtvoll, wie der vielfarbige Seidenkimono in der Sonne leuchtet! Wieviel Weberinnen mögen ihr Geschick aufgewandt haben, diesen kostbaren Stoff zu schaffen? Wieviel Generationen schon mag dieses Prunkstück in der Familie sein, um jeweils nur einen Tag lang getragen zu werden? Und wie diese Farbenpracht zu den Kimonos der übrigen Gäste kontrastiert! Schwarz herrscht hier vor, unterbrochen nur durch kleine Farbtupfer am Rock oder durch den Obi.

Fast fremd erscheint Hokusai die Braut. Ein solches Gewand aus schwerem Stoff mit der Bürde der Tradition und des Schicksalhaften läßt sich nicht tragen wie ein Alltagsgewand. Zwangsläufig verwandelt es den, der es trägt. Ganz klein sind ihre Schritte. Der kostbare Stoff darf den Boden nicht berühren. Ihre Begleiterinnen helfen dabei. Langsam und feierlich kommen sie dem Ziel näher.

Eine seltsame Unruhe erfaßt Hokusai. Sind es Zweifel? Nein! Diese Frau wird ihm Glück bringen. Gewiß! Sie wird ihm die Lebenslust zurückgeben, die ihn zeitweise verlassen hatte. Trotzdem! Er würde ihr gern noch einmal zur Bestätigung in die Augen sehen, gerade jetzt. Eigentlich kennt er sie doch sehr wenig. Alles ging so schnell, wenn auch nicht so schnell wie in den alten Frauenraubgeschichten. Aber schließlich ist eine Heirat nicht nur Sache des Herzens, sondern eine Sache von Abmachungen und Verpflichtungen, die die Eltern über ihre Zöglinge getroffen haben. Auch für sie, die da vorn im Prachtkimono bergan geht, hatten die Eltern Abmachungen getroffen, die nur durch Zureden und Geld ungültig zu machen waren. Zum Glück hat sie einen Bruder, so daß der für sie Erwählte nicht als Sohn adoptiert worden war. In dem Fall wäre nichts mehr zu ändern gewesen.

Hokusai sieht hinauf zu den hohen Zedernwipfeln. Scharf zeichnen sich die Konturen gegen den Himmel ab, gegen einen klaren Himmel, der Gutes verspricht.

Betroffenheit hatte es schon gegeben. Betroffenheit bei der Braut, Betroffenheit bei ihren Eltern und Angehörigen. Wie war sie erschrocken über seine Verwegenheit, sich über die Riten hinwegzusetzen! Welche Ängste stand sie aus, daß die Kami, die Familiengötter, ihr zürnen könnten, da ihre Eltern doch andere Pläne hatten. Und dann die Eltern! Es war kein leichter Gang zu ihnen. Was hatte er ihnen nicht alles schwören und beteuern müssen, bevor das Eis schmolz. Aber wer darf sich schon gegen eine Liebesheirat wehren! Es hieße, sich gegen das Schicksal stemmen!

So wurde dann dieser Tag festgesetzt. Die Braut hatte zwar in ihren Jungmädchenträumen am Kirschblütenfest heiraten wollen, ließ sich aber umstimmen.

Jetzt haben sie die obere Plattform erreicht, den Platz, wo die Schuhe abgestreift werden, um das Heiligtum auf Strümpfen zu betreten. Die Zeremonie

beginnt. Das Paar tritt hinter die Altarschranke. Die riesige Trommel dröhnt tief. Der Priester in prächtigem Ornat tritt ein, zieht sich in den nur ihm zugänglichen Teil des Schreins zurück und erbittet den Segen.
So still ist es, daß man das Atmen der Gäste hört. Der Priester tritt vor das Paar, schwingt einen Stock mit langen Garben weißer Papierstreifen über ihnen und erteilt ihnen so den Segen im Sinne der Einheit des Paares mit den Familien, im Sinne ihrer Einheit aber auch mit dem Universum, mit Erde, Feuer, Wasser und Luft. Es folgt das San-san-kudo: aus einem Sakeschälchen trinken dreimal die Braut und dreimal der Bräutigam. So werden sie feierlich zu Mann und Frau erklärt.
Aber noch löst sich die Spannung nicht. Seltsam scheu und abwesend bleibt die Braut und irgendwie hilflos Hokusai. Erst als sie zu Haus die Hochzeitsgeschenke mit den unentwirrbaren Knoten der Gold- und Silberfäden auspacken, huscht ab und zu ein Lächeln über das Gesicht der Braut.
Alles verläuft an diesem Tag planmäßig, ohne Zwischenfälle. Die Gäste aus den unterschiedlichen Familien vertragen sich. Es gibt kein Gerangel um Geltung und Ansehen, jeder ordnet sich ein. Die Speisen munden. Blumen umblühen die Neuvermählten. Alles scheint in bester Ordnung zu sein.
Doch als die Gäste gegangen sind und Hokusai seiner jungen Frau im Lampionschein gegenübersteht, scheint alles einst so Schelmische und Muntere aus ihrer Miene verflogen. Sie weicht ihm aus und sucht krampfhaft nach einem Gesprächsstoff.
„Die Blumen sind so schön gesteckt. Du mußt mir das zeigen! Leider verstehe ich wenig von Ikebana. Wie ich wohl überhaupt wenig von allem verstehe, was du von mir erwartest."
Hokusai neigt sich zu ihr, wie man sich zu einem Kind neigt.
„Aber Omae, meine Kleine, alles kann man lernen. Besonders, wenn man so jung ist wie du! Was hast du nur? Der Grundgedanke des Ikebana ist ganz einfach: Es gibt Blüten an geraden, langen Stielen, die – wie diese Lilie hier – zum Himmel streben. Also verkörpern sie den Himmel. Dann gibt es welche – wie diese blaue Winde –, die kriechen am Boden. Sie verkörpern also die Erde. Und dazwischen sind welche, die schwanken zwischen Himmel und Erde, lassen ihre Zweige bald auf und bald abwärts wachsen. Sie verkörpern den Menschen."
Das Mädchen sieht bedrückt zu Boden. „Ja, das leuchtet ein", sagt sie leise, „du meinst, der Mensch möchte gern hoch hinaus, wird aber immer wieder auf die Erde zurückgeworfen."
Hokusai stutzt. Soviel Nachdenklichkeit hat er ihr nicht zugetraut. Sie begreift rasch, aber warum liegt diese drückende Spannung im Raum?
Hokusai geht auf sie zu, sucht ihren Blick, möchte die Arme um sie legen.

Dann aber bleibt er unschlüssig stehen und weiß nicht weiter. Bleich ist ihr Gesicht in der schummrigen Beleuchtung. Nie zuvor schienen ihm ihre Schultern so schmal. Gar nicht mehr prächtig, eher trostlos hängen die langen Kimonoärmel herab. Sehr langsam weicht sie ein paar Schritte zurück und beginnt den Tsunokakuchi, den Kopfputz, der die Hörner der Eifersucht verbergen soll, abzusetzen. Ebenso langsam zieht sie die bunten Lackkämme und Nadeln aus dem kunstvoll hochgetürmten Haar, daß die schwarzen Strähnen auf die Schulter fallen. Jetzt zieht sie die Luft ein und dreht den breiten Obi mit der Verknotung nach vorn. Geschickt, aber langsam wie ein eingeübtes Zeremoniell löst sie die vielfachen Verschlingungen des starren Wirkstoffes und die Knoten der darunter gebundenen Stricke. Nach einer Pause, als ob sie Kraft schöpfen müßte, läßt sie den Kimono mit den Unterkleidern von den Schultern fallen und steht nackt da, umhüllt nur von den Haaren wie von einem Umhang.

Hokusai hat jede ihrer Bewegungen verfolgt wie eine Theatervorführung, gebannt, aber nicht einbezogen in das Geschehen. Jede dieser Bewegungen ist schön, ernst, geradezu feierlich. Er steht wie festgewurzelt. Nur seine Augen leben.

Inzwischen hat sie sich auf das Lager am Boden gelegt. Flach auf den Rücken, den Hinterkopf auf der Makura, der Genickstütze, die Augen geschlossen. Reglos liegt sie da. Nur die Fingerspitzen zittern. Hokusai begreift, sie bietet sich ihm dar. Tapfer und entschlossen. Wie ein Opfertier, das den Tod erwartet.

Hokusai ist verblüfft und gerührt zugleich. Das also war es!

„Omae!" Er kniet neben ihr nieder und streichelt ihr Haar.

Ohne die Augen zu öffnen, sagt sie leise und verbissen: „Ich habe keine Angst. Ich weiß, daß es jetzt sein muß."

Hokusai holt den Kimono und bedeckt sie. Mitleid schnürt ihm den Hals zu. Offenbar gehört sie zu jenen Mädchen, die auf eine Weise „aufgeklärt" worden sind, die es ihnen erschwert, wenn nicht unmöglich macht, körperliche Liebe als etwas Schönes zu begreifen.

„Mach deine Augen wieder auf, Omae! So doch nicht! Ich habe dich nicht auf irgendeinem fremden Sklavenmarkt gekauft! Was denkst du denn von mir! Ich bin doch kein Unmensch!"

Tonlos wiederholt sie: „Ich weiß, daß es jetzt sein muß."

„Nichts muß sein, was du nicht willst. Wir haben viel Zeit vor uns, und ich kann warten."

„Nein, alles muß seine Ordnung haben."

„Ordnung?" Er streckt seine Hände in ihre Richtung aus, zieht sie aber wieder zurück. „Ordnung? Nein, das wäre ganz und gar nicht in Ordnung."

Plötzlich wird ihm bewußt, wie schlimm die selbstverständliche Herrschaft der Männer über die Frauen für viele Frauen sein muß. Nein, diese sklavische Ergebenheit ist es ganz gewiß nicht, die er will. Nur Hingabe aus freiem Willen.
„Dann wirst du jetzt zu den anderen Frauen gehen?" Ihre Stimme zittert.
„Nein, das werde ich nicht."
Zweifelnd sieht sie ihn an. „Wirklich nicht? Ich dürfte es dir nicht verübeln."
„Wirklich nicht! Ich will nicht irgendeine Frau, sondern dich. Ich bin glücklich, daß ich dich gefunden habe, und möchte, daß auch du glücklich bist."
Ihre Miene entspannt sich. Sie schließt die Augen.
Hokusai wundert sich über sich selbst. Hätte er in jüngeren Jahren auch so viel Rücksicht aufgebracht? Kaum. Aber diesmal ist eben alles anders. Früher, ja, da würde er dieses Opfer vielleicht bedenkenlos angenommen haben, weil es die Sitte so vorschreibt. Da würde er in männlicher Selbstverblendung geglaubt haben, sie zu besitzen, und es wäre ihm völlig entgangen, daß er sie in Wahrheit schon in der ersten Nacht für alle Zeiten verloren hätte.
„Wirst du es auch nicht verraten?"
„Ich? Aber – dann würde ich mich doch höchstens selbst zum Gespött machen! Diese Geschichte geht nur uns beide an, sonst niemanden." Dankbar und vertrauensvoll blickt sie zu ihm auf, wie zu einem Vater. Im Augenblick vielleicht. Aber das wird sich ändern, Hokusai spürt es. Behutsam wischt er ihr eine Träne von der Schläfe. Draußen surren noch immer die Zikaden.

27

„Vater!"
Der Kleine fliegt auf ihn zu. Hokusai fängt ihn auf und läßt ihn durch die Luft wirbeln. Der Kleine kreischt vor Vergnügen. Hokusai ist es, als hielte er seine eigene Kindheit auf den Armen. Nicht ohne Grund hat er ihm den Namen Tokitaro gegeben, den gleichen Namen, auf den er selbst als Kind hörte. Durch ihn erlebt er alles noch einmal als Kind, alles neu und wie zum ersten Mal. Jede Kleinigkeit, alles bekommt Gewicht, alles wird gemalt und gezeichnet. Hokusai ist stolz, wenn Tokitaro es erkennt.
Wer behauptet da, fünfzig wäre eine Wendemarke, ein Tor zum Alter! Hokusai kann darüber nur lachen. Nie vorher hat er sich innerlich so frei gefühlt. Alle Unsicherheiten sind überwunden. Er kennt seine Stärken und hat gelernt,

auch mit seinen Schwächen umzugehen. Immer noch dreht sich Hokusai mit Tokitaro auf den Armen wie ein Karussell, bis ihn schwindelt. Dann setzt er ihn ab. Tokitaro taumelt, fällt hin und lacht. Auch Hokusai lacht, ausgelassen und aus vollem Herzen. Er ist glücklich, überglücklich. Das Leben hat wieder einen Sinn bekommen, es trägt ihn wieder, seitdem er die Liebe neu entdeckt hat.
Dabei ist ihm das alles doch eigentlich nicht neu. Auch in seiner ersten Ehe sah er Kinder aufwachsen. War er damals noch zu unreif, um das Wunder der Menschwerdung so zu begreifen? Oder bedeutet ihm diese Frau so viel mehr? Hokusai weiß es nicht. Es ist auch nicht wichtig, wichtig allein ist dieses unbeschreibliche Glücksgefühl! Vielleicht ist er auch erst jetzt fähig geworden zu diesen Empfindungen, weil er die dunkle Gegenseite so bedrohlich durchlebt hat.
„Malen!" Tokitaro hält Hokusai einen Stock hin. Und Hokusai zeichnet damit Figuren in den Sand. Katze, Hund, Bär, Pferd, Fisch ... Stundenlang könnte das dauern!
Sie merken gar nicht, daß unter den Zuschauern auch Tokitaros Mutter ist. Sie schüttelt den Kopf. Wer ist hier das Kind? Sandzeichnungen lassen sich nicht verkaufen. Hokusai lacht den leisen Vorwurf weg, der in ihrem Blick liegt. Es wäre zu schön, wenn wenigstens dieser Sohn Maler würde. Tominosuke, sein erster Sohn, wurde es nicht. Vielleicht hat Hokusai ihn nicht genügend vorbereitet, sein Talent nicht geweckt. Das soll nicht wieder vorkommen. Für Tokitaro wird er sich die Zeit nehmen!
Nie zuvor häuften sich die Skizzen in solchen Mengen bei Hokusai, sie sprudeln nur so aus ihm heraus. Überwunden ist jede Art von Formerstarrung, alles lebt. Wogen schäumen, verfärben und überschlagen sich. Bäume haben ihr Eigenleben. Sie träumen fast geräuschlos oder rauschen, je nachdem, ob der Wind den Atem anhält oder die Kronen durchbläst. Wolken ballen sich, zerwehen, jagen oder schweben dahin. Pflanzen durchranken Baumriesen, schlingen sich durch Zweige, recken sich dem Licht entgegen. Blüten entfalten sich, brechen auf und welken. Käfer kriechen, rennen, breiten ihre Flügel aus und fliegen davon. Schmetterlinge gaukeln wie trunken, entrollen ihre Rüssel und trinken Nektar. Zikaden pumpen Luft in ihre Leiber und zirpen lautstark. Vögel zwitschern aus winzigen Kehlen, flattern mit kurzen Flügelschlägen oder ziehen ruhige Kreise in ihrem Luftreich. Fische durchhuschen das Wasser mit geschmeidigen Gleitbewegungen ... Jedes Wesen lebt seiner Art gemäß und jedes anders. Nichts mehr ist selbstverständlich, seitdem Hokusai in Tokitaro einen unerbittlichen Fragesteller hat, und unwillkürlich bringt er dabei alles auf die einfachste Form. Was läßt sich mit der Fülle von Skizzen anfangen? Fast erstickt Hokusai in ihnen. Sie müssen doch nutzbar sein!

Dann kommt ihm der zündende Einfall: Er könnte Lehrbücher für den Zeichenunterricht ausarbeiten. Wie wäre das: „Schnellunterricht der abgekürzten Zeichnung" oder so ähnlich! Es müßte deutlich werden, daß jede Form eine geometrische Grundform hat, Vereinfachung ohne Verarmung. Vom Wesen der Linie muß gesprochen werden, von dem vorgegebenen Inhalt der Grundformen, davon, daß ein spitzes Dreieck beunruhigt, ein gleichseitiges ausgleichend wirkt. Ein Kreis mutet ruhig an, ein hochgestelltes Rechteck streckend, quergelegt lastend, ein Quadrat ausgeglichen ... Sicher, das sind Binsenweisheiten, und doch müssen sie jedem Zeichenschüler immer wieder eingehämmert werden. Ein Lehrbuch könnte da viel Arbeit abnehmen. Dazu aber genügten jeweils einige Beispiele, die Unmenge Skizzen wäre noch nicht ausgeschöpft. Vielleicht ließen sich Holzschnittserien von Abbildern der Wirklichkeit zusammenstellen?

Sicher, irgend etwas wird Hokusai schon einfallen. Vorläufig zeichnet und sammelt er.

Zeichnen heißt weglassen, heißt, unter den vielen möglichen Strichen den einzig richtigen, da charakteristischen, herausfinden. So wie eine Melodie nur stimmt, wenn jeder Ton klar und genau getroffen wird, keinen halben Tonwert tiefer oder höher.

Hokusai zeichnet eine Straßenszene. Tokitaro sitzt neben ihm und verfolgt jeden Strich. „Was macht der Mann?"

„Wart's ab! Du sollst es selbst herausfinden."

Immer muß etwas geschehen. Immer die gleiche Frage. Zustände werden nicht geduldet. Die Menschen müssen schreien, lachen, schimpfen, schwitzen, sich prügeln, Beine stellen, hinfallen, Tiere bändigen, Fische fangen – auf jeden Fall etwas tun. Hokusai fügt sich den Wünschen Tokitaros. In dem Alter wären es auch seine Wünsche gewesen.

„Na, was macht der Mann?"

„Versteckt sich."

„Wohinter?"

„Weiß nicht."

„Sieh genau hin!" Der Kleine beugt sich vor, erkennt es nicht. „Ein Blatt ist es. Ein Blatt von einem Riesenhuflattich, wie ich es dir neulich als Regenschirm gegeben habe. Denk mal nach!"

Tokitaro nickt.

„So. Und vor wem versteckt der Mann sich?" Hokusai zeichnet weiter.

„Vor der Frau?"

„Richtig! Und warum?"

„Sie hat einen großen Besen."

„Hm."

„Hat der Mann Angst?"
„Klar, und wie!"
„Habt Ihr beiden denn nur Unsinn im Kopf? Das Essen ist fertig!" Hokusais Frau stellt sich streng, muß aber lachen.
Hokusai steht auf und zeigt ihr die Skizze.
„So also fühlst du dich mir gegenüber?"
„Nicht ganz. Aber du kennst doch den Spruch: Ein Frauenhaar genügt, um einen Elefanten zu fesseln. Gefesselt fühle ich mich schon."
„Das war dein freier Wille."
„Ich fühle mich ja auch viel zu gern gefesselt."
Hokusai wundert sich selbst. Solche Geständnisse sind eigentlich gegen die Spielregeln einer japanischen Ehe. Ein Mann zeigt seiner Frau nicht seine Zuneigung. Er verfügt über sie, ordnet an, weist zurecht, lobt kaum, aber auf keinen Fall macht er ihr den Hof. Man lernt doch nie aus! Mit den Frauen nicht und nicht mit sich selbst! Aber ist es nicht besser so?
Es wird Zeit, Tokitaro an das Essen mit Stäbchen zu gewöhnen. Wenn er es bis zum sechsten Lebensjahr nicht lernt, lernt er es nie. Heute darf er mit den Eltern essen. „Weg mit dem Holzlöffel, so!" Die Mutter kommt ins Schwitzen. „Gestern ging es doch besser. Aber gerade, wenn er's vorzeigen soll ..."
„Vielleicht ist es doch noch zu früh."
„Nein, nein!"
Verwirrt rückt sie die Stäbchen zwischen den winzigen Fingern zurecht.
„Bleib mit dem Mund über der Schüssel!"
Zu Hokusai wirft sie einen entschuldigend-verlegenen Blick hinüber. „Er lernt es schon. Er ist ja nicht dumm."
„Quäl ihn doch nicht! Der Zwang setzt im Leben noch früh genug ein."
„Ordnung muß sein."
„Aber sie sollte nicht übertrieben werden."
Tokitaro hat große Schwierigkeiten mit den Eßstäbchen. Immer wieder rutschen sie ihm auseinander, und der Reis landet neben dem Schüsselrand. Seufzend wirft seine Mutter ihm besorgte Blicke zu.
Auf Hokusais tablettförmigem Tischchen sind alle Schüsseln leer. Er wischt sich den Mund ab. „Omae, ich werde eine Weile verreisen."
Erstaunt sieht sie hoch. „Für lange?"
„Du wirst die Trennung hoffentlich verschmerzen. Aber ich habe keine Ruhe mehr. Ich glaube, es war ein Fehler von mir, damals die Tokaido-Serie zu zeichnen, ohne dort gewesen zu sein. Ich möchte auch die alten Kaiserstädte sehen, Kyoto und Nara."
„Wenn du meinst ..."
„Verstehst du es nicht?"

„Nicht ganz."
„Dann will ich versuchen, es dir zu erklären! Sieh mal, Edo ist zwar groß, aber Japan ist größer. Ich kann nicht ein Leben lang skizzieren, was mir hier vor Augen kommt. Ich brauche neue Inhalte für neue Serien. Reisen belebt die Sinne, regt die Phantasie an, gibt neue Eindrücke. Es gibt andere Landschaften als hier um Edo. Vielleicht sind sie sogar noch typischer für Japan, und es gibt Kultstätten, die ich kennen sollte."
Sie nickt. „Du mußt wissen, was für dich gut ist. Natürlich werde ich dich vermissen." Es kommt so überraschend, in ihrem Dorf verreist kaum einer. Sie muß ihrem Mann vertrauen, auch wenn sie ihn nicht versteht.

28

Nara! Ein Traum wurde Wirklichkeit. Hokusai fühlt sich um mehr als ein Jahrtausend zurück versetzt.
Er kniet vor der Kolossalstatue des lehrenden Buddha in der Halle des östlichen großen Tempels, des Todai-Tempels.
Buddha, der Erweckte, der Erleuchtete. Bedrohlich groß ragt er wie ein Phantom empor. Er scheint aus dem Dämmerlicht hervorgewachsen, kaum mehr Spuren der Vergoldung, grünliche Patina und Staub bedecken die verwitterte Bronze. Der Riesenbuddha strahlt die Ruhe des Zeitlosen, Ewigen aus. Eine überwältigende, aber auch beklemmende Ruhe.
Hokusai fühlt sich klein, winzig geradezu. Schließlich hat die Figur die zehnfache Größe eines Menschen und das Alter von etwa dreißig Menschengenerationen. Wie sollte ein Mensch sich da nicht klein fühlen! Selbst ein Hokusai, der sich rühmen kann, ebensogroße Riesenbilder gemalt zu haben. Aber was zählt das alles schon gegen den Buddha!
Die Macht der raumgreifenden Plastik wird Hokusai bewußt. Es ist eine beeindruckende Macht. Ungewohnt, geradezu körperlich bedrängend. Überwältigend in dieser Kompaktheit und zwingend in der Klarheit der Gliederung und Durchformung. Man könnte vergessen, daß diese Figur Menschenwerk ist. Wieviel Künstler müssen daran gewirkt haben! Wer war imstande, so Gigantisches zu ersinnen? Wer gab den Auftrag? Ein Herrscher natürlich, Shomu. Und warum in dieser Größe, die alles menschliche Maß übersteigt? Gewiß nicht ohne Absicht. Eine solche Riesenfigur wurde geschaffen, Demut zu erzeugen angesichts einer Allmacht, deren Züge unbewegt, deren Absichten unergründlich sind und deren Feindschaft auf keinen Fall herauszufordern ist.

Ja, sie hat etwas Unheimliches in diesem Dämmerlicht. Nicht umsonst wird sie von grimmigen Torwächtern behütet. Sie ist unheimlich, stumm, unnahbar, unansprechbar – und doch großartig.

Langsam, sehr langsam ist Hokusai in der Lage, sich dieser ungeheuren beeinflussenden Kraft zu entziehen und Einzelheiten zu betrachten. Er sieht die Nähte.

Unglaublich, wieviel Einzelformen nötig waren, die Figur zu schaffen! Aber was ist alles Handwerk gegen das Ergebnis! Stufenweise tasten sich seine Blicke empor, über den Lotosblütensockel, die untergeschlagenen Beine, die Querfalten der Mönchsrobe vor dem Bauch bis zur Brust. Aus den faltenreichen Ärmeln erhebt sich die Rechte zur lehrenden Gebärde, die Linke ist geöffnet ausgestreckt. In strenger Symmetrie lastet der Kopf – in der Verkürzung fast halslos – auf der Schulterpartie. Über wulstigen Lippen blähen sich die Nasenflügel, in die Ferne geht der Blick der scharf geschnittenen Augen, bis zu den Schläfen schwingen die Brauenbögen aus, golden leuchtet der Kreis der Weisheit über der Nasenwurzel. Schneckenlöckchen überziehen den Hinterkopf, dessen Ausbuchtung nicht zu sehen ist, tief herab hängen die Ohrläppchen als Zeichen einst getragenen Schmucks. Dahinter in strahlendem Gold der Nimbus, verziert mit kleinen sitzenden Buddhas, fast vollplastisch, mit Strahlenbündeln und Flammenzungen.

Bewundernd wandert Hokusais Blick hin und her. Die Falten auf der Schulter! Fallen sie nicht herab wie die Ströme eines Wasserfalls! Die Schüsselfalten unterhalb der Brust – ähneln sie nicht terrassenartig angelegten Feldern? Sind die menschlichen Formen nicht zugleich Formen der Natur, der Landschaft, des Weltalls? Gewiß, denn Buddha lebt fort, überall und ewig. Das Universum selbst ist sein Körper. Gleichzeitig sind die Gesänge der Vögel, die Farben der Blumen, die Läufe der Ströme, die Wolkenformen Erscheinungen des Buddha.

Allmählich besinnt Hokusai sich auf Gelerntes, Erfragtes und holt Vergessenes ins Bewußtsein zurück ...

Wer war der Begründer dieser Lehre? Kein Japaner, ein Inder. Siddhartha Gautama aus dem Geschlecht der Shakiya, beheimatet am Fuß des Himalaja. Nach der Legende gelangte er in unbefleckter Empfängnis als weißer Elefant aus der Götterregion herab in den Leib einer Frau. Schon früh zeigte der Knabe einen Hang zu einsamer Meditation. Er entsagt dem Thron und allem Reichtum und führt ein Leben der Entbehrungen und Selbstkasteiungen. Eines Nachts unter dem Boddhibaum – dem Baum der Erkenntnis – wird er erleuchtet. Seitdem zieht er lehrend, predigend und disputierend durchs Land, gründet Mönchs- und Nonnenklöster und legt Ordensregeln fest. Seine Lehre umfaßt vier Wahrheiten:

Alles Leben ist Leiden.

Leiden entsteht durch Durst nach Lust.

Die Aufhebung des Leidens geschieht durch Aufhebung der Lust.

Der Weg zur Aufhebung des Leidens umfaßt acht Teile: rechtes Glauben, rechtes Entschließen, rechtes Wort, rechte Tat, rechtes Leben, rechtes Streben, rechtes Gedenken, rechtes sich Versenken.

Ziel und Lohn ist das Nirvana, das Erlöschen, die Befreiung von der Wiedergeburt. Eine Morallehre also. Überwindung aller Sünde führt zur vollständigen Erlösung von den Banden der Existenz. Eine düstere, eine den Kreislauf des Lebens verneinende Lehre?
Der chinesische Priester Ganjin brachte sie mehr als tausend Jahre später nach Japan, nach jahrelangen vergeblichen Bemühungen. Immer wieder strandete sein Schiff vor den Klippen. Als er ankam, war er blind. Es scheint, als ob die alten japanischen Götter des Shinto sich gegen die neue Lehre gewehrt hätten. Es sind lebenslustige Götter, die Laster haben und die sich durch Tanz und Speisen ergötzen lassen. Vereinbar mit dem Buddhismus ist der Naturkult, der Gedanke an den Kreislauf aller Dinge. Wäre der Buddhismus nicht durch kaiserlichen Erlaß zur Staatsreligion erklärt worden, hätte er dann auch eine Chance gehabt, hier Fuß zu fassen? ...
Reglos sieht der Riesenbuddha über Hokusai hinweg, über ihn, wie über alle Zwerge seiner Art. Verständlich, daß er so groß sein mußte. Er hatte zu überzeugen, und was könnte mehr überzeugen als das Überdimensionale!
Blumensträuße und Obstpyramiden zu Füßen des Buddha vermischen ihre Düfte mit denen der Räucherkerzen und mit dem Geruch des Staubes. Hokusai steht auf und umgeht die Figur seitlich bis zur Rückwand. Ja, jetzt haftet wohl jede Einzelheit in seinem Gedächtnis. Noch einmal bleibt er vor dem Eingang stehen und sieht zum Buddha hoch. Fremd und mystisch bleibt er, auch wenn er schon tausend Jahre auf japanischem Boden steht. Es ist schon richtig, die Neugeborenen den hellen Shintoschreinen zur Weihe anzuvertrauen und die Toten den schwarzgewandeten Buddhapriestern! Es ist tröstlich, das Totengedenken auf shintoistische Weise zu begehen mit Essen, Trinken und Tanzen. Das Leben sollte kein Leiden sein und der Tod kein Grund zur Trauer!
Daibutsu, großer Buddha, es war gut, dich kennenzulernen!
Hokusai geht hinaus. Gleißende Helligkeit blendet ihn. Gut, daß es ein Draußen gibt!
Trotzdem. Alle paar Schritte sieht er sich um. Hier also fing sie an, die Ge-

schichte des Buddhismus in Japan. Und von hier erfolgte die Oberaufsicht über alle Klöster des Landes. Der höchste Holzbau der Welt, mit ungestückten Stützpfosten aus Zedern. Errichtet von Bauleuten aus China und Korea, mehrfach abgebrannt, immer wieder neu erstanden, schon sehenswert!
Hokusais Blicke zerlegen die Front in Quadrate. Zwei mal sieben im unteren Doppelgeschoß, darüber das Dach, dann fünf und wieder ein Dach, zu den Ekken geschwungen wie bei den siebenstöckigen Pagoden. Auf dem First die vergoldeten, glückverheißenden Delphinschwänze. Braun, weiß, wenig Gold und darüber der azurblaue Himmel. Ein Gebäude, das sich einprägt. Maßgeschneidert als Hülle für eine Bronzefigur. Wie müssen die Japaner damals gestaunt haben, wo es doch keine Großplastik hier gab, überhaupt keine Götterbilder! Die Shintoschreine sind leer. Denn Geist ist nicht faßbar und nicht sichtbar ...
Des Grübelns müde, durchstreift Hokusai den weiten Tempelbezirk, vorbei am Shosoin, dem Schatzhaus, dessen rund achthundert Gegenstände einst eine kaiserliche Witwe dem Kloster vererbte, vorbei am Glockenturm, an der Sangatsudo-Halle mit dem Mondglanz-Bodhisattva, vorbei an der kunstvollen Steinlaterne. Nur am Haupttor vergißt er seine Müdigkeit und zückt sein Skizzenheft. Die überlebensgroßen furchtgebietenden Wächter mit den zu Grimassen verzerrten Gesichtern und protzigen Gebärden haben es ihm angetan. Wie sich die Stirnwülste zusammenschieben, wie die Pupillen sich weiten, wie die Nüstern fauchen, wie die Mundwinkel sich verächtlich herabziehen! Oder dort, wie tierisch sie die Zähne fletschen!
Ein Tag in Nara läßt mehr begreifen als hundert Tage in Edo. Bis in den Schlaf verfolgt der Riesenbuddha Hokusai. Der Buddha wächst ins Unermeßliche, wächst auf ihn zu, droht ihn zu erdrücken. Schweißgebadet wacht Hokusai auf.

29

Hier, am Garten der Steine beim Ryoan-Tempel in Kyoto, steht die Zeit still, so still, daß Hokusai unwillkürlich den Atem anhält. „Werde gänzlich leer, dann wird das All dich durchströmen" – diese Worte des Laotse werden hier zum Gebot; hier, angesichts der fünfzehn unterschiedlich großen Felsen, von Moos umwachsen, im rechteckigen Geviert mit geharktem, grobsteinigem weißem Kies; hier, angesichts eines Gartens, der nicht betretbar ist, nicht zum Lustwandeln bestimmt, nur beschaubar; hier, angesichts eines Gartens, in dem nichts wächst, blüht und vergeht, in dem nichts sich verändert.

Der ihn vor dreihundert Jahren ersann, Soami, war Maler und Gartengestalter. Sein Werk genießt Ruhm, als sinnfälliger Ausdruck des Zen-Buddhismus, einer Lehre ohne personifizierte Gottheit, ohne Gottesdienst, einer Lehre der Selbsterkundung, Selbsterfahrung, Selbstlosigkeit, Affektlosigkeit, einer Lehre, die den Menschen aussöhnen will mit sich selbst, die ihm durch Meditation und Kontemplation die Gabe verleihen soll, zum Buddha, zum Erleuchteten zu werden.
Viele Jahre – heißt es – sann der Gestalter, die Steine so ins Geviert zu spannen, daß von jedem Punkt der Umrandung aus der Eindruck der Ausgewogenheit entsteht.
Hokusai ist früh genug gekommen, um hier allein zu sein. Im Yogisitz verharrt er. Werde gänzlich leer, dann wird das All dich durchströmen. Durch Sinnen und Betrachten Einblick gewinnen in das Wesen aller Dinge – das ist die Aufgabe.
Die Steine sind ein Gleichnis. Sinnbild der Erde, des Kosmos. Felsen, die aus dem Meer oder aus den Wolken ragen. Gipfel – erhaben über alles Alltägliche, Gewöhnliche, Mittelmäßige. Verwittert. Dauerhaft. Schon immer dagewesen, von unbestimmtem Alter. Für menschliche Begriffe zeitlos, ewig. Je länger Hokusai den Anblick auf sich wirken läßt, desto mehr begreift er vom geheimen Sinn, spürt er, welche Wunder und Geheimnisse die Natur birgt. Sicht von oben. Ungewohnt, verfremdet. Gerade deshalb neu und überdenkenswert. So müßte der Weltschöpfer auf sein Werk herabgesehen haben. Ohne Zen-Buddhismus wären Blumenkult oder Teezeremonie nicht denkbar. Hokusai fragt sich, wieviel er selbst dieser Lehre verdankt. Wurde sie ihm nicht auch zur Welt- und Lebensanschauung? Sinnen, Betrachten, die Dinge zu sich sprechen lassen. Nichts kann ohne Bedeutung sein. Alles ist Gleichnis.
In der Ferne rauschen die Bäume. Vögel zwitschern. Schmetterlinge flattern vorüber, einige so groß wie kleine Vögel, stahlblau. In der Nähe aber rührt sich nichts. Und trotzdem bleibt der Garten der Steine nicht stumm, nicht für Hokusai. Er spricht zu ihm von fernen Erdzeitaltern, von der Erschaffung der Welt, von der Legende über Izanagi und Izanami mit den gerinnenden Tropfen, die vom Speer fielen und zu Inseln erstarrten, von brodelnden Vulkanen, von Meeresbrandungen, von weißen Nebelschleiern um Gebirgsgipfeln, von Erd-, Luft- und Wassergeistern, von Drachen und Urtieren, die nur noch in Sagen leben.
Weltall im Kleinformat, wie im Spielzeugbaukasten. Aber kein Spiel der Unterhaltung, sondern ein Spiel der Gedanken, wie es ernster und gründlicher nicht sein könnte. Ja, es lotet auf Urgründe, Urgründe des Bewußtseins, der Zusammenhänge zwischen allem Lebenden.
Auch auf einem Zeichenblatt schrumpft die Welt auf ein Kleinformat zusam-

men. Sinn hat ihr Abbild nur dann, wenn es etwas von dem Hauch des Belebten enthält.
Hokusai denkt an die Landschaftsfolgen, die ihm vorschweben, an die er sich aber noch immer nicht herangewagt hat. Flüsse, Seen, Wasserfälle, Brücken und – vor allem Gebirge, die Serie mit Ansichten vom Berg Fuji. Sie hätte nur Sinn, wenn sie vom Geist dieses Gartens der Steine wäre. Bisher aber war da nur eine schwache Ahnung, wie das aussehen müßte, keine klare Vorstellung. Die Kenntnis der Perspektive ist das Eine, die Kenntnis der inneren Perspektive das Andere, Schwierigere. Dazu gehört Reife, Weisheit. Wie töricht doch war er, schon damals die Feier der Vollendung zu begehen! Sehr töricht! Isbert Hemmel kommt ihm in den Sinn. Ihm schuldet er eine Serie vom Fuji. Ihm und sich selbst hat er sie in Gedanken längst versprochen.
Hokusai steht auf. Er umschreitet die Einfassung mit großen Schritten und zählt; dreißig mal zehn Schritte. Wozu ist es wichtig, das zu wissen? Was besagen Zahlen? Nichts, reine Gewohnheit! Langsam geht er zurück, sehr langsam, prüft die Ansicht von jedem Punkt aus. Sucht er nach einer Unvollkommenheit? Auch das ist eine Gewohnheit: jede Behauptung zu überprüfen. Hier die Behauptung, daß jeder Blickpunkt gleich harmonisch sei. Sie stimmt, nichts zu deuten. Hokusai setzt sich an den Eckpunkt. Hier ist der Kies parallel zu den Kanten geharkt, in Bahnen wie Stofflagen. Eine weite leere Fläche leuchtet ihm entgegen. Links der höchste Felsen ist ihm am nächsten. Alles scheint einfach. Gerade aber das Einfache ist oft das Schwierigste.
Warum fesselt uns der Anblick der Elemente? denkt Hokusai. Warum können wir stundenlang auf eine reglose oder gekräuselte Wasserfläche sehen, ohne uns zu langweilen? Oder in die Flammenzungen des Feuers? Oder empor zu den dahintreibenden Wolken? Oder auf die Krusten der Erde? Sind es die gleichen Stoffe, aus denen wir selbst zusammengesetzt sind? Ahnen wir Zusammenhänge, die unserem Bewußtsein abhanden gekommen sind? Nur in der Einheit von Mensch und Universum kann der Mensch sich ganz begreifen, nur in der Stille innerer Sammlung kann er Gefäß werden für die Mitteilungen des Alls.
Nara war ein Ereignis, Kyoto ist eine Offenbarung. Für Hokusai jedenfalls. Schon die Ankunft war ein Versprechen. Er hatte sich überreden lassen, bei der Abenddämmerung die vielen Stufen zum Kiyomizu-Tempel hinaufzusteigen. Wahrhaftig, die Mühen des Weges haben sich gelohnt! Westwärts im Goldhauch der untergehenden Sonne, lag die Stadt unter ihm. Tempel- und Pagodendächer von ungeahnter Zahl glänzten ihm entgegen, umrahmt vom hellen Grün der Bambushaine, vom Dunkelgrün der langnadligen Kiefern! Eine kaiserliche Stadt! Ein Anblick der Verheißung! Er ließ sich die Tempel und Prunkbauten erklären. Sanjusangendo – der schmale Bau mit den eintausend Kannonfigu-

ren, dahinter der Higashihongan-Tempel aus der Frühzeit des Shogunats der Tokugawa, noch entfernter der Nishihongan-Tempel, schließlich der Kaiserpalast und ganz am entferntesten Ende der Stadt der Kinkaku-Tempel, der Goldpavillon ...
Mehr Namen hat er nicht behalten. Alle zu kennen, scheint unmöglich bei weit über tausend Tempelanlagen.
Lange blieb Hokusai auf der Terrasse des Kiyomizu-Tempels, dieses Tempels des reinen Wassers, der so schroff an den Abhang gebaut ist, daß nur ein umständliches Übereinander von Stützbalken ihm Halt gibt. – Er stand dort, bis die Sonne untergegangen war und die Lichter in den Häusern angezündet wurden...
Hokusai durchwandert den Park. Er trifft auf einen steinernen meditierenden Buddha, eingehüllt von Sträuchern und Bäumen. Ein liebenswerter, ein menschlicher Buddha. Anders als der in Nara. Im Tempel beeindrucken ihn besonders die Schiebetüren mit den wild bewegten Drachenfiguren. Wie fauchend und glutäugig sie durch die Lüfte segeln, das ist Dramatik! Fünf Jahre soll Kakuo Satsuki an diesen und den anderen Türen gemalt haben. Seltsam nehmen sich hier die Drachen neben den Weltlandschaften der anderen Wände aus, seltsam im Gegensatz zur Atmosphäre der Ruhe und Stille, der heiteren Gelassenheit und Kontemplation.
Vieles könnte man hier vergessen, was in schroffem Gegensatz zu dieser Insel des Friedens steht. Man könnte vergessen, daß auch hier einmal der Boden blutgetränkt war von den Kämpfen um die Macht der Herrschenden. Die Geschichte ist voll von Berichten über solche Fehden.
Hokusai wendet sich ab von den Drachentüren. Auch sie haben hier ihren Platz, zu einseitig sonst wäre das Bild von der heilen Welt. Doch ist es gut, daß es eine solche Oase gibt, in der sich der Mensch darauf besinnt, wie er zu sein hat oder hätte, wo alle Hast von ihm abfällt, wo die Zeit stillsteht.

30

„Hokusai ist mit niemandem zu vergleichen. Während alle seine Vorgänger mehr oder weniger Sklaven der klassischen Tradition und erlernter Regeln waren, hat er allein seinen Pinsel davon freigemacht, um nach den Gefühlen seines Herzens zu zeichnen. Streng führt er durch, was seine Augen – der Natur ergeben – auch in sich aufnehmen mögen."
Hokusai schüttelt den Kopf. „Nein, wie sich das anhört!"

Egawa Tomekichi und Egawa Santaro wissen nicht, was es daran auszusetzen gibt. „Es stimmt doch!" „Ein berechtigtes Lob!"
Hokusai sieht immer noch auf den Text, der gedruckt vor ihm liegt, eingebunden als Vorwort zum „Hokusai Shashin gafu", dem Album mit Abbildern der Wirklichkeit. „Zu dick aufgetragen!"
„Aber nein! Das Vorwort hat doch das Werk zu empfehlen. Das ist seine Aufgabe."
Sicher. Hokusai legt das Album beiseite. Wer auf Reisen ist, kann nicht gleichzeitig Hüter seines Hauses sein. Manches ist inzwischen liegengeblieben, anderes weitergeführt, natürlich nicht alles in seinem Sinne. Schließlich handelt es sich hier nur um eine kleine Liebhaberausgabe. Fünfzehn Blatt im Querformat. Sicher hat Hirayoshi Toryu, der Textschreiber, es gutgemeint. Die Drucke immerhin sind großartig. Das Bild des Philosophen, der Maler, die Mandarinenten ... Jetzt steht Größeres auf dem Spiel. Er holt Stöße von Skizzen herbei, teils lose, teils geheftet. Manche Zettel sind bis in die äußersten Ecken mit Bildnotizen bedeckt. „So, erstmal diese!"
Die Holzschneider Tomekichi und Santaro wagen nicht zu fragen, wieviel mehr es denn noch gibt.
Hokusai wühlt dazwischen herum, keineswegs vorsichtig. Manche Blätter haben schon Kniffe und Einrisse. „Ich dachte mir, wir nennen es ‚Manga' – humorvolle Bilder von Hokusai. Das ist unverbindlich. Setzt kein Thema und trifft den Kern." Begeisterung liegt in seinem Blick, Vitalität spricht aus seinen Gebärden. „Die kleinen Hefte waren ein Test. Sie haben gezeigt, daß so etwas gefragt ist. Also sollten wir es riskieren! Ich denke nicht an vielfarbige Holzschnitte. Ich stelle mir vor, daß sie grau bis schwarz getönt sein sollten, dazu rötlichen Bister. Der Eindruck des Skizzenhaften, schnell Hingeworfenen soll unbedingt erhalten bleiben."
Die beiden Holzschneider nicken zustimmend. Das müßte gehen. „Wichtig ist, daß die Umrisse klar und rein erscheinen, und dazu die Halbtöne zart kontrastieren. Nähme man zwölf Zeichnungen auf eine Seite, ließen sich dreihundert auf fünfundzwanzig Seiten unterbringen. Wie wäre das?"
„Moment! Ihr habt offenbar schon lange darüber nachgedacht. Verübelt es uns nicht, wenn wir uns mit der Idee erst allmählich anfreunden müssen." Tomekichi seufzt tief und ergeben.
Hokusai läßt sich keineswegs beirren. Schließlich war er selbst Holzschneider und weiß, was alles möglich ist.
Santaro kann sich das auch noch nicht vorstellen. „Ihr würdet dann also jede Zeichnung wiederholen und sie mit jeweils elf anderen auf einer Seite zusammenstellen?"
Hokusai runzelt die Stirn. „Muß ich das wirklich?"

15 Beschneiter Fuji zwischen Dächern in Edo

16 Holzarbeiter auf einem Berg in der Provinz Totomi

17 Boote in der Bucht von Tago

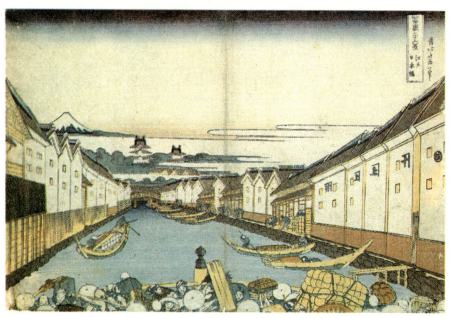

18 Boote in Nihonbashi in Edo

19 Ein Krieger gibt einem Freund Feuer

20 Der Geist der Oiwa

„Wie sollte es sonst gehen?"
„Nun – wenn ich eine Aufstellung mache, in welcher Reihenfolge was kommen soll, ginge es dann nicht so?"
Tomekichi schüttelt den Kopf. „Ganz unmöglich! Stellt Euch nur die Fetzenwirtschaft vor! Von einer Seite schneiden wir einen Karpfen raus, von der anderen eine vornehme Dame, von der dritten einen Kirschblütenzweig."
„Ja, Entschuldigt! Natürlich habt Ihr recht! Ich werde wohl oder übel alles noch einmal zeichnen müssen. Wonach Ihr dann schneiden könnt."
Natürlich. Nur wenn er selbst die Stöcke bearbeiten würde, ginge es anders.
Mit Feuereifer beginnt Hokusai, Motive zusammenzusuchen. „Dies muß an den Anfang: Jotombo – Personifikation des Geistes der uralten Kiefer und gleichzeitig Sinnbild glücklichen Greisenalters!"
„Warum nicht!"
Hokusai kramt weiter. „Ja! Das wäre gut: Figuren aus der alten chinesischen und japanischen Sage! Dies hier zum Beispiel!" Er legt die Blätter beiseite. „Die sieben Glücksgötter dürfen nicht fehlen. Hier ist einer. Die anderen? – Oh heilige Ordnung, wo mögen sie sein! – Ach, die finde ich später." Weiter geht die Suche. „Ja, sowas ginge doch auch: Kinderszenen. Das da ist mein Sohn Tokitaro. Und das Oyei, unsere Jüngste."
Den beiden Gästen schwirrt schon der Kopf. Hokusai bemerkt nicht einmal, daß sie kein Wort sagen. Unermüdlich geht es weiter: Satiren auf betrunkene buddhistische Priester, Handwerker bei der Arbeit, Gaukler, Gepäckträger, Angler, ein Konzert mit gelangweilt gähnenden Zuhörern, betrunkene Samurai, überfressene Paare, Pilzsammler, badende und sich putzende Frauen. Dann Vögel, Reptilien, Insekten, Pflanzen. Und am Ende Landschaften mit Bergen und Felsmassiven.
Tomekichi räuspert sich. Vielleicht sollte er doch zu bedenken geben, daß einiges – nun – etwas drastisch und gewöhnlich ist. Betrunkene Samurai und betrunkene Priester – wird das nicht Anstoß erregen? Aber Hokusai hat sich in Feuer geredet, läßt gar keinen Einwand aufkommen. Nun gut, er schließlich ist der Auftraggeber. Auf seine Verantwortung!
„Wenn dieser Band Erfolg hat, ließen sich Fortsetzungen machen, jederzeit, ich ersticke ja in Skizzen. Und manche sind doch ganz lustig. Es müßte nicht gleich im nächsten Jahr ein neuer kommen. Aber wenn meine Bewunderer es wünschen – an mir soll es nicht liegen!"
Ach, diese Unordnung! Die beiden Holzschneider sind aus ihrer Werkstatt einiges gewöhnt, aber so sieht es dort nie aus. Ein Wunder, daß Hokusai hier noch etwas wiederfindet! Aber auch daran steht ihnen keine Kritik zu. Daß gerade sie den Auftrag von Hokusai bekommen, ist schließlich eine Ehre. Er versteht etwas davon und läßt nur bei den besten Holzschneidern arbeiten.

„Und wer schreibt das Vorwort?" Tomekichi zwinkert mit Anspielung auf das vorausgegangene Gespräch.
„Jedenfalls nicht Hirata. Hanshu Sanjin aus Nagoya hat mir sagen lassen, daß er sich gern über meine Werke äußern würde. Vielleicht er. – Jetzt einen Sake?"
„Warum nicht?"
Damit ist der Vertrag besiegelt. „Und wann kann es losgehen?"
Hokusai lacht. „An mir soll es nicht liegen. Von mir aus morgen!"
Die Gäste verneigen sich. So doch nicht! Gut Ding will Weile haben. „Nicht jeder hat Euer Tempo! Schon gar nicht unsere Schnitzmesser. Schickt die Seiten nur vorbei, wie Ihr sie fertig habt!"
„Dann auf die neue Serie!"
Wie immer, wenn Hokusai ein neues Vorhaben begonnen hat, gönnt er sich auch hierbei keine Ruhe. Die Neugier, wie die Einzelszenen zueinander stehen und wie sie sich im Zusammenhang ausnehmen werden, und schließlich die Neugier, wie sie gedruckt aussehen und vom Publikum aufgenommen werden, treibt ihn vorwärts. Mit Sicherheit, dieser Einfall war gut! Und Fortsetzungen wird es wohl auch geben.
Hokusai wartet auf das Vorwort. Gespannt ist er doch. Schließlich kommt der Bote und bringt die sorgfältig verpackte Schriftrolle. Hokusai muß sich beherrschen, sie mit Vorsicht und Ruhe zu öffnen. Dann zieht er sich in die Nische des kleinen Gartens zurück, setzt sich auf den Stein unter dem Feigenbaum und liest:
„Die Blicke und Gebärden der Menschen geben den Gefühlen des Ergötzens und der Enttäuschung, des Leidens und der Freude reichlichen Ausdruck. Auch haben die hallenden Berge und gurgelnden Ströme, die rauschenden Bäume und Kräuter alle ihre besondere Art, und die Tiere des Feldes und die Vögel in der Luft, die Kerbtiere, die Kriechtiere und die Fische, alle sind sie voll Lebenskraft. Unsere Herzen freuen sich, wenn wir solche Fülle von Freude und Lebensgenuß in der Welt erblicken. Und dennoch – mit dem Wechsel von Ort und Jahreszeit schwindet alles und ist vorüber. – Wie sollen wir den Geist und die Form aller Freude und allen Glücks, welche das Weltall erfüllen, den kommenden Geschlechtern überliefern und zur Kenntnis unserer Tausende von Meilen entfernten Zeitgenossen bringen? Die Kunst allein kann die lebendige Wirklichkeit der Dinge dieser Welt verewigen, und nur die wahre Kunst, die im Reiche des Genius heimisch ist, vermag dies zu erreichen.
Der seltene Erfolg des Meisters Hokusai ist im ganzen Lande bekannt. Diesen Herbst besuchte der Meister zum Glücke auf seiner Reise gen Westen unsere Stadt Nagoya und machte dort zu beiderseitiger großer Freude die Bekannt-

schaft des Malers Bokusen von der Mondscheinhalle, unter dessen Dach an dreihundert Entwürfe ersonnen und ausgeführt wurden. Himmlische Dinge und Buddhas, das Leben der Männer und Frauen, ja sogar der Vögel und anderer Tiere, Kräuter und Bäume wurden vorgenommen, und des Meisters Pinsel schildert alle Phasen und Formen des Daseins.
Zuvor ist eine Zeitlang die Begabung unserer Künstler im Schwinden gewesen; ihren Schöpfungen fehlte Leben und Bewegung, und die Ausführung ihrer Ideen war unzulänglich. Was das hier Dargebotene betrifft, so wird – möge es auch nur in groben Skizzen bestehen – niemand die bewundernswerte Wahrheit und Kraft verkennen. Der Meister hat versucht, allem, was er zeichnete, Leben zu verleihen, und wie es ihm gelungen, beweisen die Lebensfreude und das Glück, wie er es getreulich ausgedrückt hat. Wer kann diesen Werken noch etwas hinzufügen? Dem strebsamen Kunstschüler wird diese Sammlung ein unschätzbarer Führer und Lehrer sein. Den Titel ‚Manga' – humorvolle Bilder – hat der Meister selbst gewählt. Geschrieben im ersten Jahr des Hundes der Bunka-Ära von Hanshu Sanjin."

31

Meine Gedanken springen hin und her wie Grashüpfer. Zu vieles möchte ich zu gleicher Zeit. Die Bilder bedrängen mich, zwingen mich zur Rastlosigkeit, gönnen mir keine Ruhe.
Der „Schnellunterricht der verkürzten Zeichnung" und weit mehr noch die „Manga" haben – so scheint es – eine Lawine ins Rollen gebracht. Ständig melden sich junge Leute, die von mir unterrichtet werden wollen. Als wäre nur ich dazu in der Lage, als gäbe es außer mir keinen anderen Maler! Überall auf der Straße, an Hauswänden und auf Wegen begegnen mir – mit Kreide gekritzelt – meine Bildkürzel. Ich kann mir gut vorstellen, welch ein Gefühl es für einen Musiker sein muß, wenn seine Melodien zu Gassenhauern geworden sind und ihm von allen Seiten um die Ohren gepfiffen werden. Zunächst mag er stolz sein, sich geschmeichelt fühlen oder amüsieren, aber dann – – –
Scheinbar bin ich zu so etwas wie einem Zeichenlehrer der Nation geworden.
Nicht nur Lernbegierige laufen mir das Haus ein, es kommen auch viele Einladungen. Sie haben einen Vorteil: Ich kann mich dem Trubel hier, wenn es mir zu bunt wird, entziehen. Manchmal allerdings gerate ich dabei vom Regen in die Traufe, wie zum Beispiel in Nagoya. Wieder wurde ein Riesengemälde von

mir verlangt, und ich konnte es nicht ablehnen. Schließlich muß die Familie ja auch leben. War das wieder ein Volksauflauf am Zweigtempel des Nishi-Honganji! Vierfach dickes Kleiderpapier habe ich verwendet, Stoff wäre zu teuer. Und die Tempeltüren kann ich auch nicht überall ausheben lassen. Aber rechte Freude hatte ich nicht mehr an dem Spektakel. Es reicht mir zu wissen, daß ich in der Lage bin, Bilder von kleinen Formaten auf große zu übertragen. Den Trick verrate ich nicht. Dann könnten es ja alle. Es ist ein Trick, den Shiba Kokan mir verraten hat. Eigentlich ganz einfach und logisch. Man muß sich nur die Fläche in gleichgroße Quadrate aufgeteilt denken und dann wissen, welche Bildteile in welches Quadrat gehören. So lassen sich die Verzerrungen vermeiden. Natürlich muß man das üben. So aus dem Handgelenk – wie alle glauben – geht das nicht. Shiba Kokan sagt, daß in Europa alle Monumentalgemälde so vorbereitet werden; ob auf Leinwand, Decken oder Wänden – immer gibt es vorher den Karton, die Vorzeichnung mit den Quadraten. Hier aber nicht. Hier kann ich damit täuschen und verblüffen. Manchmal habe ich das alles gründlich satt.
Von Bokusen war es gut gemeint, mich einzuladen. Natürlich nicht aus purer Selbstlosigkeit. Auch er will von mir lernen. Soll er! Jedenfalls hat er mir die Möglichkeit gegeben, einige Zeit unbehelligt zu arbeiten wie damals, als es um die Manga-Blätter ging.
Richtig war auf jeden Fall, Edo mal eine Zeit den Rücken zu kehren. Zu vieles fährt sich fest, wenn nicht ab und zu der Kurs verändert wird. Sicher, meine Frau versteht es nicht, meint, einen Vagabunden geheiratet zu haben, weiß nicht, was mich immer wieder hinaustreibt. Weiß ich es denn selbst?
Dabei bin ich doch schon viel ruhiger geworden. Habe nicht mehr das Bedürfnis, alle paar Jahre meinen Namen zu ändern wie die Schlange ihre Haut. Nein, ich bekenne mich zu mir, Hokusai. Allerdings, Zusatznamen habe ich schon hinzugefügt wie Tatsumasa, Gakyojin oder Katsushika, um anzudeuten, daß auch ein Hokusai nicht immer der gleiche bleibt, daß er unterschiedliche Färbungen annimmt, unterschiedlichen Stimmungen unterworfen ist. Ich weiß, manchmal bin ich schroff und reizbar und abweisend. Dann kann ich es einfach nicht vertragen, gestört zu werden. Es macht mich rasend, wenn mir einer über die Schulter sieht. Das ist dann, wenn jeder Nerv in mir angespannt ist, wenn ich an etwas arbeite, was meine ganze Konzentration fordert. Mag sein, daß ich in dem Moment unleidlich bin für meine Umgebung. Aber gerade jetzt entstehen oft die besten Sachen. Jene, die ich dann mit dem Beinamen Gakyojin – der vom Malen Besessene – signiere. Ja, ein Besessener bin ich. Das kann und will ich nicht leugnen. Aber ich bin es nicht immer. Manchmal zeichnet meine Hand ganz mühelos, scheinbar ohne jede Beteiligung von Kopf und Herz, ganz mechanisch. Dann stört es mich überhaupt nicht, wenn

Zuschauer sich um mich versammeln und ihre Bemerkungen machen. Sie können ruhig Witze reißen und dummes Zeug reden. Ich gehe sogar darauf ein und denke und fühle wie sie. Gezeichnete Possen und Skurriles entstehen. Leicht faßbar, aber pointiert. Situationskomik. Auch das kann nicht jeder, und ich sehe keine Veranlassung, diese Fähigkeit verkümmern zu lassen. Außerdem verkauft diese Fähigkeit sich gut.

Wie ich mich am liebsten sehe? Von all den Schattierungen, die Hokusai annehmen kann, fehlt noch die wichtigste, denke ich, nämlich die des weisen Hokusai. Zwar bewege ich mich auf die sechzig zu, und das gilt schon für viele als alt, aber ich kann mich nun mal beim besten Willen noch nicht alt fühlen. Ob das ein Nachteil ist?

Als ich in Kyoto und Nara war, und mehr noch auf der Tokaido in der Nähe des Fujisan, wehte mich eine Ahnung an, wie meine künftige Kunst aussehen müßte. In ihr müßte vieles gespeichert sein. Nicht nur der flüchtige Augenblick, so schön oder komisch er auch sein mag, nicht nur die Darstellung des Phantastischen, kaum Vorstellbaren, sondern etwas von dem, was man die ewigen Werte zu nennen pflegt. Ich weiß, daß irgendwann diese Zeit erreicht sein wird. Aber wann? Geduld lag mir noch nie, aber erzwingen läßt sich gerade in diesen Dingen nichts, nicht das geringste. Ich muß also weiterwirken, wie es sich gerade ergibt, und ganz in der Stille und im Geheimen darauf warten, daß ich endlich vom Leben so abgeschliffen und geläutert werde, daß ich sichtbar werden lassen kann, was eigentlich nicht sichtbar ist.

In meiner Tokaido-Serie gibt es Blätter, auf denen der Fujisan zu sehen ist, aber mehr als Kulisse im Hintergrund. Was mir vorschwebt, ist eine Serie mit dem Fuji als Mittelpunkt, als das Beständige, stets Vorhandene, Verläßliche, Entrückte, Ferne, Heilige – gegen das alles menschliche Wirken ameisenhaft klein wird. Merkwürdig, wie eine Idee einen beherrschen und traktieren kann! Ständig wühlt sie in meinem Unterbewußtsein. Irgendwann wird sie hervorbrechen. Dann erst wird mein Glück vollkommen sein!

Warum will ich unbedingt diese Serie? Sie wäre die Quintessenz meiner Bemühungen. Ich glaube, sie würde mich unsterblich machen, mehr als Hunderttausende anderer Zeichnungen. So wie Soami unsterblich geworden ist durch seinen Garten der Steine. Ja. Aus dem Geiste des Zen – Sinnen, Betrachten und den Sinn erfassen – müßte die Serie kommen. Und darauf müßte ich mit dem Beinamen hinweisen.

Manchmal habe ich Angst, daß es zu dieser Serie nie kommen wird, weil ich meine Kräfte vorher verschleiße, weil ich mich in tausend Nebensächlichkeiten verzettele. Wer sich mit zu viel kleinen Dingen abgibt, wird unfähig zu großen.

Oft aber bin ich ganz sicher, daß es eines Tages diese Serie geben wird. Ich

träume davon, daß sie in Rotterdam in der Wohnung des Isbert Hemmel an den Wänden hängt, in einer Wohnung, die vorzustellen mir sehr schwerfällt. Isbert Hemmel dagegen ist noch gut in meinem Gedächtnis. Ist er es wirklich? Auch er ist inzwischen zwanzig Jahre älter geworden.
Noch heute bin ich dem Himmel dankbar für diese Begegnung. Sie hat eine neue Dimension in mein Denken gebracht, durch sie erst habe ich begriffen, was es heißt, Japaner zu sein, und was die Besonderheit unseres Landes ausmacht. Gewiß, auch Sehnsüchte sind durch diese Begegnung geweckt worden ...
Meine Güte, wenn ich daran denke, wie ängstlich meine Frau damals war! Umbringen hätte ich sie können für soviel Feigheit. – Doch wie hätte sie anders sein können, eingesperrt in die vier Wände ihrer kleinen Welt, eingeschüchtert von Ge- und Verboten, zu keinem eigenen Denken erzogen, bedacht nur auf das Nächstliegende, daß genügend zu essen da ist, was gar nicht immer selbstverständlich war.
Lange habe ich nichts mehr von Isbert Hemmel gehört. Das letzte war die Antwort auf die Drucke der Osthauptstadt und der Tokaidoserie. Auch den Manga-Band sollte ich ihm schicken. Ich werde ihn mitnehmen, wenn ich nach Osaka fahre. Osaka – dort werde ich Shiba Kokan treffen.
Osaka – das heißt, wieder die Tokaido entlang, vorbei am Fujisan, vielleicht Aufenthalt in Kyoto und Nara. Das heißt wieder langes Unterwegssein. Weg von Edo, weg von Zuhause.
Was könnte mich hier aufhalten? Wenig. Tokitaro, in den ich meine Hoffnung gesetzt hatte, hätte nie Maler werden können, zu nüchtern, zu sachlich, kein Denken in Bildern. Also wurde er Beamter. Onao starb jung, wie damals Otetsu. Oyei, die Jüngste, hat – wie ihre ältere Halbschwester Omiyo damals – einen Maler geheiratet. Ob es ihr Glück sein wird? Ich kann es nur hoffen. Jedenfalls ist auch das zweite Nest fast leer geworden. Seltsam, wie bald sich im Leben alles wiederholt. Nein, es gibt keinen Grund, nicht nach Osaka zu fahren.

32

Hokusai kommt aus dem Staunen nicht heraus. Wer alles sich hier in Osaka eingefunden hat! Soviel bekannte Gesichter aus längst vergangenen Tagen!
„Kon-nitschiwa!"
„Kon-nitschiwa!"

Begrüßungsrufe von allen Seiten. Ist das nicht – ach, natürlich, ja – das ist doch ein Schüler von Toyokuni. „Shunei"?
„Richtig, Shunro!"
Hokusai lacht herzlich. Wie lange ist es her, daß jemand ihn mit diesem Namen angesprochen hat! Er rechnet zurück: dreiunddreißig Jahre! „Das freut mich aber aufrichtig!"
„Und mich erst!" Shunei verneigt sich. Eine Spur tiefer als Hokusai. Unwillkürlich fühlt Hokusai sich an die erste Begegnung erinnert. Auch damals hockte eine Runde zusammen. Bei weitem nicht so groß wie hier, aber er hatte ein bißchen das Gefühl, eine Mauer durchbrechen zu müssen. Trotz Shunshos Freundlichkeit. Wie anders ist es heute! „Weißt du, damals war ich sehr froh, daß ich nicht der Jüngste war unter Shunshos Schülern. Du warst zwei Jahre jünger. Sechzehn. Ich seh dich noch vor mir sitzen mit deinem glatten Kindergesicht."
„Und ich sehe Euch eintreten. Ihr wolltet Euch keine Unsicherheit anmerken lassen. Ihr hattet keinen leichten Stand. Besonders nicht gegen Shunko."
„Ach ja! Jahrelang scheint alles vergessen, dann ein bekanntes Gesicht, und es wird wieder lebendig. Im Grunde genommen hat Shunko mir wahrscheinlich den größten Gefallen getan mit seiner Grobheit. Wer weiß, ob ich je ein so guter Maler geworden wäre, hätte er mich nicht so tief beleidigt!"
„Ihr seid versöhnlich geworden, weise, wie es im Alter sein soll."
Hokusai lacht. „Oh nein, da kennst du mich schlecht! Ich bin alles andere als versöhnlich geworden. Aber ich bin überzeugt, daß Zorn und Wut mitunter ein besserer Ansporn sein können als Lob."
„In solchen Worten erkenne ich Shunro wieder."
„Das hoffe ich. Mag sich auch der Schnee des Alters auf unsere Häupter gelegt haben und das Gesicht voll Falten sein, ganz im Innern bleiben wir uns doch gleich, wenn auch nicht in allen Stücken."
Shunei zieht geräuschvoll die Luft durch die Zähne. Schließlich ist Hokusai inzwischen ein berühmter Mann geworden, es ist eine Ehre, seiner Aufmerksamkeit würdig zu sein.
„Nein, nicht in allen Stücken, das wäre auch kaum zu wünschen. Von der Vergangenheit reden heißt zwangsläufig, von Toten reden."
„Ja, ich hörte es. Shunsho ist schon vor fünfundzwanzig Jahren gestorben."
„Und Shunko vor sechs."
„So? Das hat sich nicht bis zu mir herumgesprochen."
„Von seiner Handlähmung werdet Ihr doch gewußt haben."
„Ja, sicher. Hat sie sich nicht wieder gebessert?"
„Nein. Das Schlimmste, was einem Menschen unserer Zunft passieren kann. Mag er gewesen sein, wie er will ..."

Andere bekannte Gesichter drängen sich in Hokusais Blickfeld. Ehemalige Schüler von ihm, Hokushi und Hokuju. Auch sie strahlen ihn an, warten auf ein Wort. Hokusai muß Shunei mit höflichen Entschuldigungsfloskeln verlassen. „Bis später!"
Auch die eigenen Schüler weiden sich in Hokusais Ruhm, möchten den anderen zeigen, auf welch vertrautem Fuß sie mit dem Meister stehen, möchten von ihren Erfolgen berichten. Auch sie kommen nicht weit. Andere Schüler drängen sich heran: Hokkei, Hokuba ...
„Meine Güte, ist das denn hier eine Art Familienfest?"
Erst ganz allmählich begreift Hokusai, daß das ganze Fest ihm zu Ehren gegeben wird. Er merkt es, als ihm der Ehrenplatz zugewiesen und die Ansprache an ihn gerichtet wird. Darauf war er nicht gefaßt. Mit Bestürzung und Rührung nimmt er es zur Kenntnis. Große Worte werden da gesprochen. Zu große Worte? Eine Lobrede, wie sie eigentlich erst Toten zukommt?
Aber es klingt ehrlich, das macht es erträglich und nimmt ihm die Befangenheit. Trotzdem, soviel Feierlichkeit ist unbehaglich. Sogar eine Festschrift wurde gedruckt, alles ihm zu Ehren. Feierlich wird sie ihm überreicht. Eine Gabe der Malerzunft von Osaka, ausgestattet mit Farbholzschnitten. Sie zeigen die Räume des Dotombori-Theaters mit Schauspielergarderoben.
Hokusai nimmt die Festschrift entgegen, verneigt sich. Verneigt sich mehrmals. Seine Erwiderung wird erwartet. Gespannt sind alle Augen auf ihn gerichtet. Er räuspert sich, zieht Luft durch die Zähne und findet ein paar der üblichen Dankesworte. Wirklich, einen solchen Empfang hatte er sich nicht träumen lassen, und sein Dank ist nicht geheuchelt.
„Aber, meine Freunde, trotz allem gestattet mir eine Bitte, redet nicht von mir, als ob ich schon gestorben wäre, also nur Gutes, laßt auch ein bißchen was Menschliches an mir! Behandelt mich wie einen Lebenden und verschweigt nicht die Laster, die ich reichlich habe! Ihr wißt doch alle, die Ihr mich kennt, wie wenig ich von Schönfärberei halte."
Einigen unter den Zuhörern stockt der Atem. Wie kann er es wagen, einer so gut vorbereiteten Feier die Würde zu nehmen! Aber angesichts der Herzenswärme, die Hokusai ausstrahlt, schmilzt das Eis der Förmlichkeit. Das Festessen beginnt.
An Delikatessen ist nicht gespart worden. Alles ist mit Sorgfalt und ausgewogenem Schönheitssinn angerichtet und farblich abgestimmt. Kleine Häppchen, dafür um so mehr Auswahl. An alles ist gedacht, was verwöhnte Gaumen zu schätzen wissen: Kastanien in Süßkartoffelpüree, Fischfilet in weißer Bohnenpaste, gerollt zerschnittene Omeletts mit Suppe, gebratene Wildentenbrust mit Sojasauce, Bambusschößlinge, Spargel, Baumpilze, Ingwerschößlinge, Reisbällchen mit Algen umwickelt, Eiklößchen mit Krabbenschwänzen, gebräunte

Gingkonüsse, Kisufilets mit Seetang, Chrysanthemenblüten in Essig und Zitrone, natürlich Sashimi – den rohen Fisch – und Obstsorten wie Melonen, Bananen und Granatäpfel.
Hokusai genießt jeden Happen mit Inbrunst. So gut und abwechslungsreich war sein Mahl lange nicht. Nur ein Gedanke beunruhigt ihn: wo bleibt Shiba Kokan? Ganz nett, all die anderen alten Bekannten hier zu treffen, aber am wichtigsten ist ihm nach wie vor die Begegnung mit ihm.
Schließlich, nach beendetem Mahl, erkundigt er sich.
„Ach ja!" Der Organisator des Festes läuft rot an. „Entschuldigt bitte meine Vergeßlichkeit! Es wurde ein Brief für Euch abgegeben." Hastig reißt er ihn aus dem Kimonoärmel.
Während die Lackschälchen und -näpfchen weggeräumt werden, zieht Hokusai sich mit dem Brief zurück. Seine Befürchtungen bestätigen sich schon beim ersten Satz, den er liest. Auch ist Shiba Kokans Handschrift kaum wiederzuerkennen. Er ist schwerkrank und rechnet mit dem Schlimmsten.
Hokusai steht wie erstarrt. Soll er das Fest verlassen und versuchen, auf dem schnellsten Wege nach Nagasaki zu kommen? Es wäre zwar unhöflich gegen die Veranstalter des Festes, aber vielleicht würde es ihm dennoch verziehen. Nur Shiba Kokan weiß die heimlichen Kanäle, über die seine Manga nach Rotterdam geschmuggelt werden kann. Ach, überhaupt! Mit ihm würde eine Verbindung abreißen, die Hokusai das Bewußtsein nahm, auf einer Insel zu leben, die sich gegen die übrige Welt abgesperrt hat. Wenn jetzt Shiba Kokan stirbt ...
Allmählich wird Hokusai vermißt. Shunei erbietet sich, ihn zu suchen. Hokusai scheint durch ihn hindurchzusehen. Seine Stirn ist voller Sorgenfalten. Shunei wagt nicht, ihn anzusprechen. Er wartet, bis Hokusai sich rührt.
„Schlechte Nachrichten?"
Hokusai nickt abwesend. Er ahnt, daß schon alles entschieden ist.

33

Immerfort
seit der Scheidung von Himmel und Erde
ragt er empor,
erhaben und edel und göttlich,
der Berg Fuji in Suruga.
Wenn wir hinaufblicken

> zu den Himmelsgefilden,
> so ist das Licht
> der himmeldurchziehenden Sonne verdunkelt,
> der Glanz des leuchtenden Mondes
> bleibt ungesehen,
> die weißen Wolken wagen es nicht,
> über ihn hinwegzuziehen
> und ewiger Schnee bedeckt ihn.
> Alle Zeiten werden künden
> von dir, Fujisan.

Jedesmal beim Anblick dieses Berges kommen Hokusai jene Zeilen ins Gedächtnis, niedergeschrieben vor mehr als tausend Jahren. Eine Hymne auf den heiligen Berg. Eine von vielen. Immer noch gültig, denn nichts hat sich geändert in der Beziehung der Japaner zu dem Berg, der von allen abertausend Bergen der höchste, der schönste, der heiligste ist. Nie werden die Dichter und Maler müde werden, ihn zu preisen, mit Recht!
Bisher hatte Hokusai den heiligen Berg nur aus respektvollem Abstand betrachtet, wie es sich gehört. Dem Heiligen soll man nicht zu nahe auf den Leib rücken. Distanz ist geboten.
Trotzdem. Schon immer bohrte der Wunsch in ihm, diesem Berg aller Berge näherzukommen, in jene Gefilde, die den Wolken vorbehalten sind. Mühsam ist es, mühsamer als erwartet. Anfangs ist das Gestein mit einer dicken Schicht Mutterboden bedeckt, auf dem dichter Mischwald wächst. Wege sind längst angelegt, nicht weniger bequem als andere Bergwege. Dann ändert sich die Vegetation. Es überwiegen Nadelgehölze und Lärchen. Ihre Formen hat der Wind zerzaust und verbogen, viele entwurzelt, gestürzt und getötet. Stellenweise bieten sie einen unheimlichen, urweltlichen Anblick mit ihren hellgrauen Astarmen, die gespenstisch skeletthaft in den Himmel greifen. Nein, nicht nur der Wind war es, der sie absterben ließ, sondern die Lavaströme, deren Wegrichtung vom Krater her ablesbar ist. Aber die rindenlosen gebleichten Baumreste wären nur halb so unheimlich, wenn nicht ständig Wolken über den Weg rasen würden, so schnell, wie nur Geister sich bewegen können. Blitzartig nehmen sie jede Sicht, hüllen den Wanderer in eine weiße Wattewand, in der es kein Vorwärts und Rückwärts, kein Links und Rechts, kein Oben und Unten zu geben scheint. Aber auch wenn sie ebenso schnell verschwunden sind und die Sicht freigeben, bleibt immer noch ein Gefühl des Losgelöstseins von der Erde, denn die Wolken darunter schneiden den Wanderer vom Unten ab.
Wahrhaftig, der Aufstieg zum Fuji ist ein Abstieg in Erdzeitalter, die weit,

weit vor aller menschlichen Existenz liegen. Es würde nicht verwundern, Drachen und Urtieren zu begegnen. Eine freundlichere Zone folgt, bewachsen mit Birken und Rhododendren. Danach aber wächst nur noch Knöterich und – ganz selten – eine zauberhafte, unerwartete Glockenblumenart. Einzeln sitzt ihre blaßblaue Blüte an einem Stiel, der so zierlich wie biegsam ist. Erstaunlich, daß sie den scharfen Winden standhält. Sonst aber gibt es nur noch rote bis rotbraune Lavabrocken, viel leichter als anderes Gestein, zu unterschiedlichen Größen zusammengeschmolzen. Es ist unmöglich, die steile Bergkuppe gerade hochzuklettern, zudem ist die Luft schon dünner in dieser Höhe. Hokusai hat sich hingesetzt. Die Füße schmerzen. Immer wieder rutschen Brocken unter die Zehen. Aber was macht das schon! So also sieht es aus auf dem Fuji! Deshalb wirkt er so rötlich. Fasziniert starrt Hokusai auf das Farbspiel der Lavaklumpen. Schon sieht er ein Blatt vor sich, einen Farbdruck mit dem grellroten Fujisan, klein dahinter die Lämmerwolken, winzig am Fuß die dunklen Bäume. Ganz oben auf dem gezackten Kraterrand Schnee, auch noch etwas tiefer auf den Graten der Einschnitte. Das geht. Das läßt sich auf eine einfache Formel bringen. Aber nicht alles. Nicht die silbrigen Spuren, die die Lavaströme im Rotbraun hinterlassen haben. Nicht die Gefahr, die von diesem Berg ausgehen kann. Bei einem Vulkan weiß man nie, wann er wieder ausbrechen wird. Unbehaglich der Gedanke, daß es gerade jetzt sein könnte! Jederzeit ist sein Ausbruch möglich. Über hundert Jahre war er friedlich. Was sind schon hundert Jahre für einen Berg wie den Fuji!
Hokusai steht auf. Ob er es bis ganz oben schafft? Der Rand des Kraters dünkt nahe, aber je länger er draufzugeht, desto größer scheint die Entfernung zu werden. Zudem wird es immer steiler, immer kälter und die Luft immer dünner. Die Dunkelheit wird sehr plötzlich hereinbrechen und danach wird es unerträglich kalt. Gewarnt ist er. Hokusai sieht zum Gipfel hoch. Er lockt. Einmal ganz oben stehen und hinabsehen in den entsetzlich tiefen Krater, aus dem das Erdinnere seine Feuer ausspeit – es wäre überwältigend. Vielleicht zu sehr? Hokusai denkt an die unglücklichen Liebespaare, die hier in den Freitod gegangen sind. Frösteln überkommt ihn und das Gefühl, sich in Höhen emporgewagt zu haben, die dem Menschen nicht vorbestimmt sind, etwas wie Reue, Reue über eine Entweihung. Vielleicht sollte er sich jetzt zufriedengeben, umkehren, vernünftig sein, zu den Reisegefährten zurückkehren. Alleingang ist gefahrenvoll. Wer wird ihn schon finden, wenn er abstürzt und unter dem schönen roten Geröll oder unter Schnee begraben liegt.
Hokusai kehrt um. Er hat Mühe, die Orientierung zu behalten. Für Augenblicke wird ihm unheimlich zumute. Besonders dann, wenn er plötzlich in eine Wolke eingehüllt wird. Schließlich erkennt er das Dach der Wartestation, in der ihn die Reisegefährten begrüßen.

Bergab geht es wesentlich schneller. Die meisten der Reisenden steigen vor allem hinauf, um dann auf Schilf- oder Strohkörben herunterzugleiten. Ein kindlicher Spaß! Weiter unten, in den bewaldeten Regionen, stehen dann Pferde zur Verfügung.
Staubig, müde und abgespannt kommt Hokusai zu Hause an. Seine Frau mustert ihn kritisch. „Woher kommst du denn diesmal?"
„Vom Fujisan, vom Heiligen Berg."
Sie starrt ihn an, als müsse sie sich verhört haben. „Du bist doch nicht etwa – hinaufgestiegen?"
„Nicht bis ganz oben."
„Also doch hinauf?"
„Ja."
„Das hätte ich nun wirklich nicht von dir erwartet!"
„Ist es denn ein Verbrechen?"
Das wagt er noch zu fragen! Sie kann vor Aufregung kaum sprechen. „Du ziehst Unheil auf unser Haus! Du mußt doch wissen, daß der Fuji ein heiliger Berg ist, den man aus der Ferne bewundert. Nur gottlose Abenteurer steigen hinauf."
„Und so einer bin ich jetzt in deinen Augen?"
Sie atmet schwer und stürzt aus dem Zimmer.
„Richte mir ein Bad!" ruft Hokusai ihr nach.
Dieser verflixte Aberglauben! Wie fest er eingewurzelt ist! Ginge es nach dem Aberglauben – ach, es hat keinen Sinn, darüber nachzudenken.
Im heißen Badewasser fällt mehr als der Staub von Hokusai ab. Er entspannt sich, scheint selbst zu zerfließen, der Kopf wird wieder klar. Die Anstrengungen dieser Reise gingen wohl doch ein bißchen über seine Kräfte. Jetzt fühlt er sich wohl, läßt sich den Rücken schrubben und wischt sich den Schweiß von der Stirn. War das ein Abenteuer!
Die Wanne ist so eng, daß er sitzend die Knie fast bis ans Kinn ziehen muß und jede hastige Bewegung zum Überschwappen führen kann. Trotzdem ist sie ihm nicht unbequem. Er dehnt das Bad länger aus als gewöhnlich und schickt seine Frau weg. Wohlig schließt er die Augen. Und schon stellen sich Bilder ein, gesehene und umgeformte, lebendig zerfließende und fest umrissene. Ja, es war richtig und nötig, dem Fuji so nahe zu kommen! Dadurch verliert er gewiß nichts von seinen Wundern und Geheimnissen. Im Gegenteil!
Jetzt weiß ich, warum dieser Gipfel mal zu sehen ist und dann wieder nicht, jetzt, wo ich die weißen Nebelwolken buchstäblich hautnah gespürt habe. Warum eigentlich lieben wir Japaner den Nebel so? Weil er weiß ist und somit Symbol der Reinheit? Weil er den Konturen die Schärfe nimmt? Weil er die Wirklichkeit verschleiert? Weil er vieles verbirgt und damit Geheimnisse

schafft? – Schade, daß der Nebel sich nicht in Holz schneiden läßt! Das Holz verlangt klare Konturen, klare Flächenaufteilung, klare Farbabgrenzung. Ich spüre, daß es jetzt an der Zeit ist, alle angefangenen Arbeiten beiseite zu schieben und endlich, endlich mit der Fuji-Serie zu beginnen.

34

Hokusais Herz schlägt höher. Allmählich rundet sich das Bild ab. Die „sechsunddreißig Ansichten des Berges Fuji" sind fast vollständig. Fertig und gedruckt. Das Verlagshaus Eijudo nimmt schon Bestellungen entgegen, hat Probedrucke ausgehängt. Die Serie kommt zur rechten Zeit. Die Menschen sind aufgewacht, beginnen, ihren Horizont zu erweitern, sich selbst zu entdecken. Reisen ist das neue Losungswort. Und alles, was auf den Reisen zu besichtigen ist, interessiert. Deshalb die große Nachfrage nach Reiseführern.
Diese Serie aber ist mehr als ein Reiseführer. Auch wenn alle Orte rund um den Fuji das Panorama abgeben. Umesawa, Mishima, Ushibori, Kajikazawa, Ejiri, Senju, Ono Shinden, Suruga, Enoshima, Kanaya, Nakahara, Shichirigahama, Koishikawa und wie sie alle heißen. In den letzten Jahren sind sie Hokusai vertraut geworden. Auch die Seen, Flüsse, Pässe und Brücken, die Meerengen und Buchten. Und von jedem dieser Punkte aus erscheint der Fuji anders.
Hokusai hat die Blätter um sich herum ausgebreitet. Wirklich, jedes Blatt stimmt in sich, und alle zusammen ergeben ein Ganzes, ohne zu langweilen. Nein, dieser Gefahr ist er entgangen. Die Kompositionen sind kühn und werden Aufsehen erregen. Besonders die von der Nihonbashi-Brücke mit den überschnittenen Köpfen, Armen und Gepäckstücken im Vordergrund und den hinten zusammenlaufenden perspektivischen Fluchtlinien. Oder der Blick auf den Berg durch den Reifen des Faßherstellers. Oft agieren Menschen im Vorder- und Mittelgrund, sägen Holz, transportieren Lasten, galoppieren zu Roß, ernten Tee, fangen Schellfisch, rudern Boote, genießen die Aussicht, schöpfen Wasser, erklettern Steilhänge oder überqueren Brücken und Furten. So wird die Serie gleichzeitig zu einem Gesamtbild des täglichen Lebens. Dieses tägliche Leben steht in bezug und Wechselwirkung zum Universum, ist eingespannt in einer großräumigen Landschaft und wird – wie fern auch immer – dem Fujisan unterstellt. Der aber wechselt die Farbe, ist grau, blau, braun, weiß oder rot. Je nachdem, wie es der Stimmung entspricht, der Stimmung der Jahres- oder der Tageszeit. Überhaupt ist die Serie sehr farbig. Blau und Grün

überwiegen, Gelb, Rot und Braun kommen in teils gebrochenen Tönungen hinzu. Farben sind Stimmungsträger, und diese Stimmung ist durchweg poesievoll, ohne sentimental zu werden.

Hokusai ist mit sich zufrieden. Auch das Erklimmen der höheren Regionen fehlt nicht. Das einzige Blatt, in dem der Berg nicht als Silhouette am Horizont steht. Hier werden die Mühen des steilen Aufstiegs sichtbar. Und die in der Höhle Zusammengekauerten lassen ermessen, wie kalt es ist. Der Baum links unten dürfte eigentlich nicht sein. Bis hier oben reichen keine Bäume. Aber die Ecke brauchte eine Befestigung, eine andere Farbe.

Wunderbar die Kurve des Fuji-Umrisses! Allmählich ansteigend bis zur Kraterkuppe, dann ebenso allmählich abfallend! Eine Linie, die in sich vollendet ist!

Auf diese Linie reduziert, erscheint der Berg mit dem Sturm auf dem Blatt, Hut und Seidenpapiertücher werden durch die Luft gewirbelt. Gut getroffen die Bewegungen der Menschen, die sich gegen den Wind stemmen! Bei den anderen Blättern wirkt der Fuji durch die farbliche Differenzierung plastischer gegenüber der Schneekuppe.

Vielleicht aber sind jene Bilder am großartigsten, wo die Menschen fehlen?. Hokusai legt sie nebeneinander. Umesawa, das auf Blau und Grün gestimmte Blatt mit den Kranichen. Ist es nicht ein poetischer Gesang? Das Gewitter unter dem Fuji, zeigt es nicht großartig, wie unberührbar dieser ewige Berg gegenüber allen Gefahren und Anfechtungen bleibt! Gewitter können ihm nichts anhaben, spielen sich tiefer ab. Oder schließlich dieses Bild vom roten Fuji, kaum Schnee auf seiner Kuppe. Noch nie hat ein Künstler zuvor den Fuji so gezeigt, wie er tatsächlich im Sommer aussieht. Und noch nie wurde er so beherrschend und leuchtend ins Bild gebracht! Das Einfache ist das Wahre. Keines der Blätter ist so einfach und so zwingend wie dieses! Genau auf diesem Scheitelpunkt liegt der Gipfel. Erst Anstieg, danach Abfall. Das wird Isbert Hemmel und seinen Freunden gefallen!

Bisher das schönste Blatt. Bisher ...

Hokusai holt seine Skizzen und vergleicht mit dem Fertigen. Gewiß, welche Kraft der Mensch den Naturgewalten entgegensetzt, der Gedanke steckt schon in dem Fischer, der von der hohen Landzunge her das Netz einzieht. Auch in den Menschen, die dem Wind trotzen, der Kälte oder der Steilheit des Berges. Aber das alles reicht nicht, ist viel zu beschaulich. Die Schöpferkraft der Natur, die keine Pause kennt, die ständig Neues gebiert und Altes abstößt, in deren Rhythmus die Vernichtung einbezogen ist, eine Vernichtung, gegen die der Mensch alle Kräfte aufbieten muß – diese Seite fehlt noch. Es muß zum Ausdruck kommen, wie der Mensch den Kampf annimmt, wie er den Urgewalten trotzt, wie er sein Leben einsetzt, um sein Überleben zu ermöglichen.

Hokusai räumt alle Drucke zusammen. Nur einen läßt er liegen, den „roten Fuji".
Von gleichem Geist soll das neue, das großartigste aller Blätter sein. So großformatig, so klar, so zwingend, in keiner Kleinigkeit anders denkbar.
Er holt das Pult mit Tuschstein und Pinseln, löst langsam und bedächtig die Farbe auf. Seine Absicht nimmt in seiner Vorstellung Gestalt an, eine Woge muß es sein! Eine riesige Woge, bedrohlich wie eine Kralle, aufgetürmt bis in den Himmel. Und darunter Boote, langgestreckt, groß, reichlich bemannt – und doch gegen die Woge zerbrechlich wie Treibholz.
Hokusai sammelt seine Kräfte. Jetzt kommt es darauf an! Der erste Strich entscheidet. Jetzt! In einem Pinselzug führt er den Kreisbogen von rechts über die Mitte nach links hoch, steil. Ja! Eine Kurve voller Spannung! Sie muß in Parallelen wiederholt und verändert werden. Die Boote starr und geradlinig dagegen. Oben die sich überschlagende Welle. Rundformen im Kleinen. Hinten in die Lücke den Fuji, ruhig, unberührt von aller Dramatik im Vordergrund.
Das ist es! Wirklich, diese Woge hat etwas von einer riesigen Kralle, von der Gischt abstiebt. Der Augenblick vor dem Niederkrachen! Atemstocken. Sind sie nicht rettungslos verloren, die verzweifelt Rudernden? Sie kämpfen um ihr Leben – gegen einen Giganten ... Und in der Ferne erhebt sich der stumme, majestätische Schneegipfel des Fuji, unbeteiligt vom Ringen der kleinen Menschen um ihr kleines Leben. Größe allein hat die Natur. Mit ihr hat der Mensch zu leben, von ihr seine Kraft abzuleiten, sich als ihr Teil zu fühlen, nicht als ihr Feind. Doch fordert sie ihn heraus, alle Kräfte aufzubieten, ihr gleich zu sein.
Hokusai starrt auf die Skizze. Natürlich. Genau so muß es sein. Er wundert sich, warum ihm das nicht früher eingefallen ist. Das Blatt wird der ganzen Serie einen großen Atem geben, wird vielleicht das Wichtigste zusammenfassen, was Hokusai den Menschen zu sagen hat, mit ihm wird er über sich selbst hinauswachsen. – Doch mitten in diesem Glücksgefühl stockt etwas in Hokusai, es geht ihm wie ein Riß durch den Leib, wie ein sehr schmerzhafter. Er kann nicht atmen, kann nicht schreien, bricht zusammen. Seine Frau hört den dumpfen Aufschlag, läuft herbei, sieht ihn liegen zwischen Skizzen und Drucken, stürzt schreiend zu ihm nieder, horcht an seinem Herzen, vernimmt aber nichts. Kopflos stürzt sie hinaus. „Helft! So kommt doch! Schnell! Er wird sterben!" Die Schüler kommen, die Nachbarn. Sie drehen Hokusai um, wickeln ihn in Decken und legen ihn auf den Rücken. Die Makura, die hölzerne Nackenstütze mit der Stoffpolsterung, wird ins Genick geschoben. Gleich müßte der Heilkundige, der hier den Arzt ersetzt, da sein. Hokusai rührt sich nicht, liegt da wie tot.

Der Heilkundige kommt, ordnet Massagen und Abreibungen an. Seine Diagnose steht fest: Schlaganfall.
„Wie alt?"
„Siebenundsechzig." Der Mann wiegt bedenklich den Kopf. Immerhin, der Kranke ist mager und wirkt zäh. Vielleicht hat er Kraft und Willen genug, sich selbst zu helfen. Ein Aderlaß wäre kaum ratsam. Aber Zitronensaft. Viel Zitronensaft!
Schließlich kommt wieder Bewegung in Hokusai. Er versucht, sich aufzurichten. Vergebens. Auch der matte Blick verrät, daß er wenig von seiner Umgebung wahrnimmt.
„Der Kranke braucht Ruhe. Schickt nach mir, wenn es schlechter wird! Sprecht ihm Mut zu. Die Hauptsache ist, daß er den Mut behält. Und gebt ihm Zitronensaft, viel Zitronensaft!"
Damit ist der Mann aus der Tür. Hilflos und benommen steht Hokusais Frau neben seinem Lager. Wer hätte damit gerechnet!
Er hätte wohl doch lieber nicht auf den Fuji steigen sollen. Ist das jetzt die Strafe? Aber das liegt doch Jahre zurück. Später war er nicht mehr oben. Nur gezeichnet hat er den Berg. Von allen Seiten.
Ob er sich bereits längere Zeit unwohl gefühlt hat? Wer sieht schon hinein in einen anderen Menschen! Sie kann sich nicht erinnern, daß er je geklagt hätte! Ich muß den Kindern Nachricht geben, schießt es ihr durch den Kopf. Auch den Kindern aus der ersten Ehe. Bei dem Gedanken erschrickt sie. Das alles wirkt wie endgültiger Abschied. Aber sie hat keine Tränen, noch nicht. Sie kann nicht daran glauben, daß dieser vitale, manchmal dickköpfige und streitsüchtige, manchmal lustige und witzsprühende Mann so plötzlich abtreten könnte. Er nicht! Geschäftig läuft sie umher. Tätigsein ist besser als Dahocken, Nichtstun. Das Gefühl eigener Ohnmacht darf nicht hochkommen. Solange ein Mensch atmet, lebt er. Und solange er lebt, hofft er. Und Hokusai hat stets das Leben geliebt, aus vollem Herzen. Also wird er sich nicht aufgeben. Nicht er.
Im Arbeitsraum hocken die Schüler zusammen wie verschreckte Hühner. „Wollt ihr nicht aufräumen? Wie sieht es denn hier aus!" Hokusais Frau täuscht Tatendrang vor. Hier hat sie ihn gefunden, zwischen den Blättern der neuen Serie. Auf der einen Zeichnung scheint die Tusche noch nicht ganz trocken. Eine Woge? Vorsichtig hebt sie die Zeichnung auf und streicht die Ecke glatt, auf die Hokusai offenbar gefallen ist:

35

Der Regen prasselt gegen die Hauswände. Oder ist es Hagel? ... Auf alle Geräusche achte ich. Zwangsläufig. Was sonst sollte ich auch tun? Die Zeit vergeht langsam, schrecklich langsam. Wenn ich doch wenigstens eine Besserung spüren würde! Diese letzten Wochen waren mit Abstand die schlimmsten, die ich je erlebt habe. Unglücklich war ich manchmal, aber noch nie so hilflos. Die rechte Seite ist gelähmt. Ausgerechnet die rechte. Wie damals bei Shunko. Daran muß ich jetzt oft denken. Als ich seinerzeit von seinem Unglück hörte, fiel es mir schwer, Mitgefühl aufzubringen. Werde ich dafür bestraft? Zwanzig Jahre so weiterleben zu müssen – das ist so grausam, daß es nicht auszudenken ist! Ich kann nur hoffen und wünschen, daß es mir nicht ebenso ergeht. Gewiß, er hat später als Linkshänder gearbeitet. Aber doch nicht sehr gut ... Jetzt erst weiß ich, was es bedeutet, sich anderen Menschen mitteilen zu können. Jetzt, wo ich es nicht kann, nicht durch die Schrift, nicht durch Zeichnungen und nicht durch die Stimme. Das einzige, was noch – oder richtiger wieder – arbeitet, ist mein Gedächtnis.
Alle reden mir gut zu. Sie haben gut reden, stecken nicht in meiner Haut, können nicht ahnen, wie es in mir aussieht. Nein! Das heißt nicht, daß ich undankbar wäre! Sie kümmern sich ja. Vor allem meine Frau. Was würde aus mir ohne sie! Sie opfert sich auf, vergißt sich selbst. Sucht meine Wünsche zu erraten, was ja nicht leicht ist.
Wenn ich doch wenigstens die Serie noch fertiggebracht hätte! Wenigstens das Blatt mit der Woge! Ich hätte es jetzt gern vor mir. Obgleich es schlimm ist, darauf zu starren und doch nichts verändern zu können. Gerade an diesem Blatt liegt mir sehr viel. Wäre ich wenigstens so weit gekommen, daß ich es mit den Anweisungen für den Holzschneider umgezeichnet hätte! Blau müßte die beherrschende Farbe sein, dazu Schwarz, wenig Gelb ... Ich muß gesund werden! Die Skizze allein bleibt wertlos.
Manchmal träume ich, daß ich gesund bin, daß ich wild herumzeichne und vor der staunenden Menge wieder der alte Hexenmeister bin. Dann fühl ich mich stark und kräftig und voller Leben, bis das bittere Erwachen folgt. Es dauert eine Weile, dann begreife ich, was mir zugestoßen ist. Mit aller Macht versuche ich, die Hand zu bewegen, aber sie rührt sich nicht, nicht ein bißchen. Ich ertappe mich bei dem Wunsch, lieber tot zu sein, obgleich ich mir sage, daß ich das nicht wünschen dürfte, noch nicht.
Weit ab war ich wohl nicht davon. Wenn ich bedenke, wer mich alles besucht hat! Es sah so aus, als wollten sie sich später nicht vorwerfen, mich bei Lebzeiten nicht noch besucht zu haben. Ich habe ihre Mienen genau gesehen, die

echten und die falschen. Tominosuke, mein Ältester, war hier. Ich fand wenig in seinem Wesen, was ihn als meinen Sohn ausgewiesen hätte. Vielleicht ist es Eitelkeit, aber es geht wohl jedem so, daß er Züge seines eigenen Wesens in den Kindern aufbewahrt sehen möchte. Bei Tominosuke fand ich sie nicht, eher erschreckte es mich, wie fremd wir uns geworden sind. Er ist eiskalt, ganz Geschäftsmann, rechnet nach Soll und Haben, Gewinn und Verlust, schätzt den Wohlstand mehr als gut ist. Es war eigentlich vorauszusehen. Schon als Kind hatten wir unsere Sorgen mit ihm ... Hoffentlich ist er wenigstens ein guter Spiegelmacher. Ab und zu sollte er selbst mal in einen Spiegel sehen, aber das konnte ich ihm nicht sagen, da ich mich ja überhaupt nicht äußern konnte. Vielleicht auch besser, sonst hätte es womöglich Streit gegeben.
Seine Frau war auch mit. Sie paßt zu ihm. Mit ihr hätte ich ohnehin nichts zu reden gewußt.
Omiyo, die Älteste, war ebenfalls hier. Zusammen mit ihrem Mann Yanagawa Shigenobu und mit dem Sohn. Sie ist ihrer Mutter auf eine fast erschreckende Weise ähnlich geworden. Seltsam, wie das sein kann. Auch sie lebt längst ihr eigenes Leben. In ihrem Mann habe ich mich nicht getäuscht, sie ist gut aufgehoben bei ihm. Auch hier wußte er gleich das Rechte zu tun. Kümmerte sich um die Werkstatt, ordnete alles, was liegengeblieben war. Auf ihn ist Verlaß. Wenn ich die Augen einmal endgültig schließen werde, kann ich auf ihn zählen. Er wird meinen Nachlaß ordnen, sichten und – soweit tauglich – veröffentlichen. Aber mit dem Sohn haben die beiden ihr Kreuz. Dieser Bengel taugt nichts. Ich habe ihn genau beobachtet. Es ist mir nicht entgangen, mit welcher Habgier er nach dem Teekessel aus dem Palast des Shogun geschielt hat. Am liebsten hätte er ihn an sich genommen und verhökert. Sicher, das ist mein kostbarster Besitz, geldwertmäßig. Schlimm, wenn man so Schlechtes über das eigene Fleisch und Blut denken muß! ...
Tokitaro, mein Jüngster, fehlte auch nicht. Er schien betroffen. Hatte sich wohl noch wenig befaßt mit dem Gedanken an den Tod, um ihn muß ich mir keine Sorgen machen. Er findet sich als Staatsbeamter schon zurecht in der Welt. Hauptsache, er behält das Herz auf dem rechten Fleck.
Sorgen allerdings mache ich mir um Oyei, meine Jüngste. Sie sah nicht aus wie eine glückliche junge Frau. Hätte ich der Heirat mit Nanchaku Tomei lieber nicht zustimmen sollen? Oder ob ein anderer Kummer sie bedrückt? Oder eine Krankheit? Ich weiß nicht, irgendwie war sie verstört. Und dabei hängt mein Herz besonders an ihr. Vielleicht auch, weil sie das Nesthäkchen ist oder weil sie mein Zeichentalent geerbt hat ...
Sogar ein Verwandter Kyodens war hier. Er vermied es, von Bakin zu sprechen. Brachte mir ein altes Surimono zurück aus glücklichen Zeiten. Ich kannte es gleich wieder. Die Heuschrecke an der Kakifrucht. Das Blatt mit dem Vers:

Im hellen Mondschein des Herbstes
festen wir Menschen beim Wein.
Kaum kannst du die Gläser noch zählen
vor lauter Genuß.
Ist da unserm armen Grashüpfer
nicht auch ein süßer Schluck aus der Kakifrucht
zu gönnen?

Kein Zweifel, Kyoden wollte mich aufmuntern. Er sagte auch, er hätte begonnen, meine Biographie zu schreiben. Das klingt nach Abgesang, sollte mich natürlich aufmuntern. Es wäre mir auch nicht recht, wenn dies das Ende meiner Biographie wäre! ...
Sogar Shunrei kam. Er brachte Zeichnungen mit. Seine neuesten. Aber sie rochen sehr nach meinen. Einfallsreich war er noch nie. Ich konnte das Gefühl nicht loswerden, daß er gekommen war, um zu sehen, wie lange ich es noch mache. Wie lange ich noch als Konkurrenz für ihn gefährlich bin. Aber vielleicht täusche ich mich. Vielleicht macht diese verdammte Krankheit mich mißtrauisch. Aber wenn er ehrlich mit sich wäre, müßte er wissen, daß er sich nicht mit mir messen kann, nie konnte. Ihm fehlt es an innerer Kraft. Ach, was grüble ich mir da zusammen! Ich in meiner völligen Ohnmacht rede von Kraft!
Der Verleger Yokachi Nishimura vom Verlagshaus Eijudo hatte gute wie besorgniserregende Neuigkeiten. Die guten waren, daß Toyosuke, ein Maler im Auftrag eines Arztes aus Nagasaki, die Manga-Bände gekauft und die Fuji-Serie bestellt hat. Wie hieß doch der Arzt? Siebold oder so. In holländischen Diensten. Soll aber kein Holländer sein. Auch ohne Shiba Kokan habe ich also dort einen Namen. Ich bin nicht vergessen jenseits der großen Wasser! Das war die gute Nachricht. Die weniger gute habe ich zwischen den Zeilen herausgehört, hellhörig wie ich bin. Und sie besagt, daß es höchste Zeit wird, die Fuji-Serie auf den Markt zu bringen, weil ein neuer Stern im Aufsteigen begriffen ist, der Holzschnittmeister Ando Hiroshige ...
Immer noch prasselt der Regen. Will er denn überhaupt nicht mehr aufhören!
Wie herum ich meine Gedanken auch auf die Reise schicke, immer wieder kehren sie zum gleichen Punkt zurück, zur Fuji-Serie. Sie muß fertig werden!
An Willen fehlt es mir nicht, ganz gewiß nicht. Ich habe so viel Zitronensaft in mich hineingeschlürft, daß mein Blut sicher schon ganz hell und sauer geworden ist. Allmählich wundere ich mich, wo überhaupt derart viel Zitronen wachsen können, wie meine Frau für mich heranholt.

Manchmal erscheint mir mein Kampf aussichtsloser als der der Ruderer angesichts der riesigen Woge. Trotzdem! Sie werden nicht aufgeben. Sie werden sich wehren, solange noch ein Funken Leben in ihnen ist. Vielleicht steht ihnen Schiffbruch bevor. Alles deutet darauf hin. Aber auch ein Schiffbrüchiger kann immer noch eine Planke erwischen und irgendwo an Land getrieben werden ... Zu gern hätte ich die Zeichnung jetzt vor mir. Wenigstens in Gedanken könnte ich sie dann ergänzen und vollenden.
Man darf sich nicht fürchten, das, glaube ich, ist das Wichtigste. Man darf den Blick nicht richten auf das Verderbliche, die riesengroße Gefahr, sondern auf das Bleibende, den Fuji. Die Welle wird herabstürzen, zwar mit Macht, aber dann auslaufen, sich glätten. Sie ist Ausdruck eines fortwährenden Rhythmus. Leben und Tod sind untrennbar, eines an das andere gebunden. Ich aber muß glauben an den letztlichen Sieg des Lebens über den Tod. Ich muß gesund werden, weil ich noch einiges zu sagen habe!

36

Es hat eine Totenfeier gegeben, aber nicht für Hokusai, sondern für seine Frau.
Er kann es noch immer nicht fassen. Wieder – wie schon einmal vor dreißig Jahren – wurde er Witwer. Eine Tatsache, mit der er auch diesmal nicht gerechnet hatte. Und das geschieht ihm jetzt, wo er selbst mit knapper Not einer dauerhaften Lähmung entgangen ist, wo er gerade selbst erst wieder einigermaßen fest auf den Füßen steht. Wenn das Unglück einen Menschen trifft, dann beißt es sich an ihm fest. Ein Unglück zieht das andere nach sich. Dieses ist vielleicht noch nicht das letzte.
Sie war eine gute Frau, eine, die ihm wenig Scherereien gemacht hat, deren Vorhandensein so selbstverständlich war, daß er es vielleicht nicht dankbar genug zu schätzen wußte. Allerdings, in den letzten Jahren schon. Wie selbstlos hat sie ihn gepflegt! Manches ähnelt der Situation vor dreißig Jahren. Aus beiden Ehen blieben ein Sohn und eine Tochter. Und in beiden Ehen gab es das Grab einer weiteren Tochter. Und dennoch ist heute vieles anders. Hokusai fühlt sich nicht mehr als der starke Mann, der eine Welt aus den Angeln heben könnte.
Alle Angehörigen, die zur Totenfeier gekommen waren, sind gegangen. Nur Oyei bleibt.
Hokusai fragt nicht, aus Angst, daß seine Frage sie verscheuchen könnte. Er ist

dankbar für jeden Tag und jede Stunde, die sie um ihn ist. Trotzdem, irgend etwas stimmt nicht. Er spürt es deutlich, läßt sich seine Vermutung aber nicht anmerken. Sie wird sich ihm schon anvertrauen, wenn der rechte Zeitpunkt gekommen ist. Allmählich findet er in die Arbeit zurück, und Oyei nimmt daran teil.
Heute soll der Probedruck der „Woge" gebracht werden. Diese Aussicht belebt Hokusai. Immerhin hat sein sehnlicher Wunsch sich erfüllt. Er hat die Kraft gefunden, dieses Blatt für den Holzschnitt vorzubereiten! Wie schön, daß Oyei bei ihm ist, wenn das Blatt gebracht wird!
Und schon liegt es vor ihm. Oyei sieht, wie ganz langsam eine Träne über sein Gesicht läuft.
Lange betrachten sie das Blatt schweigend. Sie spürt, hier hat ihr Vater sich selbst übertroffen. Es ist ein Appell an den Willen, den Überlebenswillen. Die Bedrohung mag noch so groß sein. Die Woge in ihrer Elementargewalt erregt Bewunderung. Sie ist großartig, mit Maßstäben wie „gut" und „böse" nicht zu messen. Man muß sie als gegeben hinnehmen, nein, nicht hinnehmen, sondern sie bewundern. Die kosmischen Kräfte sind älter als die Menschen, haben ältere Rechte. Sind nicht Feinde des Menschen, sondern viel zu groß, ihn zu bemerken. Treten nicht auch wir auf Ameisen, ohne uns dessen bewußt zu sein! Ein faszinierendes Bild! Oyei kommt nicht davon los. Das Seltsamste an diesem Bild aber ist, daß es trotz oder gerade wegen der drohenden Gefahr wie ein Jubelschrei wirkt, voller Optimismus und Lebensbejahung. Ganz seltsam!
Langsam wendet Oyei ihr Gesicht wieder ihrem Vater zu. Sie möchte ihn nicht in Verlegenheit bringen wegen der Träne, die sie auf seinem Gesicht gesehen hat. Aber dann – sie weiß nicht, warum es sie gerade jetzt überkommt – fällt sie ihm ganz plötzlich um den Hals und schluchzt so hemmungslos, wie sie als Kind ihren Kummer aus sich herausgeschluchzt hat.
„Vater!" Mehr bringt sie nicht heraus. Hokusai hält sie fest, streicht ihr über das blauschwarze Haar und muß sich beherrschen, sich nicht von ihrem Gefühlsausbruch anstecken zu lassen. Es ist grotesk: Eine Unglückliche sucht Halt bei einem Unglücklichen. Aber in diesem Augenblick steht fest, daß sie schlimmer dran ist. Hokusai preßt sie an sich. Und plötzlich ist er sehr glücklich, daß er gebraucht wird, daß sich hier ein Mensch an ihn klammert, der ohne ihn verloren wäre. Er spürt ihren zierlichen Leib, der noch so viel Kindliches hat, und spürt die Wellen der Erschütterung, das Zucken ihrer Schultern. Er ahnt, was geschehen ist. Er wartet, bis sie sich wieder gefangen hat und reden wird. Es dauert lange. Viel Verzweiflung muß sich in ihr aufgestaut haben. Hokusai streichelt sie hilflos. Dieser Kerl, geht es ihm durch den Kopf, dieser Kerl muß schuld sein an ihrem Elend. Hätte ich es nur geahnt! Schon bei ihrer

Hochzeit war mir nicht wohl ... Und dann damals an meinem Krankenbett, als ich nicht sprechen konnte ... Was mag er ihr angetan haben? Umbringen könnte ich den Kerl! Nein, es war mein Fehler, ich hätte es sehen müssen! Wie konnte ich mein liebstes Kind einem Rohling anvertrauen! Er hat sie zerstört! Wie kann ich das je wieder gutmachen! Auch er weint.
Schließlich richtet Oyei sich mühsam auf und wischt sich das Gesicht mit dem weiten Kimonoärmel trocken. „Entschuldige, Vater!" Sie schämt sich ihrer Unbeherrschtheit.
„Aber Kind ..., vor mir mußt du dich doch nicht entschuldigen", wollte er sagen, aber es bleibt ihm in der Kehle stecken.
Sie dreht den Kopf beiseite. Die rotgeweinten Augen müssen schlimm aussehen. Und ganz leise fragt sie: „Vater, kann ich bei dir bleiben?"
Hokusai zuckt zusammen. Obgleich er doch auf diese Frage gefaßt sein mußte. So schlimm also steht es, daß sie nicht zurück will oder kann zu ihrem Mann! Dabei ist sie noch so jung! Zu jung, um ihr Leben bei einem alten Mann zu verbringen, der durchaus seine Launen hat! Aber es gibt wohl keine andere Lösung. Natürlich, für ihn wäre es schon ein Segen, wenn sie bliebe. Gerade jetzt, wo keine Frau mehr im Haus ist! Wo er zum Einsiedler würde und seine Schrullen pflegen könnte. Ach ja, schön wäre es für ihn schon, wenn sie bliebe. Aber auch für sie? Gehört nicht Jugend unter Jugend? ... Vielleicht wäre es ja nicht für immer. Vielleicht findet sich doch noch jemand, der eine geschiedene Frau heiratet. Allerdings, die Aussicht ist gering.
Schweren Herzens antwortet Hokusai: „Ich nehme an, daß du dir das reiflich überlegt hast ... Ich will nicht fragen, warum deine Ehe gescheitert ist. Du mußt schwerwiegende Gründe haben ... Selbstverständlich kannst du bei mir bleiben. Solange du willst." Oyei atmet auf. Sie hat diese Antwort erhofft, aber so selbstverständlich war sie nicht. Eine geschiedene Frau ist keine Ehre für die Familie. Mancher Vater hätte eine Wirtschafterin vorgezogen und sie zurückgeschickt, auch wenn es die Hölle gewesen wäre. Ein Glück, daß sie einen Vater hat, für den der übliche Ehrenkodex nicht gilt.
„Danke!" flüstert sie, „du sollst es nicht bereuen."
Es ist schummrig geworden in dem niedrigen Raum. Oyei zündet ein Licht an in der schönen Papierlaterne aus Gifu. Hokusai hat sie von seinen Reisen mitgebracht. Es tut gut, diesen warmen Lichtschein zu sehen. Oyei hat sich beruhigt, jetzt, wo das Wichtigste geklärt ist. „Sieh mal", sagt sie fast fröhlich, „bei diesem Licht wirkt ‚die Woge' ganz anders!"
Hokusai legt das Blatt auf einen anderen Untergrund. „Vieles ist eine Frage der richtigen Beleuchtung. Meinst du, daß die Farben so bleiben können?"
„Sie sind ganz wunderbar. Aber vielleicht könnte noch etwas mehr Dunkelheit um den Fuji sein, damit seine schneebedeckte Kuppe heller aufleuchtet."

„Du hast recht. Das wollen wir gleich ändern." Hokusai holt die Aquarellfarben und tunkt den Pinsel in tiefes Blau. „So?"
Oyei nickt. „Ja. Viel besser!"

37

Hokusai merkt kaum eine Veränderung im häuslichen Bereich. Oyei bemüht sich, alles so weiterzuführen, wie er es von ihrer Mutter gewöhnt ist. Sie findet sich schnell in diese Rolle. Trotzdem kommt es sie hart an, daß sie ihre Mutter verloren hat. Alle Gegenstände, die sie täglich umgeben, sieht sie in Verbindung zu ihr. Manchmal ist sie versucht, sich mit ihrer Mutter zu unterhalten, wie sie es früher bei der Küchenarbeit getan hat. Vorbei!
An Nanchaku Tomei verbietet sie sich jeden Gedanken. Ein Glück nur, daß keine Kinder da sind. Sie im Stich zu lassen, wäre über ihre Kräfte gegangen. Schon dieser Entschluß fiel ihr schwer genug, sofern überhaupt von einem Entschluß gesprochen werden kann ... Oyei versucht, ihre Gedanken durch pausenloses Beschäftigtsein zu verscheuchen. Sie kümmert sich um Dinge, in die ihre Mutter niemals ihre Nase gesteckt haben würde. Jetzt sortiert sie die weggeworfenen Lieferscheine für Papier, Farben, Pinsel und andere Arbeitsmaterialien. Plötzlich fährt sie hoch. „Vater!"
Aufgeregt läuft sie zu ihm, die Lieferscheine in der Hand. „Die Preise stimmen doch hinten und vorn nicht. Hast du das denn nie überprüft?"
Hokusai fühlt sich gestört. Er arbeitet an einer Serie, die Oyei nicht unbedingt sehen muß. Bilder zum dreibändigen Album ‚Die jungen Kiefern', erotische Szenen. Die Tusche auf dem Blatt vor ihm ist noch naß. Er kann nichts darüber decken. Also muß er aufstehen und ihr schnell entgegenkommen. „Was ist denn?"
„Sieh doch mal! Hier der Einzelpreis und hier die Summe. Sowas sticht einem doch gleich in die Augen. Wieviel hast du denn sonst für dieses Papier bezahlt?"
„Ich weiß es nicht. Ich weiß es wirklich nicht! Ich kümmere mich nie um Preise. Ist doch nicht wichtig."
Oyei gerät in Wut. „Nicht wichtig? – Gut, ich habe das Geld nicht erfunden. Vielleicht ist es wirklich eine unselige Erfindung. Aber wo es nun einmal auf der Welt ist, sollte man sich nicht zum Esel machen und sich faustdick betrügen lassen!"
Hokusai läuft rot an. Allerdings, der Betrug ist offensichtlich und sicher nicht

der erste. Seit Jahren kauft er bei derselben Firma. Wahrscheinlich sind sie schrittweise immer frecher geworden, als sie merkten, daß niemals die Rechnungen und Lieferscheine überprüft wurden. Das allerdings ist eine Frechheit!

„Soll ich hingehen?" Oyei kann sehr energisch aussehen.

„Du als Frau? Geschäfte sind Männersache."

„Das hast du allerdings bewiesen!"

„Ach, laß das! Es ist meine Schuld, zugegeben. Aber, es ist doch die Aufregung nicht wert. Wir werden ab sofort eben woanders kaufen." Hokusai wendet sich zum Gehen. Aber Oyei hält ihn fest. „Nein! Ich erlaube es diesen Füchsen nicht, daß sie Schindluder treiben mit meinem Vater! Du mußt dein Geld hart genug erarbeiten. Das lasse ich nicht auf sich beruhen. Sag ein Wort nur, daß du mich ermächtigst, die Sache zu regeln. Ich werde die schon kleinkriegen!"

Hokusai schwankt einen Augenblick. Er selbst wird nicht hingehen, viel zu kostbar ist ihm seine Zeit. Nun, wo er wieder arbeiten kann. Andererseits, wird Oyei nicht ins Gespött kommen, wenn sie sich in Männerangelegenheiten mischt? Ein bißchen aber ist er auch gerührt, daß sie so für ihn eintritt. Recht hat sie ja. Und auf ihren Dickkopf ist er stolz, denn der stammt von ihm.

„Na gut, dann geh! Aber laß mich in Ruhe ..."

„Danke Vater. Ich gehe gleich."

Schon hört er ihre Getas auf den Steinen klappern. Die nächste Stunde hat er Ruhe. Ruhe, seine erotischen Szenen auszuspinnen und dabei geheimen Erinnerungen nachzuhängen ... Kaum aber ist die Stunde um, steht Oyei auch schon wieder in der Tür. So gerade, wie nur ein Sieger stehen kann. „Hier!" Übermütig wirft sie die Münzen in die Luft und fängt sie wieder auf. „Sieh genau hin! Na, sagst du immer noch, es sei nicht der Rede wert? Dafür müßtest du vier Wochen arbeiten."

„Zeig her! So viel? Wie hast du denn das angestellt?" Hokusais Herz schwillt vor Stolz.

„Ach", sie spielt immer noch mit ihrem Schatz, „unverschämte Leute sind manchmal auch sehr dumm, feige und leicht einzuschüchtern. Ich habe ihnen ein bißchen ausgemalt, was ich alles unter die Leute streuen würde, wenn sie den Schaden nicht auf der Stelle bereinigen würden. Meine Vermutung stimmte übrigens. Dies war nicht der erste Betrug an dir. Ich habe einfach damit gebluftt, daß ich davon wüßte. Selten ist mir so viel Freundlichkeit zuteil geworden wie nach dieser Mitteilung. Mit Tee und Sake haben sie mich bewirtet. Als hätten sie völlig vergessen, daß ich doch nur eine Frau bin. Natürlich handelte es sich um ein bedauerliches Mißverständnis und einen unfähigen Angestellten, den sie aus reiner Menschenliebe noch nicht entlassen haben."

Sie lacht bei der Erinnerung. „Vater, du hättest sie sehen sollen, die Herren der Geschäftsleitung. Gewunden haben sie sich wie Aale. Ich glaube, in Zukunft werden sie sich bei den Preisen für uns eher nach unten verrechnen."
Hokusai sieht seine Tochter zärtlich an. Recht hat sie, sich zu wehren. Sie hat offenbar aus der gescheiterten Ehe gelernt.
„Möchtest du sehen, woran ich arbeite?"
Hokusai hat längst „Die jungen Kiefern" verschwinden lassen und die „Bilder berühmter Dichter" hervorgeholt.
„Gern! Aber laß mich erst meinen Kimono ausziehen. Ich komme gleich."
Das gab es bisher nicht in Hokusais Leben, daß eine Frau im Hause ist, mit der er wie mit einem Fachmann über seine Arbeit reden kann. Beide Frauen haben gut für ihn gesorgt. Aber was seine Arbeit betraf, bewunderten sie wohl das eine oder andere, aber Wert hatte ihr Urteil für ihn nicht. Bei Oyei ist das ganz anders. Sie hat eben sein Blut in den Adern, Künstlerblut. Schade, daß sie kein Mann ist. Wirklich schade? Dann würde er nicht so verwöhnt. Schon erscheint sie in einem grauen Arbeitskimono und hockt sich neben ihn. „Sehr schön, diese Verbindung von Landschaft und Mensch. Wie du das immer schaffst, daß die Gefühle des Menschen in der Landschaft zum Ausdruck kommen. Darin, glaub ich, liegt deine größte Stärke. Ich kann ja leidlich Blumen zeichnen, auch Bäume, Tiere und Menschen, aber den Zusammenklang, den schaffe ich wohl nie. Wenn ich früher weniger gute Zeichnungen sah ..." Hokusai sieht, wie ein Schatten ihr Gesicht überzieht. Offenbar denkt sie an die Werkstatt ihres Mannes. „... dann fühlte ich mich ermutigt, selbst zu zeichnen in dem sicheren Bewußtsein, daß ich es besser kann. Aber hier bei dir traue ich mich nicht, den Pinsel anzusetzen, weil meine Fähigkeiten mir so unbedeutend erscheinen."
„Diese Scheu solltest du überwinden, Oyei. Ich würde mich freuen, wenn ich dir noch einiges beibringen könnte."
„Laß mir Zeit, Vater! Es muß von selbst kommen."
Sie sieht auf das Bild vom Dichter in der Verbannung. Er steht auf einer Gartenterrasse, den Blick in die Ferne gerichtet, hinweg über Kiefernkronen, Täler und Flußläufe. Plötzlich aber sagt sie: „Ach, Vater, laß uns trotzdem lieber die Hyaku monogatari – die hundert Geschichten – besehen! Sie sind so schön gruselig."
„Warum denn gerade die?"
Oyei rekelt sich bequem auf dem Kissen. „Weißt du, früher hab ich mich manchmal heimlich zu dem Kasten hingeschlichen, in dem die Blätter von den Verwandlungen der Kasane lagen. Die anzusehen hatte Mutter mir nämlich streng verboten. Sie fürchtete wohl, sie könnten meine Phantasie zu sehr in Aufruhr versetzen."

„Soso. Und dich hielten wir immer für ein folgsames kleines Mädchen! Dieses Verbot also hat deine Vorliebe für Gespenster bewirkt. Na gut, dann will ich nicht so sein."

Er holt die gewünschten Blätter herbei. Blätter voll düsterer Melancholie, krankhafter Visionen und Ängste. Nur fünf sind es. Der Verleger fürchtete um die schwachen Nerven des Publikums. Dabei gibt es auf diesem Gebiet viel Grausameres.

Oyei reißt ihm die Blätter fast aus der Hand. „Zeig doch mal!"

Der Geist der Oiwa. Einer Frau, die wie Kasane von ihrem Mann erschlagen wurde. Ihr verzerrtes Gesicht kommt wie eine Vision aus einer Laterne hervor. Vom Weinen sind die Augen rot entzündet. Oder dies: der Traum des Mörders. Oyei kennt die Geschichte: Kohada Koheiji, der Held einer Liebestragödie, schreckt seinen Mörder, indem er mit Skeletthänden das Moskitonetz beiseiteschiebt und seinen Totenkopf über ihn beugt. Schaurig, wie Zähne und Halswirbel freiliegen und die Adern der Augäpfel hervortreten! Noch schlimmer: die Menschenfresserin, die ihre spitzen Fingernägel in den Kopf eines Säuglings krallt, daß das Blut herausströmt. Dazu stimmt die Gehörnte ein Hohnlachen an, das man zu hören glaubt. In den hochgerissenen Mundwinkeln werden Zähne sichtbar wie Wildschweinhauer. Die Blutsprenkel verraten, daß sie diese Hauer soeben benutzt hat. Geradezu beruhigend wirkt dagegen die Allegorie mit der Totentafel und der Tasse, in deren Wasser ein Anisblatt schwimmt, und mit der Schlangenhaut als Sinnbild für die Seele des Verstorbenen. Oyei kauert davor wie ein Kind. Da werden alte Märchengestalten lebendig. Wie kommt es eigentlich, daß das Grausame einen so kribbelnden Schauer auslöst! Einiges macht sie nachdenklich. „Wer mag sich das ausgedacht haben: die Schlangenhaut als Sinnbild für die Seele eines Verstorbenen?"

„Findest du den Gedanken abwegig? Eigentlich ist er doch tröstlich. Du streifst etwas ab, was dir zu eng geworden ist, was dich bedrückt, was du nicht mehr brauchst, eine lästige Hülle, während dir darunter längst eine neue gewachsen ist, eine passende, schönere, mit der du weiterleben wirst. Im Grunde ein ähnliches Gleichnis wie das von der Raupe, die sich verpuppt, die Larve abstreift und als Schmetterling in viel größerer Pracht aufersteht. Diese Vergleiche liegen nahe. Bestimmt hat sie nicht ein Mensch erfunden. Viele werden den gleichen Gedanken gehabt haben."

„Hast du viel über den Tod nachgedacht, Vater?"

Nur sie darf eine so persönliche Frage stellen.

„Man kommt nicht umhin, Oyei. Man muß sich darauf einstellen. Ich möchte nicht unvorbereitet dem Tod gegenüberstehen. Ich denke, es hat alles so seine Ordnung. Und es tut gut, dabei an die Schlange und an den Schmetterling zu denken. Eines Tages werden wir den untauglich gewordenen Körper abstrei-

fen. Und ich stelle mir vor, daß es ein Gefühl großer Leichtigkeit sein muß, sich als Geist ohne Körper im Raum zu verlieren ... Aber bis dahin wollen wir leben und unseren Mann stehen, Oyei! An welchem Platz auch immer. Aber es darf nicht irgendein Platz sein, auf den man sich schieben läßt, es muß der richtige sein, der selbst bestimmte."
Oyei versteht die Anspielung und ist dankbar dafür, daß ihr Vater ihren Entschluß nicht mißbilligt. Hier ist ihr Platz, und hier findet sie ihre Aufgabe.

38

„Sie sagen mir,
wie sie gestern über den Fukagawa gesetzt sind bei Hirohata,
wo Tametomo göttlich verehrt wird,
wie sie heute dem Ruf des Kuckucks gelauscht haben,
der sich in den Gebüschen von Asaji-hara und Hashiba tummelte,
und erzählen mir noch von vielen anderen angenehmen Dingen ...
Ich sehe die unzähligen grünen Blätter
in den dichtbelaubten Baumkronen zittern;
ich betrachte die flockigen Wolken am blauen Himmel,
wie sie sich zu vielgestaltigen zerrissenen Formen
phantastisch zusammenballen.
Ich spaziere bald hierhin, bald dorthin,
nachlässig, ohne Willen und Ziel.
Jetzt überschreite ich die Affenbrücke und horche,
wie das Echo den Ruf der wilden Kraniche zurückgibt.
Jetzt bin ich im Kirschenhain von Owari ...
Durch die Nebel, die über die Küste von Miho ziehen,
erblick ich die berühmten Kiefern von Suminoe.
Jetzt stehe ich bebend auf der Brücke von Kameji
und schaue staunend hinab
auf die riesenhaften Fuki-Pflanzen.
Da schallt das Brüllen des schwindelerregenden
Wasserfalls von Ono an mein Ohr.
Ein Schauder durchläuft mich:
Nur ein Traum war es, den ich träumte,
unweit meines Fensters gebettet,
mit dem Bilderbuch des Meisters
als Kissen unter meinem Haupt."

Der Schriftbogen gleitet Isbert Hemmel aus der Hand. Fast kennt er jede Zeile auswendig, kennt jede Eigenart dieser mühselig um Gleichmaß besorgten Schrift. Er weiß, es ist Harukos Schrift. Für ihn hat sie den japanischen Text des Novellisten Shikitei Samba ins Holländische übersetzt, den Vorspann zu Hokusais siebentem Manga-Band.
Die poetischen Zeilen sind ihm aus der Seele gesprochen. Auch er träumt angesichts der Bilder Hokusais von allem, was ihm in Japan einstmals begegnete.
Immer beherrschender wird diese Sehnsucht, noch einmal dorthin zurückzukehren. Nur einmal.
Aber er weiß, das ist Illusion. Er ist alt geworden. Das Rheuma quält ihn, zwingt ihn in den Sessel und zeitweise ins Bett. Was ihn dann vor der Verzweiflung bewahrt, sind die Erinnerungen. Erinnerungen, heraufbeschworen durch Bilder, durch farbige Holzschnittbilder von Hokusai.
Hemmel sitzt nahe am Kamin. Das Feuer prasselt. Dennoch friert er. Er friert ständig in letzter Zeit. Das mag wohl daran liegen, daß er sich sowenig bewegen kann. Seine Welt ist eng geworden, sehr eng. Einstmals war sie riesig. Umfaßte fast den ganzen Erdball. Auf den Weltmeeren war er zu Haus. Nein, nicht wirklich zu Haus, ein bißchen Heimweh war immer im Spiel, wie jetzt Fernweh. Aber dieses Fernweh zieht seltsamerweise nur in eine Richtung, und zwar nach Japan, zu Haruko, die ihm keine Briefe schreibt, nur Übersetzungen von Vorworten wie diese. Poetische Vorworte, wirklich. Also hat Hokusai den Ruhm erworben, den Shiba Kokan ihm schon damals vorausgesagt hat. Er hat die Erwartungen nicht enttäuscht.
Hemmel hat die Bildserien alle in Reichweite neben seinem Sessel. Das Licht der hohen Fenster reicht tagsüber aus, sie wieder und wieder zu betrachten. Er hütet diese Blätter wie seinen größten Schatz. Kein Schiff läuft aus nach Japan, ohne daß Hemmel sehr eindringlich seine Bestellungen aufgibt. Beim Kapitän findet er nicht immer ein offenes Ohr. Wenn bei ihm nicht, dann aber meistens beim Schiffsarzt. So wie jetzt bei Philipp Franz von Siebold. Der Mann verstand ihn und besorgte ihm das Neueste und Beste von Hokusai, die Fuji-Serie.
Gern würde er Hokusai einen Brief schreiben und ihm sagen, welche Freude ihm gerade diese Werke bereitet haben. Aber das ist nicht so einfach. Ein paarmal hat er eine kurze Nachricht durchgeschmuggelt. Nie mit ganz gutem Gewissen, weil er doch Hokusai damit in Gefahr bringen kann. Wenn die Abriegelung des Landes doch erst aufgehoben wäre! Immer breiter werden die Ritzen, durch die etwas durchsickert. Was allein Siebold alles mitgeschleppt hat. Nein, auf die Dauer kann solche Absperrung nicht aufrechterhalten werden!

Die elende Gefangenschaft auf Dejima vor Nagasaki wird er nie vergessen. Wenig hat sich daran geändert, wie andere berichteten. Immer noch das gleiche Mißtrauen, die gleiche Bespitzelung – aber auch die gleiche Überlistung und Umgehung der Vorschriften. Eines Tages – das sagen alle, die dort waren – muß sich das ändern!
Siebold hat ein ausführliches Tagebuch seiner Reise angelegt. Einiges daraus hat er Hemmel vorgelesen. Auch er wundert sich über die seltsamen Sitten: Daß von den etwa zweihundertfünfzig Daimyos ständig die Hälfte auf Reisen sind. Von oder nach Edo, weil sie jeweils ein Jahr auf ihrem Lehen und eines am Hof verbringen müssen. Und das mit einem so aufwendigen Gefolge. Mehrere Hundert. Sie alle müssen verpflegt werden, ohne daß sie nutzbringende Arbeit verrichten würden. Ein Shogunat, das solche Verfügungen trifft, muß sich doch eines Tages ruinieren. Aber lange bevor das geschieht, verhungern die „kleinen Leute". Schlimm, die Armut am Rande der Städte und in vielen Dörfern! Und dann dieses Theater um die Samuraikaste. Achtzigtausend Samurai sollen zeitweise einem Shogun unterstanden haben. Das ist doch tiefstes Mittelalter! Trotzdem, die Kämpfe der Feudalherren untereinander wenigstens sind mit dem Shogunat beseitigt. Ein Land unter einem Herrscher. Sofern man den eigentlichen Kaiser nicht mitrechnet. Die ständigen Gemetzel müssen früher die Bevölkerung auf grausame Art dezimiert haben. Wir kennen das. In Europa war es nicht anders. Die Geschichte ist eine Geschichte von Kämpfen und Kriegen. Man sollte mal ausrechnen, wieviel Prozent aller Menschen, die bisher gelebt haben, gewaltsam gestorben sind, durch Kriege oder deren Begleiterscheinungen. Nein, besser nicht!
Isbert Hemmel zurrt die dicke Wolldecke fester um sich. Diese Kälte! Warum läßt die Magd sich nicht blicken! Er klingelt nach ihr. Die Scheite sind runtergebrannt.
Aber schön war es doch in Japan! Die Reise nach Edo! Haruko! Die Fahrt durch das Binnenmeer, die Berge, die Wasserfälle, die Inseln und die klare Luft, die Weitsicht! Dieses seltsame Hellblau der Ferne, durchsichtig wie ein Aquamarin, und davor die schwarzen Silhouetten der Kiefern und Zedern! Jetzt, wo das Feuer neu entfacht ist, liest Isbert Hemmel noch einmal das Vorwort, das Haruko ihm übersetzt hat, und träumt sich dorthin, wo er nicht sein kann und nie wieder sein wird.

39

Hokusai reckt sich. „So, die zehn zusätzlichen Blätter zu den sechsunddreißig Ansichten sind auch fertig."
„Womit die Serie eigentlich ‚die sechsundvierzig Ansichten des Fuji' heißen müßte."
„Ja, ich weiß auch nicht, warum ich mich von diesem Thema nicht trennen kann. Ich glaube, irgendwann fang ich noch mal eine neue Serie an. Dauernd fallen mir noch Möglichkeiten ein, den Fuji in andere Zusammenhänge zu bringen. Aber wenn – dann später."
Oyei merkt, daß diese Gesprächigkeit eine Einleitung zu einer wichtigen Mitteilung werden soll. Sie läßt ihn reden.
„Überhaupt hab ich jetzt gerade allerhand zum Abschluß gebracht. Die zehn Bilder berühmter Dichter, die elf Brückenbilder, die acht Wasserfälle schon längst, und zu den hundert Geschichten sollen ja nicht mehr als die fünf Drucke genommen werden."
„Und dann ‚die jungen Kiefern'."
Hokusai stutzt. „Du weißt davon?"
„So klein bin ich ja wohl nicht mehr. Ich mag dieses Getue nicht. Du mußt auch nicht denken, ich wüßte nicht, daß viele deiner Serien schöner Frauen eigentlich als Auswahlkataloge für Freudenhausdamen bestellt sind."
Hokusai ist um eine Antwort verlegen, aber sie wird auch nicht erwartet. Oyei stützt das Kinn in die Hand, ihr Blick geht ziellos in die Ferne. „Weißt du, Vater, vor langer Zeit hatte ich einen ganz merkwürdigen Traum. Ich träumte, die Rollen von Mann und Frau wären vertauscht. Die Frauen gingen stolz und gerade auf der Straße und die Männer einige Schritte hinter ihnen, krumm von all den Lasten, die sie zu tragen haben, einschließlich der Kinder auf dem Rücken. Und die Frauen sperrten ausgesucht schöne junge Männer in Häuser, um sich nach Bedarf ihrer zu bedienen. Und die Männer gebaren die Kinder und wurden gescholten oder geschlagen, wenn es nur ein Junge war. Und wenn es der Mäuler zuviel wurden in der Familie, setzten die Frauen heimlich die unerwünschten Söhne auf den Bergen aus. – Weißt du, als ich aufwachte, wollte ich gern darüber lachen, aber ich konnte es nicht. Da wurde mir erst klar, wie sehr die Rolle im Leben vorbestimmt ist allein durch das Geschlecht."
Hokusai schweigt. Gar nicht wohl ist ihm bei diesen Erörterungen. Was geht da vor in seiner Tochter! Erschreckendes. Er atmet tief durch. „Du wirst die Welt nicht ändern, Oyei."
„Nein, ich nicht", eine lange Pause entsteht, „aber vielleicht einmal andere, viele gemeinsam."

„Kindchen, du wirst dich doch nicht der Yonaoshi-Bewegung angeschlossen haben, die die Richtigstellung der Welt zum Ziel hat?" Es war ungeschickt, Hokusai spürt es selbst, und er möchte dieses Thema abbiegen.
„Richtigstellung der Welt – ach Vater! Da gäbe es wahrhaftig sehr viel zu tun. Aber du hast doch wohl am wenigsten Grund, darüber Späße zu machen. Du hast dich dieser Bewegung doch längst angeschlossen."
„Wie kommst du darauf?"
„Na, wer sind denn die Helden deiner Bilder! Zum größten Teil doch Leute, die sauer ihr Brot verdienen, mit ihrer Hände Arbeit. Und die sind nach Meinung der Obrigkeit doch gar nicht als Menschen zu betrachten. – Warum bekommst du deine Arbeiten denn so gering bezahlt? Weil sie nicht elegant sind. Nicht so, daß sie von jenen gekauft werden, die das meiste Geld haben. So aber werden sie von Bürgerlichen gekauft, von Händlern, Handwerkern, Reisenden. Also trägst du doch selbst zur Umwertung der Menschen und damit zur Richtigstellung der Welt bei. Ich wollte, ich könnte das auch."
Hokusai schüttelt den Kopf vor Verwunderung. So hat er seine Arbeit noch nie betrachtet. Aber was sie da sagt, stimmt.
Oyei hat inzwischen alle Verträumtheit abgeschüttelt und sieht ihn sachlich an. „So, Vater, nun haben wir lange drumrum geredet. Du wolltest mir doch etwas sagen!"
Hokusai schluckt. Er muß heraus mit der Sprache. „Um es kurz zu machen, Oyei, es zieht mich wieder auf die Landstraße. Kozan Takai, mein Schüler, hat mich eingeladen. Sein Vater ist ein reicher Bauer in Obuse, Provinz Shinano. Ich könnte dort arbeiten. Ich würde meine Reiselust stillen und lohnenswerte Motive finden."
Oyei hat es geahnt. „Und ich soll hierbleiben?"
„Wenn du möchtest, kannst du natürlich mitkommen, aber es wäre vielleicht doch zu anstrengend für dich."
Typisch, denkt Oyei, ein Mann von über siebzig hält natürlich viel mehr aus als eine zarte junge Frau! Sie hört heraus, daß er lieber allein herumstromern möchte. Und das kommt ihr gar nicht so ungelegen. »Gut, dann werde ich hierbleiben. Bist du lange weg?"
„Ich weiß nicht. Im voraus kann ich ja nicht wissen, was mir dort begegnet." Er kann doch nicht sagen, daß er noch weiter möchte, in die Provinzen Kozuke, Shimotsuke, Hitachi, Shimosa, Kazuza und Izu. Ein halbes Jahr vergeht darüber sicher.
„Na ja, aber laß von dir hören! Ich möchte mich nicht ängstigen müssen."
Sie packt ihm ein paar Sachen zusammen. Viel dürfen es nicht sein, nur das Allernötigste. Jedes überflüssige Ryo muß vermieden werden. Insgeheim schüttelt sie den Kopf. Der Vater gibt wohl nie zu, daß er älter wird!

Sankuro holt ihn ab. Wenigstens hat sie die Beruhigung, daß er nicht allein reist. Sie begleitet ihn ein Stück aus der Stadt heraus und winkt ihm nach.
Im Haus scheint alles besonders still. Fast freut sie sich über die Fliege, die surrend im Zickzack durch den Raum fliegt. Nach langer Zeit ist Oyei mit sich allein. Sie könnte zu Nachbarinnen gehen zu einem Schwätzchen. Aber sie denkt gar nicht daran. Sie hat ihre eigenen Pläne. Vater soll staunen, wenn er zurückkommt! In der Werkstatt kennt sie sich aus. Hier ganz ungestört nach Herzenslust zwischen all den Skizzen und Drucken herumzublättern, das hat sie sich schon als Kind gewünscht. Jetzt kann es keiner ihr verwehren.
Sie holt sich das dickste Kissenpolster, zieht den bequemsten Hauskimono an und stapelt vor sich auf der Tatamimatte auf, was sie am brennendsten interessiert, die unterschiedlichen Anleitungshefte zum Zeichnen. Zunächst greift sie zum „Schnellunterricht der abgekürzten Zeichnung" – Riakuga hayashinan. Jede noch so komplizierte Figur wird auf eine geometrische Grundform vereinfacht. Danach käme das Santai gafu, das Album der drei Zeichenarten, an die Reihe. Sie schlägt es auf und liest das Vorwort: „In der Kalligraphie gibt es drei Formen, und drei Formen bestehen überall da, wo das Auge sich hinwenden mag. So ist die Form der Blume, wenn sie sich entfaltet, gewissermaßen streng; ist sie aufgeblüht, regelmäßig; ist sie abgeblüht, so ist ihre Form wie tot, regellos und zerrissen." Die Irisblüten beweisen es. Das dritte wäre das Ippitsu gafu – die Skizzen mit einem einzigen Pinselzug. Wenn sie diese Zeichenmethoden beherrscht, dann erst kommen all die Beispiele für die Anwendung. Alle liegen sie hier gestapelt im Wandschrank: das „Hokusai Gakyo" – Bild-Spiegel Hokusais, das „Hokusai Soga" – die flüchtigen Skizzen, das Hokusai Gashiki – Hokusai Malmethode – und schließlich die Manga-Bände.
Oyei wird ganz heiß. Sehr viel hat sie sich vorgenommen. Hoffentlich bleibt Vater recht lange weg!
Tag für Tag übt sie. Mit geschlossenen Augen sucht sie sich ein Bild einzuprägen, um es dann – auf die Grundform reduziert – ohne Korrekturen niederzuzeichnen. Mit Kreide auf einer Schieferplatte, Papier würde zu teuer. Kein Lehrer könnte strenger und unerbittlicher sein als sie zu sich selbst. Oft seufzt sie und ist mit sich unzufrieden. Es will und will nicht so glücken. Aber es kommen auch Momente, wo es plötzlich gelingt. Dann scheint es ganz einfach zu sein.
Gestört wird sie kaum. Das ist gut so.
Jetzt übt sie, die Form mit einem Pinselstrich zu umreißen. Jeder Fetzen Abfallpapier wird bis in die letzte Ecke ausgenutzt. Woche um Woche vergeht. Schon wendet sie sich den „Drei Zeichenarten" zu. Aufstreben, entfalten, abfallen. Blumen liegen ihr. Surimonos, Glückwunschkarten könnte sie vielleicht eines Tages für Geld verkaufen. Ewig wird Vater ja auch nicht leben ... Wor-

21 Kuckuck und Azalee

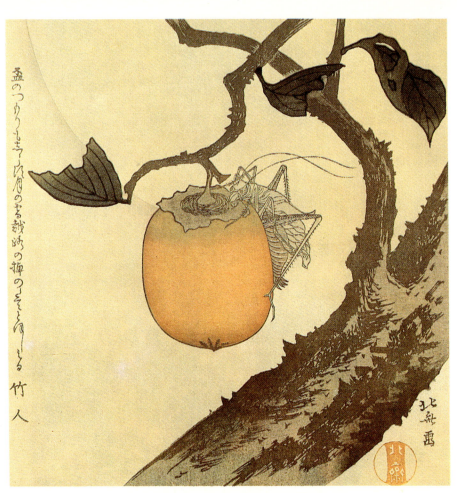

22 Heuschrecke an einer Kakifrucht

23 Zwei Wildgänse

24 Drei spielende Kinder im Garten

auf es bei den Pflanzenbildern ankommt, hat Kino Nasatami im Vorwort deutlich unterstrichen. Sie liest: „Freilich versäumen auch diejenigen, die Botaniker genannt werden, keineswegs, die Pflanze mit ihren Wurzeln und Stengeln auf das peinlichste abzumalen; aber obgleich sie niemals auch nur einen Punkt unberührt lassen, verderben sie oft den Stil der Malerei und verlieren außerdem den feinen Geist. Solches zu wünschen liegt mir fern."
Sie überprüft ihre Versuche. Nein, wie botanische Anschauungsobjekte sehen sie nicht aus. Sie haben schon etwas von dem feinen Geist, den wir Leben nennen, und von dem Stil, der die Kunst ausmacht.
Oyei reckt und streckt sich. Ständig so gebückt sitzen, selbst auf dem dicksten Polsterkissen, das strengt an. Für heute war es genug der Anstrengung. Jetzt noch ein paar Bände zum Anschauen! Das Musterbuch für Weber und Färber. Das Vorlagebuch für Kämme und Pfeifen. Ja, bei längerer Übung könnte sie solche Muster auch entwerfen. Für einen Obi vielleicht!
Sie greift nach einem der Manga-Bände. Das wird sie nie können: Menschen aus der Bewegung heraus erfassen, mit den Verrenkungen der Gelenke, den Schrägansichten der Gliedmaßen, den Überschneidungen! Ja, es trifft zu, was im Vorwort der „Hokusai Gashiki" behauptet wird: „Es ist nicht schwer, Ungeheuer oder Gespenster zu zeichnen. Was seine Schwierigkeit hat, das ist, einen Hund oder ein Pferd zu entwerfen, so daß sie leben. Nur durch hartnäckige Beobachtung und fleißiges Studium der Dinge und Wesen in dieser Welt vermag ein Maler einen Vogel darzustellen, der im Begriff ist, davonzufliegen, einen Menschen, der sich gerade anschickt, zu sprechen."
Mehr als das! Die ausgelassenen Burschen bei der Zubereitung des Reiskuchens zum Neujahrsfest hört man geradezu ihre lockeren Reden führen! Und mit welchem Schwung die Wäscherinnen ihr Tuch durchs Wasser ziehen! Oder die Blinden, die durch den Fluß waten. Man spürt, wie sie auf jedes Geräusch horchen, bei jedem Fußaufsetzen tasten und wie sie sich aufeinander verlassen!
Oyei schlägt das „Hokusai Gashiki" zu. Nie wird sie das können! Aber die Blumen und Tiere, die liegen ihr.

40

„Vater, Mitternacht ist schon vorüber. Der Mond steht ganz hoch." Hokusai überhört die besorgte Mahnung. Unbeirrt zeichnet er weiter. Etwas starrsinnig, findet Oyei. Sie weiß, wenn er so im Eifer ist, redet sie gegen Wände.

„Mond", murmelt er, „stimmt, der Fuji im Mondlicht, das fehlt noch."
„Vater! Du überforderst dich!" Sie sagt es mit größtmöglicher Sanftmut.
„Gönne mir altem Mann die wenigen Sternstunden, die ich noch habe, Oyei!"
Sie gibt sich geschlagen, hockt sich auf das dicke Polsterkissen neben ihren Vater und sieht ihm zu, Strich für Strich, ganz so, wie sie schon als Kind dagesessen hat. Für sie war ihr Vater immer so etwas wie ein Magier, ein Beschwörer. Ein Strich reichte, um die Phantasie in Bewegung zu setzen. Nie stellte sie Fragen. Sie riet im stillen, was kommen würde, und war glücklich, wenn sie richtig geraten hatte, überrascht, wenn die Linien plötzlich ganz anders ineinandergriffen und Unerwartetes entstand. Nie war sie enttäuscht.
Daß der Heilige Berg ihn so gar nicht wieder losläßt! Aus den sechsunddreißig Ansichten wurden sechsundvierzig. Und nun sollen es sogar hundert werden. Das muß doch seine Erfindungsgabe überfordern! Hundert Ansichten von dem gleichen Berg! Dahinter steckt doch wohl etwas wie Altersstarrsinn. So viel Ideen muß er sich abquälen, die kommen nicht von selbst. Wer genau hinsieht, wird merken, daß manche Einfälle der ersten Serie wiederkehren, wenn auch verändert. Diese Serie hat einen ganz anderen Charakter. Sie verzichtet auf die Farbe. Alles muß in Schwarz, Weiß und Grautönen ausgedrückt werden. So wie in der chinesischen Zen-Malerei. Das verlangt vom Publikum viel Sinn für Feinheiten. Eine Empfindsamkeit, wie sie nur wenige Menschen besitzen.
Wunderbar, wie die biegsamen Bambusstangen und Schößlinge vor der Kontur des Fuji stehen! Fasziniert verfolgt Oyei den Fortgang der Zeichnung. Eine solche Stimmung läßt sich vielleicht wirklich nur nachts erleben und nachts zeichnen. Vater hat recht, sich durch sie nicht davon abbringen zu lassen! Kein bißchen zittert seine Hand. Trotz der fünfundsiebzig Jahre. Trotz der späten Stunde. Wer macht ihm das nach?!
Jetzt kommt die Feinarbeit, das Ansetzen der Blätter. Wie mühelos es ihm von der Hand geht! Beneidenswert! Kein Strich daneben, alles so sicher, als zöge er unsichtbare Schablonen nach. Nein, der Vergleich hinkt, dann würden die Striche starrer ausfallen, von gleichmäßiger Langweiligkeit sein. Hier aber gibt es keinen langweiligen Fleck, alles lebt und atmet. Die Blätter rauschen, die elastischen Stämme schwanken. Das Licht wechselt. Ist es Mondlicht? Auf jeden Fall ein sehr geheimnisvolles, diffuses Licht, voller Sehnsucht und Poesie.
Was mag jetzt in Vaters Kopf vorgehen? Sicher spürt er, daß ihm ein großer Wurf gelungen ist. Aber seine Arbeitswut ganz allgemein ist beängstigend. Zeichnet er nicht irgendwo seine geheimen Befürchtungen tot? Natürlich weiß er, daß Hiroshiges Tokaido-Serie ein durchschlagender Erfolg war. Daß alle Welt jetzt von ihm spricht und nicht mehr von Hokusai. Alle erwarten Neues

von Hiroshige, neue poesievolle, freundliche, stimmungsvolle Landschaftsbilder in lieblichen Farben. Ja, lieblich ist das richtige Wort. Das Liebliche ist eingängiger als das Charaktervolle ... Armer Vater, wird es dir je gelingen, den verlorenen Ruhm zurückzuholen? ... Will er sich bewußt absetzen gegen Hiroshige? Deshalb der Verzicht auf Farbe! Aber nein! Das sieht Vater nicht ähnlich! Er ging seinen Weg immer, wie er glaubte, ihn gehen zu müssen. Wahrscheinlich nimmt er an, dem Zen-Geist durch diese Beschränkung näher zu kommen. Angesichts dieses Blattes könnte ich alle Bedenken zurücknehmen. Mit jedem Strich steigert sich die Ausdruckskraft des Bildes. Wie beim roten Fuji läuft die Parabel sanft steigend bis zur Kuppe im goldenen Schnitt, um dann kürzer abzuklingen. Klingen, ja auch das Wort stimmt. In jeder Linie steckt Musik. Hoffentlich geht beim Umsetzen in die Holzplatte nichts davon verloren. Aber darauf paßt der Vater schon auf. Egawa Tomekichi ist der beste Holzschneider, den es zur Zeit in Edo gibt. Die bisherigen Drucke beweisen es. Unter den Drucken dieser Serie gibt es einige, die Oyei besonders liebt: den mit den Wildgänsen, wo sich der Fuji im Wasser spiegelt und folglich nur kopfüber zu sehen ist, den Druck „Der Fuji durch ein Spinnennetz" mit dem hängenden Ahornblatt oder die „Woge", die jetzt den Anlauf von links nimmt, sich aufbäumt und scheinbar aus den Tentakeln der Gischt Scharen von Möwen gebiert. Boote und Menschen bringt diese Woge nicht in Gefahr.
Hokusais Besessenheit scheint Oyeis Besorgnis zu zerstreuen. Immer neue Einfälle sprudeln in den nächsten Wochen und Monaten aus seinem Kopf. Alte Mythen und Legenden nimmt er auf: Konohana-Sakuya-Hime, die Prinzessin der Baumblüte und Schutzgöttin des Fuji mit dem Spiegel als Sonnensymbol. Das Erscheinen des Berges, das sich angeblich im fünften Regierungsjahr des Kaisers Korei ereignete. Erstaunt und ergriffen verfolgen die Höflinge den Vorgang. Der Hirsch, sonst Begleiter des Gottes des langen Lebens, vor dem Fuji. Dann gibt es Stimmungsbilder: der Fuji im Regen wie hinter einem Schilfvorhang, der Fuji im Schnee, im Gewitter, im Mondschein. Oder mit unüblichem Vordergrund wie einer Karpfenplastik vom Schloßturm in Edo, einem Fischernetz, durch das er schimmert, oder einem arbeitenden Faßbinder, zwischen dessen Beinen er erscheint, einem Brunnenreiniger, hinter dessen Seilwinde der Berg sich erhebt, oder einem Wust von Schirmen, zum Trocknen aufgespannt wie dünnstielige Pilze. Sogar einen Maler mit Gehilfen vergißt er nicht. Hinzukommen die diversen Aussichtspunkte auf den Fuji. Oyei verfolgt die Entstehung all dieser Blätter mit Spannung, zeitweiliger Heiterkeit, aber dennoch unterschwelliger Besorgnis. „Den Begleittext zu den hundert Ansichten habe ich diesmal selbst verfaßt." Hokusai sagt es gelassen dahin.
„Obgleich die Serie noch nicht fertig ist?"

„Ja. Bist du gar nicht neugierig?"
„Doch. Darf ich's denn lesen?"
Hokusai reicht ihr die Schriftrolle. Oyei liest langsam, Zeile für Zeile:

> „Seit meinem sechsten Jahre fühlte ich den Drang,
> die Gestalten der Dinge abzuzeichnen.
> Gegen fünzig Jahre alt,
> habe ich eine Unzahl von Zeichnungen veröffentlicht;
> aber ich bin unzufrieden mit allem,
> was ich vor meinem siebzigsten Jahre geschaffen habe.
> Erst im Alter von dreiundsiebzig Jahren
> habe ich annähernd die wahre Gestalt und Natur
> der Vögel, Fische und Pflanzen erfaßt.
> Folglich werde ich im Alter von achtzig Jahren
> noch größere Fortschritte gemacht haben;
> mit neunzig Jahren werde ich in das Wesen aller Dinge
> eindringen;
> mit hundert Jahren werde ich sicherlich
> zu einem höheren, unbeschreiblichen Zustande
> aufgestiegen sein,
> und, habe ich erst hundertzehn erreicht,
> so wird alles – jeder Punkt, jede Linie – leben.
> Ich lade diejenigen, die so lange leben wie ich, ein,
> sich zu überzeugen,
> ob ich mein Wort halten werde.
> Mitgeteilt von Gakyo rojin manji, dem vom Malen
> besessenen Greis."

Oyei beherrscht sich. Sie verbirgt ihren Schreck. Jetzt weiß sie, was in ihrem Vater vorgeht. Er wehrt sich durch die Koketterie mit seinem Alter gegen die Nachrückenden, gegen Künstler wie Hiroshige. Er redet sich ein, daß das eigentliche Leben erst jetzt beginnt. Das Leben als Künstler.
„Das willst du wirklich drucken lassen?"
Hokusai nickt. „Natürlich. Oder sind Fehler darin?"
Oyei schüttelt den Kopf. Schreibfehler nicht, vielleicht Denkfehler. Das aber spricht sie nicht aus.

41

Nur mühsam gelingt es Hokusai heute morgen, die bleierne Müdigkeit zu überwinden, die ihn in letzter Zeit öfter befällt. Dabei hätte er allen Grund, munter zu sein, denn nachts kam ihm ein neuer Einfall, ein Bild vom Ausbruch des Fujisan im Jahre 1707, vor nunmehr einhundertundsiebenundzwanzig Jahren.
Wie mag sich diese Katastrophe abgespielt haben, wie?
Hokusai sackt in sich zusammen. Heute kann er sich gehen lassen. Niemand außer ihm ist im Haus. Oyei ging zum Markt, Schüler sind nicht zu erwarten.
Nach einer Weile rafft er sich auf. Es muß weitergehen! Also los, streng dich an, stell dir das vor! Wie war das damals? Am Anfang sicher alles wie immer. Keine bösen Vorzeichen. Die Menschen bewegten sich auf den Wanderwegen um den Berg herum. Unvermittelt mag der lockere Boden angefangen haben zu vibrieren. Erst ganz wenig, dann stärker, und plötzlich gab es Erdbeben und Erdrutsche in einem. Breite Spalten rissen auf, Menschen und Habe wurden hochgeschleudert, wirbelten durcheinander, prallten auf, wurden wieder weggeschleudert. Ein Chaos der Zerstörung und Zertrümmerung, wie es nicht vorstellbar ist.
Dieses Blatt wird aus dem Rahmen fallen: So ohne jede Ruhe, zersplittert, kleinteilig, chaotisch. Trotzdem darf es nicht fehlen, da es einen Teil der Geschichte des Fuji enthält. Einen gern vergessenen, aber keineswegs unwichtigen, denn der heilige Berg strahlt eine Scheinruhe aus. Im Innern brodelt die Glut. Der Fuji ist und bleibt ein Vulkan. Schrecklich in seiner Zerstörungswut. Vernichtend und unberechenbar ...
Hokusai fährt zusammen. Er hat nicht bemerkt, daß jemand gekommen ist. Sehr leise. Oyei? Nein, es ist Omiyo, seine Älteste. Die Begrüßung fällt knapp aus. Er sieht die Sorge in ihrem Gesicht und ahnt, daß der Sohn wieder über die Stränge geschlagen hat. „Wieder Schulden?"
Omiyo nickt unter Tränen. „Vater! Yanagawa hat sich losgesagt von ihm. Nun wollen sie ihn ins Schuldgefängnis werfen. Du weißt, was das heißt! Vielleicht werde ich den Jungen dann nie wieder sehen. Oder als wirklichen Schurken! Vater! Bitte! Laß das nicht zu! Die Schande fällt doch auf unsere ganze Familie!" Sie hat die Hände in seinen Kimono gekrallt und sieht ihn verzweifelt an. Hokusai nimmt ihre Hände und streicht darüber, als ob sich so alles glätten ließe.
„Hast du die Schuldscheine mit?"
Omiyo nickt eifrig und zieht sie aus der Nische ihres Kimonoärmels hervor.

Sie fällt vor ihm auf die Knie und hält sie hoch. „Vater! Das werde ich dir nie vergessen!"
„Steh auf! Ich mag es nicht, wenn jemand vor mir kniet. Schon gar nicht jemand, der mein Blut in den Adern hat! Ich habe jetzt kein Geld hier. Ich könnte höchstens die Bürgschaft übernehmen."
Omiyo greift wieder eilfertig in den Kimonoärmel. „Das hatte ich schon fast erwartet. Ich habe ein solches Schreiben vorbereitet." Sie legt es auf sein Zeichenpult. Tusche ist aufgelöst. Also braucht er nur noch zu unterschreiben. Etwas in ihm sträubt sich. Dieser lausige Bengel! Es paßt ihm ganz und gar nicht. Aber die Verzweiflung seiner Tochter ebenso wenig. Sollte er nicht wenigstens die Schuldscheine durchsehen, um die Summe zu kennen, um die es geht? Andererseits, wieviel kann es denn schon sein! Der Bengel wird einiges über den Durst getrunken und dieses oder jenes Mädchen ausgehalten haben wie schon früher. Hokusai unterschreibt und setzt noch den Namensstempel dazu.
Omiyo atmet sichtlich auf. Gar nicht schnell genug kann sie aufbrechen. „Ich muß sofort zurück, Vater! Sonst holen sie ihn doch noch! Und tausendmal Dank!"
Wie benommen bleibt Hokusai zurück. Hoffentlich war das richtig, wozu er sich da hat verleiten lassen. Er muß es Oyei beichten. Am besten gleich, wenn sie kommt.
An Arbeiten ist jetzt nicht mehr zu denken. Schade um die ruhige Stunde! Schließlich kommt Oyei. Schon von weitem ruft sie: „Vater, rat mal, was ich habe!" Und schon steht sie in der Tür, einen Tintenfisch mit langen Fangarmen in der erhobenen Hand. „Ist das nicht ein Prachtexemplar? Viel zu schade zum Aufessen. Willst du ihn nicht malen?"
Jetzt erst merkt sie, daß Hokusai gar nicht zuhört. „Vater, was hast du? Bist du etwa krank?" Sie wirft den Tintenfisch in den Korb und läuft auf ihren Vater zu. „Sag doch was!"
„Omiyo war hier." Das bedeutet nie Gutes. Aber diesmal muß Besonderes vorgefallen sein. „Und? Wieder Ärger mit dem Sohn?" Hokusai nickt. Warum spricht er denn nicht! Oyei wartet. Schließlich verliert sie die Geduld. „Vater! Willst du mir nicht endlich sagen, was los ist!"
„Ich habe die Bürgschaft für seine Schulden unterschrieben."
„Und wie hoch ist die?"
„Ich weiß nicht."
Oyei verliert die Fassung. „Das weißt du nicht! Du unterschreibst blindlings etwas, ohne zu wissen, in welcher Höhe? Das sieht dir ähnlich. Darf man dich denn keinen Augenblick allein lassen!" Aufgeregt sieht sie rundum. „Wo sind die Schuldscheine?" Hokusai zeigt auf ein Regal. Oyei ergreift die Scheine,

blättert sie durch und wird blaß. Sie ringt nach Luft. Dann kommt es langsam, verhängnisvoll langsam von ihren Lippen: „Vater! Du hast dein Todesurteil unterschrieben. Die Summe bringst du dein Lebtag nie zusammen!"
Mit flackerndem Blick sieht Hokusai sie an. Völlig ahnungslos und hilflos. „Aber – wie kann es denn so viel sein?"
Oyei muß sich Luft machen. Sie platzt fast vor Wut und Ohnmacht. „Du ahnungsloser Engel! Das sind nicht nur Saufschulden. Das sind Spielschulden! Spielschulden! Und dafür gibt es bekanntlich keine obere Grenze und keine Festpreise! – Vater! Diesen unseligen Bengel könnte ich in der Luft zerreißen! Wenn er einen Funken Ehre im Leibe hätte, würde er in dieser Lage Seppuko machen oder besser gesagt Harakiri. Für ihn ist das vulgäre Wort treffender! Aber nein, stattdessen bringt er seinen alten Großvater ins Unglück. Er weiß ja, seine Mutter läßt ihn trotz allem nicht im Stich. Und der Großvater wiederum überläßt seine Tochter nicht dem Schicksal. Und damit hat er richtig gerechnet, wie man sieht!"
Hokusai sitzt krumm und zerschmettert da. Er läßt ihre schweren Vorwürfe über sich ergehen. Recht hat sie ja. Aber sie muß doch verstehen, daß er gar nicht anders konnte!
„Oyei! Was hätte ich denn tun sollen! Ich weiß, daß der Bengel im Kern nichts taugt. Vielleicht hat Omiyo ihn verwöhnt. Mag sein. Das ist jetzt auch alles unwichtig. Aber eines weiß ich sicher: Bevor der sich ins Kellerloch sperren läßt, hätte er mich angezeigt."
„Dich? Weshalb denn? Ich weiß von keinem Verbrechen, das du begangen hast und durch das du erpreßbar wärst!"
„Dann denk mal ein bißchen nach!"
Oyei sieht ihn entsetzt an. „Nein, Vater! Beim besten Willen, ich weiß nicht, wovon du sprichst!"
„Weil du denkst, wie ich denke. Aber vor dem Gesetz ist es nun mal immer noch strafbar, Verbindungen zu den Ausländern zu haben. Natürlich weiß der Bengel, daß ich für die Holländer gearbeitet habe. Er deutete es mal an. Unmißverständlich."
Oyei kaut auf der Unterlippe. Nein, dieser Gedanke wäre ihr nie gekommen! Die Gemeinheit mancher Menschen ist doch noch viel größer, als die Vorstellung reicht. Aber es muß etwas geschehen! Nur was?
„Vater, wir müssen zu einem schnellen Entschluß kommen! Wenn wir einfach den Kopf in den Sand stecken, sitzt du morgen im Schuldgefängnis. Entmündigen lassen willst du dich ja wohl auch kaum. Also bleibt nur eines: Flucht. Du mußt in eine öde Gegend verschwinden, wo dich niemand aufstöbert, bis die Strafe verjährt ist!"
Hokusai wird schwindlig. Jetzt, mitten aus den hundert Ansichten des Fuji

heraus, weg? Wohin könnte er? Ihm wird ganz wirr im Kopf. „Ja, Oyei! Du hast wohl recht, mein Kind! Hilf mir beim Nachdenken! Laß uns die Schüler durchgehen. Unter den vierzig oder fünfzig gibt es einige, die vom Lande kommen. Es muß ein abgelegenes Dorf sein. Besser noch, ein einsames Gehöft. Denn nun ist es ein Nachteil, daß mich so viele kennen."
Oyei holt einen Zettel und macht eine Liste aller Schüler: Hokkei, Hokuba, Shinsai, Yanagawa, Bokusen, Hokkuin, Utamasa, Gakutei, Hokuju, Kyosai ...
Schließlich fällt die Entscheidung: Hokusai wird nach Uraga in der Provinz Sagami gehen, auf der anderen Seite der Bai von Edo.

42

Alles scheint sich gegen Hokusai verschworen zu haben, selbst das Wetter. Er wandert nachts und verkriecht sich am Tage zum Ausruhen. Niemand darf ihn sehen, nicht einmal Freunde. Eine unbedachte Bemerkung kann die Häscher auf seine Spur bringen.
Die schwarze Wolke, die so bedrohlich wächst, verkündet nichts Gutes. Ein Taifun ist im Anzug. Jeder kennt das. Noch herrscht Windstille, Ruhe vor dem Sturm. Aber plötzlich ist er da, wirbelt Bäume aus der Erde, bricht ihre Stämme als wären es Reiser, vernichtet Häuser und verbreitet Schrecken. Danach kommen die Wolkenbrüche. Es gießt wie aus Waschzubern. Die Flüsse treten über die Ufer, zerren weg, was sie an Niedergebrochenem finden, und lagern es an anderer Stelle wieder ab. Wo? In dieser Situation ist alles Glücksache.
Gerade jetzt kann Hokusai ein solches Unwetter am allerwenigsten gebrauchen, jetzt, wo er so schnell wie möglich vorwärts- und wegkommen muß. Die Angst sitzt ihm im Genick. Richtig erbärmliche Angst. Während des Taifuns kommt er nicht vorwärts. Und der Taifun kann mehrere Tage dauern.
Es bleibt ihm nichts anderes übrig, als das Unwetter in der nächsten Herberge abzuwarten. Sich den Reisemantel über den Kopf zu ziehen und Vorrat zu schlafen.
Er denkt zurück. Alles kam so plötzlich. Mitten in der Fuji-Serie. Wie damals der Schlaganfall, auch mitten in der Fuji-Serie. Bringt der Berg ihm kein Glück? – Unsinn!
Auch Oyei wird jetzt ihre Spuren verwischen. Nicht ganz so hastig. Eine Weile kann sie die Fragensteller abwimmeln. Hokusai war immer viel unter-

wegs. Auf Studienwanderungen. Da weckt sein Verschwinden nicht gleich Verdacht. Sie wird die fertigen Blätter zur Fuji-Serie zum Verleger bringen und ihm sagen, daß er sie in drei Bänden herausgeben soll. Die fehlenden Blätter würden bald folgen. Sie wird ihn einweihen, ihm unter dem Siegel äußerster Verschwiegenheit mitteilen, in welcher Lage Hokusai sich befindet. Er muß es einsehen, wird warten und ihm notfalls ab und zu einen Vorschuß gewähren ...
Und Oyei selbst? Sie wird schon durchkommen, sie ist anspruchslos. Sie wird sich einen kleineren Unterschlupf suchen, wo gerade für sie und die Zeichenutensilien Platz ist. Mit Glückwunschkarten wird sie es schaffen, sich durchzuschlagen.

Läuft dieser Mann nicht schon auffallend lange hinter mir her? Unauffällig sieht Hokusai sich um. In der Dunkelheit sieht er nur die Umrisse, aber seine Augen sind noch gut, und er hat Übung darin, sich die Haltung und Gestik der Menschen einzuprägen. Ja, es ist immer noch der gleiche Mann.
Bei der nächsten Weggabelung biegt Hokusai ab. Der Mann hinter ihm auch. Hokusai wird unruhig. Ist man ihm wirklich schon auf der Spur? Oder leidet er unter Verfolgungswahn? Er sinnt auf List. Schließlich versteckt er sich in einem seitlichen Gebüsch und beobachtet seinen vermeintlichen Verfolger. Als der weitergeht, atmet Hokusai auf und schleicht sich auf den Hauptweg zurück. Gerade noch vor dem Ausbruch des Taifuns erreicht er eine kleine abgelegene Herberge. Erschöpft fällt er in einen tiefen Schlaf. Als er aufwacht, wundert er sich, daß er bei dem Krach hat schlafen können. Der Dauerregen hat schon eingesetzt. Hokusai rührt sich nicht. Läßt das Tuch über seinem Kopf und horcht.
„Der Sturm hat wieder die Hängebrücke beschädigt", hört er den Herbergswirt sagen. Hokusai grübelt. In welcher Richtung mag das sein? Er kann sich nicht erinnern, eine Hängebrücke gesehen zu haben. Überquert hat er keine. Also liegt sie wohl vor ihm, was wieder Verzögerung bedeuten würde. Trotz dieser beunruhigenden Gedanken schläft er wieder ein.
Als Hokusai zum zweiten Mal aufwacht, ist das Schlimmste überstanden. Es gießt nicht mehr, es regnet.
„Meine Güte", sagt die Wirtin, „Ihr habt aber wirklich den Schlaf des Gerechten! Dabei sagt man immer, ein alter Mensch brauche nicht mehr viel Schlaf."
Sie stellt ihm Tee und Reiskuchen hin.
„Wie lange habe ich denn geschlafen?" Steifgelenkig richtet Hokusai sich auf. Die Frau lacht gutmütig und verständnisvoll.
„So an die dreißig Stunden! Während wir uns geängstigt haben, schlieft Ihr in schönster Seelenruhe."

Seelenruhe – wenn sie wüßten ... Hokusai schlingt den Reiskuchen in sich hinein. Erst jetzt merkt er, wie ausgehungert er ist. Die Frau sieht es und holt neuen. „Ihr seid wohl auf einer weiten Reise?"
„Hm, ziemlich weit."
„Das strengt an, in dem Alter. Habt Ihr's denn so eilig! Ihr solltet Euch mehr Ruhe gönnen!" Richtig teilnahmsvoll, wie sie auf ihn einredet! Da ist er ihr doch eine rührende private Auskunft schuldig.
„Meine Tochter hat nach zwanzigjähriger Ehe endlich einen Sohn bekommen. Ich kann es nicht erwarten, ihn zu sehen."
„Ach so!" Da leuchten ihre Augen. „Trotzdem, heute wird es nichts mit dem Weiterwandern. Die Wege sind völlig aufgeweicht, und die Brücke ist noch nicht wiederhergestellt."
Hokusai massiert seine Waden. Die Frau wird wohl recht haben. Ein Glück nur, daß diese Herberge so versteckt liegt. Und solange die Wege unpassierbar sind, können auch keine anderen Gäste kommen. Also fühlt er sich einigermaßen sicher. Viel Geld verlangen sie auch nicht.
Schließlich, nach allerhand Fährnissen, erreicht Hokusai Uraga. Erst jetzt wird ihm mit beklemmender Deutlichkeit bewußt, daß er damit den selbstgewählten Ort seiner Verbannung erreicht hat, den Ort, in dem sich in den nächsten Jahren sein Leben abspielen wird. Ein ärmliches, ein erbärmliches Leben ohne jeden Glanz, ohne Abwechslung, ohne Ruhm, ohne Erfolg und Selbstbestätigung, ohne das lebenslang gewohnte Getriebe der Hauptstadt Edo. Einziger Trost sind die Landschaft, die Sonnenauf- und -untergänge, Mond und Gestirne, Pflanzen und Blumen im Ablauf der Jahreszeiten. Und die Erinnerungen. Das sind die Dinge, die bleiben, auch wenn einem alles genommen wird. Aber nein! So restlos alles wird ihm ja nicht genommen: Er kann noch arbeiten. Und er wird arbeiten. Noch ist er zu etwas zu gebrauchen, und noch sind Dinge um ihn, die ihm nützen. Noch gibt es Grund zur Dankbarkeit, denn unbeschadet gelangte er her. Nicht unterkriegen lassen! Wie heißt es doch so schön: Eine Katze, selbst von großer Höhe heruntergeworfen, fällt auf die Füße. Habe ich etwa nicht oft genug bewiesen, daß ich eine Katzennatur habe!
Noch ein Spruch fällt ihm ein: Der Mensch wächst im Unglück. Aber den zweifelt er an.

43

Die Zeit schleicht dahin. Ein neues Jahr hat begonnen. Das dritte Jahr in der Verbannung. Einsam ist es um Hokusai. Immer öfter träumt er von Edo. Die Erinnerung vergoldet ihm diese Stadt, so wie die Abendsonne ihm einst Kyoto vergoldet hatte. Wie weit liegt das alles zurück. Wie in einem früheren Leben!
Wohin ist sein Stolz! Welche Rolle hatte er einst gespielt in Edo und nicht nur dort. Auch in Nagoya, Osaka – überall kannte man ihn, lud ihn als Ehrengast ein. Jetzt fragt niemand nach ihm, und er muß froh sein, wenn niemand nach ihm fragt, wenn er vielleicht schon für tot gehalten wird. Denn Tote verfolgt man nicht. Jetzt ist er gezwungen, sich zu demütigen und Bettelbriefe zu schreiben wie den, der gerade vor ihm liegt. Ein Bittbrief an den Verleger Kobayashi:
„Ich danke Euch für die mir wiederholt geliehenen kleinen Geldbeträge. Wenn der zweite Monat dieses Jahres herangekommen ist, wird mein Papier, werden meine Farben und Pinsel aufgebraucht sein, und wohl oder übel werde ich nach Edo zurückkehren müssen. Ich werde Euch dann in aller Heimlichkeit persönlich meine Aufwartung machen und Euch aus eigenem Munde alle Einzelheiten, nach denen Ihr Euch erkundigt, mitteilen. Welch hartes Geschick zu allem, in dieser rauhen Jahreszeit – zumal auf der Reise – der starken Kälte nur mit einem einzigen Kleidungsstück trotzen zu können bei einem Alter von sechsundsiebzig Jahren! Bitte, denkt zuweilen an die traurigen Lebensumstände, in denen ich mich befinde."
Nein, denkt Hokusai nach dem Durchlesen, er darf nicht etwa denken, daß ich nichts mehr leisten könnte. Auf keinen Fall! Und er schreibt weiter:
„Mein Arm ist jedoch keinesfalls schwach geworden. Ich arbeite mit wahrem Feuereifer. Ein geschickter Künstler zu werden, ist mein einziges Bestreben."
Datum und Unterschrift.
Wieder zögert er. Die Anweisungen für den Holzschneider fehlen. Nachwort:
„Ich empfehle dem Holzschneider, nicht das untere Augenlid hinzuzufügen, wenn ich es selbst nicht zeichne. Was die Nase angeht, so sind diese beiden Nasen die meinen. Man schneidet gewöhnlich die Nasen der Utagawaschule ins Holz, die ich gar nicht liebe, da sie allen Regeln der Zeichenkunst zuwiderlaufen. Es ist auch Mode, so die Augen zu zeichnen, aber ich liebe diese Augen heute ebensowenig wie jene Nasen."
Zu dumm, daß man mit den Leuten nicht selbst reden kann wie früher. Hoffentlich verstehen sie nun, was ich meine! Er zeichnet in Skizzen die Nasen in Vorder- und Seitenansicht und Augen mit einem schwarzen Punkt in der

Mitte. So also sollen sie nicht sein! Bevor Hokusai die Zeichnungen verstaut, fügt er noch eine hinzu, die Kobayashi noch einmal seine Lage im Bilde verdeutlichen soll. Sie zeigt einen um Almosen flehenden Bettelmönch. Unverkennbar trägt er die Züge Hokusais.
Nun ist alles beisammen. Hokusai verschnürt das Päckchen, regensicher. Am nächsten Tag wird der Bote kommen und es mitnehmen. Kalt ist es in der Hütte. Hokusai kriecht näher an das Herdfeuer heran.
Woche um Woche wartet er auf Antwort. Hat Kobayashi denn gar kein Herz!? Läßt er ihn etwa wirklich aufbrechen bei der Kälte, mitten im Winter, ohne wärmende Kleidung? Soll er sich wirklich der Gefahr aussetzen, gefaßt und ins Gefängnis geworfen zu werden!? Das kann kein Mensch von ihm verlangen! Es ist zum Verzweifeln!
Schließlich, als Hokusai schon fast alle Hoffnung aufgegeben hat, sieht er eine vermummte Frauengestalt auf die Hütte zukommen. Er traut seinen Augen nicht. „Oyei!" Ganz fassungslos vor Freude stürzt er ihr entgegen. „Oyei, mein Kind!" Tränen der Rührung laufen ihm übers Gesicht, als er sie an sich drückt. „Kind! Das geht doch nicht, daß du dich solchen Gefahren ausgesetzt hast. Wie hast du das bloß geschafft! Es sind doch dreißig Stunden Fußmarsch!"
Oyei muß sich sehr beherrschen, nicht auch zu weinen. Wie alt, wie krumm und wie bemitleidenswert ist ihr Vater geworden! So hat sie es sich nicht vorstellen können.
„Kobayashi hat mir deinen Brief gezeigt. Und damit stand mein Entschluß fest."
„Aber Kind, der Brief war doch nicht für dich bestimmt! Natürlich hab ich da etwas übertrieben. Du siehst doch, es geht mir ganz gut."
Oyei antwortet nicht. Er ist immer noch der alte. Versucht seine Lage zu verharmlosen. Doch nicht vor ihr! Er sollte wissen, daß sie ihn besser kennt!
„Laß dich ansehen, Oyei! Kommst du wirklich zurecht? Fehlt es dir an nichts!"
„Aber nein, Vater! Mach dir meinetwegen keine Sorgen!"
„Erzähl mal! Was machst du denn so?"
Oyei zieht den ölgetränkten Regenmantel aus und ordnet ihre Haare. „Ach, Vater, es kommen allerhand Leute mit Aufträgen zu mir. Kleinen Aufträgen natürlich, Glückwunschkarten, Fächer, Laternen, Kämme, Schirme – all diese kleinen Dinge wollen sie bemalt haben. Auch Kinder kommen mit Papierdrachen, Stoffkarpfen und Puppen. Ich habe viel Spaß daran, und sonst helfe ich meinen Wirtsleuten im Geschäft. Sie verkaufen Lackwaren, Teller, Dosen, Tabletts und sowas." Auch sie ist bemüht, nur die Sonnenseite ihres Lebens zu zeigen. Nicht die Niederträchtigkeiten, denen sie zeitweise ausgesetzt war.
„Das beruhigt mich, Oyei! Und es freut mich. Also bringt dein Talent dir doch

Nutzen. Es ist für eine Frau sehr schwer, allein durchzukommen. Ich kenne viele, die es nicht geschafft haben. Ich bin stolz auf dich."
„Hast du etwas zu essen im Haus, Vater?"
Die Frage bringt Hokusai in Verlegenheit. Damit sieht es schlecht aus. „Ein bißchen Reis muß noch in der Holzdose sein."
Oyei findet ihn nicht. Unmöglich, wie der Alte hier haust! Ein elendes Durcheinander von verworfenen Zeichnungen, ungewaschenen Kleidungsstücken, unabgewaschenen Trinkgefäßen ... Sie hätte ihn wohl doch nicht allein gehen lassen sollen. Aber wovon sollten zwei sattwerden, wenn es nicht einmal für einen reicht!
„Ich finde keinen Reis."
Hokusai kramt unbeholfen herum. Es ist ihm aber deutlich anzumerken, daß er selbst nicht weiß, wo er suchen soll. „Wenn ich gewußt hätte, daß du kommst ..."
Vielleicht war da gar kein Reis. Nur, von irgend etwas muß er doch leben. In einem Topfbodensatz findet Oyei Reste von Grütze.
„Von wem kaufst du dir denn deine Lebensmittel? Sag mir, wo es ist, und ich gehe hin."
„Meistens geben die Nachbarn mir etwas von ihren Gerichten ab. Damit ich die Zeit nicht mit Kochen vertrödeln muß. Frag mal da!" Er zeigt in die Richtung. Oyei zieht ihren Regenumhang wieder an und versucht ihr Glück bei den Nachbarn. Den Reis muß sie mit viel Antworten auf neugierige Fragen bezahlen. Aber sie bekommt ihn. Nach dem Essen packt sie den Reiserucksack aus: Papier, Farben, Pinsel, etwas Bargeld und einen Brief von Kobayashi. Hokusai strahlt. Das Leben, das für ihn Arbeit heißt, kann weitergehen. Ein Stückchen wenigstens.
Während Oyei versucht, einen Anflug von Ordnung in das Chaos zu bringen, fragt Hokusai nach Edo.
Sie vermeidet es, ihm das zu sagen, was er eigentlich wissen sollte. Daß er so gut wie vergessen ist. Daß Ando Hiroshige mit immer größerer Sicherheit den Platz beherrscht, den vorher Hokusai innehatte. Stattdessen erzählt sie Belanglosigkeiten.
„Ach Oyei, ich habe ja nie geahnt, daß Edo mir so fehlen würde. Es ist leicht gesagt, daß ein Mensch überall leben kann, um er selbst zu sein. Glaub mir, es stimmt nicht. Wir alle kleben mit den Füßen an dem Erdboden, auf dem wir laufen gelernt haben. Nimmt man uns dieses Stückchen Erdboden weg, werden wir uns immer danach zurücksehnen."
Wieviel Falten sein Gesicht bekommen hat! Falten, die mehr aussagen über seine Entbehrungen, Sorgen, Sehnsüchte als alle Worte. Oyei fällt es schwer, Tröstendes zu sagen.

„Du bist ja nicht für immer hier, Vater! Zwei Jahre sind um. Dieses letzte vergeht auch. Und dann hast du wieder dein Edo! Wird das ein Festtag für uns sein!"
Ob er das durchhält, denkt sie im stillen, noch dieses Jahr? Zweifelnd beobachtet sie ihn. Wäre es überhaupt gut, wenn er es erlebt? Würden nicht zuviel Illusionen zerstört werden? Wird er nicht angesehen werden wie das Fossil einer ausgestorbenen Tierrasse, erstaunt und verwundert: was, den gibt's noch?
Oyei hat Mühe, Munterkeit vorzutäuschen.

44

Hokusai hat durchgehalten. Drei bittere Jahre lang. Endlich, endlich ist die Schuld verjährt. Endlich darf er sich wieder in Edo sehenlassen. Wenn ihn etwas am Leben erhalten hat, dann war es die Hoffnung auf diesen Tag.
Im ersten Morgendämmern bricht er auf. Er hat es nicht mehr nötig, das Tageslicht zu scheuen. Alles dauert ihm zu lange. Siebenmeilenstiefel wünscht er sich.
Erst jetzt wird ihm bewußt, wie sehr er in seiner Einsiedelei vom Geschehen im Lande abgeschnitten war. Je näher er Edo kommt, desto verheerender wirken sich die Folgen der Dürre aus. Überall gab es Mißernten. Der Reis steht verdorrt auf dem Halm, die Süßkartoffeln sind halbwüchsig vertrocknet, die Auberginen konnten keine Früchte ansetzen, nur ein paar Rettiche waren zu ernten. In vielen Orten versiegten die Brunnen. Seuchen wüten. Die Hungersnot hat viele Gesichter.
So still waren die Dörfer noch nie. Kein Hahn kräht, keine Ente schnattert, kein Schaf blökt, keine Ziege meckert. Selbst Hunde und Katzen sind selten geworden. Die wenigen, die noch herumstreunen, sind so mager, daß sich kein noch so Hungriger an ihnen vergreift. Kinder betteln Hokusai an. Ausgerechnet ihn, der selbst nichts hat. Auf einem Feld bricht ein Pferd zusammen. Im Nu stürzen von allen Seiten Menschen darauf zu. Hokusai sieht, wie sie das noch warme Fleisch auseinanderschneiden, gierig wie Hyänen.
Beklemmung erfaßt Hokusai. Wie wird es dann erst in der Großstadt aussehen! Warum ist von alledem nichts zu ihm gedrungen?
In mehreren Dörfern sind die Häuser der Schulzen niedergebrannt. Racheakt der Verzweifelten.
Hokusai vermeidet Zwischenaufenthalte. Auch Fälle von Kannibalismus sollen

vorgekommen sein. Nein, davor muß er sich nicht fürchten. Sein bißchen Muskelfleisch würde zäh sein wie das einer uralten Wildgans. Hokusai lacht gequält auf. Sonnige Gedanken sind das, mit denen er auf sein ersehntes Edo zugeht!
Kommt er vom Regen in die Traufe? Wer schert sich in Notzeiten um Kunst! Wozu das ganze Mühen um höhere und noch höhere Vervollkommnung! Verhöhnen werden sie ihn, wenn er in solchen Zeiten Geld verlangt für Kunst! Zu Schleuderpreisen wird er arbeiten müssen. Und hinsehen wird man höchstens, wenn es etwas zu lachen gibt. In diesen lausigen Zeiten. Seine Kehle ist ausgedörrt. Ein Becher Wasser kostet mehr als früher ein Becher Sake.
Jetzt sucht Hokusai zum Übernachten nach einer Herberge mit möglichst viel Menschen. Nur in der Meute kann der einzelne sich jetzt halbwegs sicher fühlen. Diebe wird sein Aussehen gewiß nicht anlocken. Auf einen Ri Entfernung sieht man, daß bei ihm nichts zu holen ist. Trotzdem, alles scheint unsicher!
Am Stadtrand kommt Oyei ihm mit ein paar Schülern und Freunden entgegen. Viele sind es nicht. Einige sind inzwischen gestorben, andere verzogen, noch andere verhindert. Zu viel Zeit liegt dazwischen. Jahre!
Hokusai freut sich über jeden einzelnen. Nach allem, was er sah unterwegs, hatte er nicht einmal das erwartet.
Sie haben ein bescheidenes Mahl vorbereitet, an den Verhältnissen gemessen ein fürstliches.
Die Unterhaltung springt hin und her. Hokusai hat Mühe, ihr zu folgen. Unter Menschen zu sein – er hat es fast verlernt. Als er mit Oyei allein ist, taut er erst ganz allmählich auf.
Oyei hat alles vorbereitet. Sie ahnte, daß er nach dem Ausschlafen als erstes nach seinen Büchern und Drucken fragen würde. Zu lange hat er ohne sie auskommen müssen. Glücklich wie ein reich beschenktes Kind sitzt er da, beide Fuji-Serien vor sich.
„Ach, Oyei, du glaubst nicht, wie mir dies alles gefehlt hat! Es ist ein Teil meines Ichs. Und wenn ich auch nie geruht habe, immer wieder Neues zu erfinden und zu zeichnen, man braucht auch den Rückblick. Den Rückblick zumindest auf die Gipfel, die man erklommen hat."
„Schön, daß du endlich wieder da bist!"
„Ach, sieh mal, meine Woge! An sie habe ich oft denken müssen – ja, sie ist wirklich gelungen!"
Hokusai ruht nicht, bis er mit allen seinen Holzschnitten und Skizzen Wiedersehen gefeiert hat. Darüber vergehen Tage.
„So, nun muß ich aber endlich Kobayashi meine Aufwartung machen!"
Unangemeldet kommt er ins Verlagshaus. Vergebens sucht er nach seinen Drucken. Sie hingen hier doch immer aus.

Die Angestellten kennen den alten Mann nicht. Wissen nicht, was er sucht. Farbholzschnitte, ja die haben sie mehr als genug. Er möge sich nur in Ruhe umsehen. Hokusai stutzt. Was hier hängt, hat in manchem eine verdammte Ähnlichkeit mit seinen Landschaftsdrucken, aber so vergeßlich kann er doch wohl nicht geworden sein, daß er sie nicht wiedererkennt! Nein, nein, solchen Tiefenstoß hat er seinen Blättern nie gegeben. Die Ähnlichkeit bleibt oberflächlich, in den Motiven. Hokusai wird unruhig. Von wem ist das? Wer hat hier in seiner Abwesenheit den Platz eingenommen, den er innehatte? Er geht dicht heran, um den Namen zu entziffern. Ando Hiroshige. Ach ja, Takaido-Serie. Richtig, von ihm war damals schon die Rede. Er also ...
Hokusai wird still, möchte am liebsten unerkannt wieder umkehren, aber da kommt gerade Kobayashi aus dem Sitzungszimmer und erkennt ihn.
Im Büro sitzen sie sich gegenüber. Hokusai bedankt sich das eine über das andere Mal. Wie hätte er die Jahre überstehen sollen ohne den Verleger! Kobayashi wehrt seinen Dank ab. Schließlich war Hokusai einmal ein gutes Geschäft für ihn. Da war er ihm einiges schuldig. Vorsichtig tastet Hokusai sich vorwärts. Wie soll es weitergehen? Kobayashi lächelt höflich, zu höflich. „Lebt Euch erst einmal wieder ein in Edo! Alles andere wird sich ergeben." Hokusai begreift: das war eine Absage. Hiroshige.
Mit hängendem Kopf geht er nach Hause. Oyei hat es kommen sehen. „Nimm es nicht so schwer, Vater! Das Blatt wendet sich wieder!"
Hokusai aber läßt sich auf das Sitzkissen nieder und brütet dumpf vor sich hin. Lange. Dann fragt er: „Oyei, was weißt du über diesen Hiroshige?"
Oyei überlegt. Sie muß es ihm vorsichtig beibringen. „Er ist zweiundvierzig, also siebenunddreißig Jahre jünger als du. Ich glaube, du warst insgeheim immer sein Vorbild. Sein ganzer Weg als Künstler ähnelt dem deinigen. Er lernte den Kano-Stil bei Rinzai, wurde Schüler bei Utagawa Toyohiro, wurde mit fünfzehn dort freigesprochen, malte Surimono, erlernte den chinesischen Stil. Als Inspekteur der Flußläufe am Tokaido bereiste er ganz Japan. Im Auftrag des Shogun hatte er eine Gesandtschaft nach Kyoto zu begleiten, um die Empfangszeremonie zu malen. Aber das weißt du sicher, Vater. Das war ja noch vor Uraga. – Na ja, er hat wie du mit Ukiyo-e, Buchillustrationen, Frauen- und Schauspielerbildern angefangen und – als er so an die dreißig kam – sich auf die Landschaften geworfen."
„Hm." Hokusais Miene hellt sich nicht auf. Er hat schwer daran zu schlucken. „Dann bin ich jetzt also überflüssig."
„So darfst du das nicht sehen, Vater! Du warst doch nie ungerecht in deinem Urteil."
„Er hat mir also alles nachgemacht und mich ausgestochen."
Oyei schüttelt heftig den Kopf. „Vater! Denk doch mal zurück! Als du zwei-

undvierzig warst, hast du da gefragt, ob du jemandem den Rang abläufst, jemandem das Brot wegißt? Nein! Du warst bemüht, vorwärtszukommen, besser zu werden, eignetest dir alles an, was dir auf diesem Wege als nützlich erschien, und freutest dich über jeden Erfolg. Mit Sicherheit hast du da auch anderen auf die Füße getreten, ohne es zu merken. Und anders ist es mit Hiroshige auch nicht."
Vielleicht hat sie recht. Trotzdem ist es bitter, so schnell vergessen zu sein, zum alten Eisen geworfen zu werden!
„Vater!" Oyei strahlt ihn vertrauensvoll an. „Du müßtest dich sehr verändert haben, wenn dich das umwirft! Hast du nicht dir und allen versprochen, einhundertzehn Jahre alt zu werden und mit jedem Jahr ein immer besserer Künstler?"
„Stimmt, mein Kind! Es ist gut, daß du mich daran erinnerst! Im gleichen Atemzug habe ich auch gesagt, daß ich unzufrieden bin mit allem, was ich vor meinem siebzigsten Jahre geschaffen habe. Also, was kümmert mich ein Grünschnabel von zweiundvierzig!"
Oyei atmet auf. Der Knoten scheint gerissen.
Hokusai stellt sich auf den Markt. Er hat ein neues Gesellschaftsspiel erfunden. Enaoshi. Jeder, der ein Bild bestellen will, darf den ersten Punkt oder Strich malen. Schaulustige finden sich ein. Hokusai setzt auf den Spieltrieb. Der Verdienst ist gering. Ein Sho Reis für ein Bild. Wenn er Glück hat, bringt er dreißig Sho Reis an einem Tag nach Haus.
So, ganz allmählich, lebt Hokusai sich wieder in Edo ein.

45

Nach der langen Trockenheit mußte dieses Gewitter kommen. Seine Heftigkeit überrascht nicht. Schnell wie Peitschenhiebe folgen Blitz und Donner aufeinander. Alle in Edo halten den Atem an, wo wird es diesmal einschlagen? Edo mit seinen aneinanderstoßenden Holzhäusern brennt oft. Meistens nachts. Für die entfernter Wohnenden ein Schauspiel, für das es sich lohnt, aufs Hausdach zu steigen. Was häufig passiert, verliert seinen Schrecken. Trotzdem hofft jeder, daß es nicht ihn trifft.
Immer schwerer krachen die Donnerschläge herab. Noch hat es keinen Tropfen geregnet. Fast taghell überfluten die Blitze für Augenblicke die Innenräume. Immer kürzer werden die Pausen. Da! Plötzlich kracht es so ohrenbetäubend, daß kein Zweifel bleibt: Jetzt hat es eingeschlagen! Und schon läuten

die Sturmglocken. Geschrei erhebt sich, ein Rennen, Rufen, Klappern, plötzliche Aufregung.

„Vater, das muß in der Nähe sein!" Oyei rennt zur Tür. „Vater, sieh mal dort! Das Feuer kommt auf uns zu! Wir müssen weg! Schnell! Laß alles liegen und komm!"

Hokusai zittert vor Schreck. In der Panik greift er nach dem Teekessel aus dem Palast des Shogun. Wie ein Traumwandler geht er auf die Tür zu. Oyei reißt ihn förmlich aus dem Haus. „Wir müssen laufen, bevor die Straßen verstopft sind. Sonst bringen wir nicht einmal uns in Sicherheit." Sie stützt ihn. In der Eile hat er nicht mal den Krückstock mitgenommen. Sie werden hinweggerissen vom Sog der Flüchtenden, eingekeilt zwischen Frauen und Kindern, zwischen Alten und Kranken. Die Jungen haben zu bleiben und den Kampf gegen das Feuer aufzunehmen. Immer noch jagen Blitze durch die Nacht. Immer noch rollen Donnerstaffeln heran. Und dann – wie eine Erlösung prasselt der Regen herab.

Oyei sieht sich um. Löscht der Regen das Feuer? Hat er ein Einsehen und verschont wenigstens Hokusais Habe? Sie kann nicht stehen bleiben, wird weitergeschoben im Strom der Menschen. Noch sieht es nicht so aus, als ob das Feuer besiegt wäre. Noch facht der Sturm es an, läßt es sich mit rasender Geschwindigkeit ausbreiten. Das bißchen Regen sorgt höchstens für mehr Qualm. Daß auch jetzt gerade soviel Brunnen versiegt sind! Die Pumpleitungen zum Fluß sind zu lang. Es kostet Zeit, zu viel Zeit. Die Löschtrupps schonen sich nicht, aber es vergeht die ganze Nacht, bis die Gefahr völlig gebannt ist.

Oyei und Hokusai stochern in den verkohlten Resten ihrer einstigen Behausung. Vergebens. Nichts, aber auch nichts ist ihnen geblieben. „Wein nicht, Oyei! Es war Schicksal. Den anderen geht es auch nicht besser!"

„Nein, das darf nicht wahr sein! Alle deine Drucke und Zeichnungen weg! Alles, was du zum Zeichnen und Malen brauchst! Nein, Vater, womit hast du das verdient!" Sie wundert sich, wie er das aufnimmt.

„Es hilft nichts. Ich muß neu anfangen. Es ist ja nicht zum ersten Mal. Im Neuanfangen habe ich allmählich Übung, Oyei."

Sie sieht ihn verstört an. Nein, diese Ruhe kann nicht echt sein. Sicher nur ein Schutzschild, eine Tarnung. Der Zusammenbruch kommt erst später.

Aber Oyei irrt sich. Hokusai kommt schneller darüber hinweg, als sie für möglich gehalten hätte, und aus allem Unglück findet er immer noch etwas heraus, was noch schlimmer hätte sein können. Zum Beispiel, wenn seine Habe verbrannt wäre, während er in Uraga war. Dann hätte er nicht Wiedersehen feiern können mit allem, woran er bisher gearbeitet hat. Das wäre viel schlimmer gewesen. Und überhaupt! Die Drucke gibt es ja nicht nur in einer Ausführung.

Bei Freunden kann er sie bei Bedarf ansehen. Außerdem hat sich herausgestellt, daß Nachbarn doch in letzter Minute noch ein paar Stücke gerettet haben. Und die Materialien, die kosten zwar Geld, sind aber ersetzbar.
Woher nimmt Hokusai nur die Kraft, nicht zu verzweifeln! Oyei bewundert ihn.
„Vielleicht war es ein Zeichen, daß ich mich von allem Bisherigen befreien soll, Oyei. Letztlich habe ich meine Vergangenheit und alles, was ich geleistet habe, in mir, in meiner Erinnerung. Wir sprachen doch erst kürzlich über das Streben nach immer größerer Vervollkommnung. Vielleicht bin ich dazu jetzt befähigter, wenn ich nicht immer wieder in Versuchung gerate, nachzusehen, wie ich diese oder jene Aufgabe früher gelöst habe. Es heißt: Der durch Übung Gereifte siegt, ohne zu kämpfen."
Oyei sieht ihn verständnislos an.
„Oyei, hörst du mir überhaupt zu? Wir haben es doch mit heiler Haut überstanden. Ist das nichts! Das Heiße ist vergessen, hat es erst die Kehle passiert!"
„– und eine Katze, selbst von großer Höhe herabgeworfen, fällt stets auf die Füße. Ach, Vater, du mit deinen Sprüchen!"
„So gefällst du mir wieder besser! Mach dich nur lustig über deinen alten Vater!"
„Wieso alt? Wenn du vorhast, einhundertundzehn Jahre alt zu werden, dann hast du doch noch fast dreißig Jahre vor dir und bist im besten Mannesalter."
Hokusai schmunzelt. „Wenn man es so sieht, hast du völlig recht." Was ist er doch für ein verrückter Kauz! Aber Oyei möchte ihn gegen keinen anderen Vater der Welt eintauschen.
„Weißt du, wozu ich jetzt Lust hätte?"
„Nein."
„Ich möchte gern eine Zeichnung machen von dir, im besten Mannesalter von achtzig Jahren. Soll ich?"
„Da bin ich aber richtig gespannt. Wo wir doch jetzt auch keinen Spiegel mehr besitzen."
„Opferst du denn dafür ein Blatt Papier?"
„Aber ja! Schließlich leben wir ja ohnehin von Spenden. Und ich wüßte gern mal, wie meine Tochter ihren Vater sieht."
Oyei läßt sich nicht lange bitten. Geübt wie sie längst ist, geht es ihr schnell und leicht von der Hand. Sie umreißt den langgestreckten Kopf mit dem energischen Kinn, der langen Nase, den fast waagerechten wulstigen Brauen, dem breiten Mund, den tiefen Querfalten auf der Stirn, den wenigen Haarresten und den langgezogenen Ohren.

Während sie die Linie vom Ohransatz zum Ohrläppchen herabzieht, muß sie fast lachen. „Vater, du hast Ohren wie ein richtiger Buddha. So langgezogene Ohrläppchen, als ob einst viel Schmuck darangehangen hätte. Stimmt eigentlich. Du hättest ebensogut ein Geistlicher werden können, weil du leicht auf irdische Güter verzichten kannst."

„Ich glaube eher, daß das Leben mir die Ohren langgezogen hat, weil ich immer ein Lausbub war."

„Vielleicht war das bei Buddha auch der wirkliche Grund für die langen Ohrläppchen, und die andere Erklärung wurde nur nachträglich erfunden. Wegen des gebührenden Respekts."

„Oyei, Oyei! Du lebst schon zu lange bei mir. Im Lästern bist du mir fast ebenbürtig!"

„Wenn du das doch bloß einmal von meinen Zeichnungen sagen würdest. Hier! Hier hast du deinen Spiegelersatz!"

Sie reicht ihm sein Konterfei hinüber. Er betrachtet es zustimmend und nachdenklich. Sicher ist es gut getroffen und ähnlich. Kahl, runzlig, hager, krumm und fast halslos. Achtzig ist wohl doch nicht mehr so ganz das beste Mannesalter.

46

Jahr um Jahr zeichnet und malt Hokusai mit der ihm eigenen Besessenheit. Als müsse er in Jahren neu schaffen, was er vorher in Jahrzehnten schuf. Immer noch zeichnet er mit sicherer Hand und braucht keine Brille. Vieles entsteht mit spielerischer Leichtigkeit. Aber Selbstzufriedenheit kennt Hokusai auch jetzt nicht. Plötzlich packt ihn die alte Unruhe. „Oyei, ich war noch nie im Nordwesten von Honshu. Dort gibt es bestimmt auch viel zu entdecken."

Oyei stutzt. „Heißt das etwa – nein, Vater, das kann doch nicht ernst gemeint sein! Hast du dir klargemacht, wie weit das ist!"

„Stottere nicht rum, Oyei! Du weißt, was ich mir einmal in den Kopf gesetzt habe, sitzt fest."

„Gerade jetzt, wo wir uns wieder ein bißchen aufgerappelt haben und du in Ruhe hier sitzen könntest, machst du dir das Leben wieder anstrengender und gefahrvoller, als es sein muß!"

„Und gleich kommt: ‚du bist immerhin fünfundachtzig.' Bitte keine Anspielungen auf mein Alter! Zählen kann ich selbst."

Nein, sie muß ihren Widerstand aufgeben. Er ist einfach unverbesserlich. Ein-

wände verderben ihm höchstens die Laune. Sie holt tief Luft und fragt: „Wann?"
„Bald. Übermorgen! Viel brauch ich ja nicht."
Sie packt seine Sachen und verkneift sich die mütterlichen Ermahnungen, die ihr auf der Zunge liegen.
Hokusai ist froh. Die Landstraße bietet immer wieder ein Panorama von unübertrefflicher Lebendigkeit. Menschen aller Altersstufen und sozialen Schichten ziehen vorüber wie auf einer Bühne mit stets wechselnder Landschaftskulisse. Das ist ein anderes Wandern als damals, als er auf der Flucht war. Hier kann er jederzeit stehenbleiben, Eindrücke in sich aufsaugen oder gleich skizzieren, kann horchen auf die unterschiedlichen Dialekte, die ihm verraten, aus welcher Provinz die Menschen kommen, kann erraten oder erfragen, in welchen Angelegenheiten sie unterwegs sind, schließlich haben alle einen Grund, unterwegs zu sein. Unterwegs sein – besteht darin nicht der Reiz des Reisens? Offen zu sein für Unerwartetes, Überraschendes, nie Gesehenes? Für Hokusai ganz gewiß. Geradezu kindliche Neugier treibt ihn vorwärts. Überall gibt es etwas zu beobachten. Das Leben ist unerschöpflich im Erfinden neuer Szenen und Situationen. Nichts entgeht Hokusai. Nicht die Schnecke im Gras, die Kinder beim Stangenklettern oder Turnen, die Angler am Bach, die Proviantträger beim Furtdurchwaten, die Wildgänse im Flug, die Hähne im erbitterten Zweikampf, die Kurtisanen bei handgreiflicher Kundenwerbung, die Gaukler mit ihren grotesken Bewegungen, die fliegenden Händler am Wegrand, die Pferde, die Hunde, die Spatzen, die fallenden Blätter, die Wasserfälle in den Klippen, die blaublühenden Winden, die Sonnenschirme, runden Hüte, Kimonomuster, Haorigewänder – alles tausendfach gesehen und gezeichnet und doch immer wieder neu und unerschöpflich in Formen und Farben.
Hokusai lebt auf. Einbezogen in dieses bunte Treiben, fühlt er sich dem Leben zugehörig auf eine gesteigerte Weise. Er lebt in allem, und alles lebt in ihm. Vielleicht kann er doch noch das einst gegebene Versprechen erfüllen und so alt werden, daß er das innerste Wesen der Dinge zu erfassen vermag!
Seine Skizzenbündel wachsen auf dieser Reise so an, daß er sie einrollen, verschnüren und nach Hause schicken muß. Sie würden ihn zu sehr belasten.
Oyei erschrickt, als das Bündel ankommt. Sollte ihrem Vater etwas zugestoßen sein? Erleichtert glättet sie den Inhalt. Er beweist, daß es Hokusai gutgeht.
Nach langen Wochen kehrt er zurück. Munter, verjüngt und voll neuer Pläne. Rastlos wie eh und je.
„Und dann, Oyei, muß ich eine Abhandlung schreiben über die Farbe, über das Kolorit, verstehst du! Ich habe festgestellt, daß die meisten Menschen ihre Augen viel zu wenig gebrauchen und daß ihnen dadurch viel entgeht. Aufgabe und Anliegen des Künstlers aber ist, den Augensinn des Menschen zu berei-

chern und zu verfeinern. Ganz wichtig dabei ist das Kolorit. Jede Farbe hat einen Stimmungston, weckt ganz bestimmte Erinnerungen. Hast du einmal darüber nachgedacht, Oyei?"
„Sicher nicht so wie du."
„Wir haben doch manchmal die Farbholzschnitte in unterschiedlichen Tönungen drucken lassen. Die Folge war: sie wirkten ganz anders. Das muß man doch untersuchen! Warum geht uns das Herz auf bei einer klaren, ungemischten Farbe, dem Rot einer Mohnblüte, dem Blau einer Winde, dem Gelb eines Rapsfeldes? Und warum erfaßt uns Wehmut und Sehnsucht beim Anblick von Mischfarben, dem Violett der Veilchen und Glockenblumen, dem Orange des Abendhimmels, dem Rosa der Seerosenteiche?"
„Das sind Gefühle, Vater. Die lassen sich wohl kaum begründen!"
Hokusai läßt sich in seiner Begeisterung nicht hemmen. „Aber untersuchen muß man sie. Die Künstler müssen damit umgehen, müssen wissen, welche Macht in der richtigen Farbtönung und Farbzusammenstellung liegt. Alles läßt sich erreichen, wenn es stimmt, alles verpfuschen, wenn es nicht stimmt."
„Aber ich denke, das richtige Empfinden dafür macht den Künstler aus. Hat er es, ist er Künstler, hat er es nicht, ist er eben kein Künstler!"
„Kind, du machst dir die Sache zu leicht! Jeder Künstler muß doch sein Leben lang experimentieren. Natürlich wird es niemals Formeln und Vorschriften geben für das, was letztlich die Kunst ausmacht. Man wird auch keinem Künstler sagen können: tu dies und laß jenes, dann wirst du unsterblich sein. Letztenendes muß er das für ihn Richtige schon selbst herausfinden. Aber ich denke, Hilfen kann und muß man ihm anbieten und Erfahrungen vermitteln. Über das Zeichnen habe ich schon allerlei zu Papier gebracht, aber noch nichts über das Kolorit."
Oyei wird still. Gewiß hat er recht. Schließlich hat sie selbst sich nach den Anweisungen seiner Bücher im Zeichnen geübt. Damals, als er in Obuse in der Provinz Shinano war.
Ich habe meinen Vater wohl immer unterschätzt, denkt Oyei. Bei ihm lernt man nie aus.

47

Hokusai wacht aus tiefer Bewußtlosigkeit auf. Schwärze ist um ihn. Seine Augen sehen nichts. Es saust in seinen Ohren, so daß er auch nichts hören kann. Raum und Zeit scheinen ihre Begrenzungen verloren zu haben.

Wo bin ich?
Es dauert lange, sehr lange, bis das Dunkel sich ein bißchen aufhellt. Sprach da nicht jemand? Ach ja, das wird Emma-o sein, der Herrscher der Unterwelt. Ich habe ihn unterhalten, um ihn hinzuhalten, ihn abzubringen von dem Vorsatz, mich schon jetzt mitzunehmen. Und dabei geschah es mir, daß ich auf mich und meine Vergangenheit hinabsah wie vom Schnürboden auf eine Bühne, so als hätte ich mein Bewußtsein bereits aus meinem Körper gelöst und schwebe außerhalb von mir, ganz seltsam!
Ob das mein ganzes Leben war? Nein, Herr Emma-o, natürlich nicht. Wie sollte es möglich sein, in wenigen Nächten ein Leben von neunzig Jahren abzuwickeln!
Ob alles der Wahrheit entsprach? Eine heikle Frage, sie bringt mich in Verlegenheit. Es waren die Situationen meines Lebens, die mir heute rückblickend als wichtig erscheinen. Ob sie's damals waren – wer weiß das noch? Gibt es das überhaupt, eine wahrheitsgemäße Lebensgeschichte? Jede Lebensgeschichte – ob die eigene oder die fremde – wird immer zu einem gewissen Bestandteil Dichtung und Legende sein. Das liegt in der Natur des menschlichen Gedächtnisses. Es betont, unterstreicht, streicht aus, verschönt und verhäßlicht. Was zurückbleibt, ist Umschreibung, nicht Abbild. Ihr zweifelt? Dann sagt mir heute im genauen Wortlaut die Sätze, die Ihr gestern gesprochen habt! Ihr könnt es nicht? Dann sind wir uns einig. Genau das meine ich. Es ist ein seltsam Ding um unsere Erinnerung.
Die sogenannten Tatsachen allein machen das Leben nicht aus. Tatsachen – ein seltsames Wort! Die Sachen, die ich tat? Nein, auch die Sachen, die ich nicht tat, zählen bei der Abrechnung. Und die Sachen, die ich mir zueigen machte, faßbare und unfaßbare. Ich habe mich redlich bemüht, sie Euch zu nennen. Wenn ich richtig gezählt habe, dann war es dreiunddreißigmal, daß ich meinen Namen geändert habe, und dreiundneunzigmal, daß ich das Dach über dem Kopf wechselte. Erst unter dem hundertsten wollte ich mich zur letzten Ruhe ausstrecken. Das Werk, das ich hinterlasse, kann ich unmöglich mehr übersehen. Die gezeichneten und gedruckten Blätter gehen wohl in die Zehntausende. Ich habe geschuftet wie ein Sklave, oft gehungert und schlecht gelebt. Wichtig war mir nie, wie und wovon ich lebe, sondern wofür. Und das habe ich immer gewußt. Ich wußte genau, was ich wollte, und noch genauer, was ich nicht wollte. Danach richtete ich mein Leben ein und verteidigte meine Ziele, wenn es sein mußte im Streit. Niemand kann mir vorwerfen, jemals meine Ziele verraten zu haben. Nichts habe ich versäumt, was meine Kunst weiterbringen konnte. Ich habe gezeichnet, was ich vor mir und in mir sah, habe alle Feinheiten der Drucktechnik ausgeschöpft, alle Schulrichtungen der alten und neuen japanischen Kunst studiert und ausgewertet, habe die eu-

ropäische Perspektive studiert und die chinesische Tuschmalerei. Wer also kann mich an Vielfalt überbieten? Ja, und Bücher habe ich geschrieben, billige Hefte zunächst mit Illustrationen, dann Gedichte und Romane und theoretische Abhandlungen ...
Ihr meint, ich richte mich mit meinen eigenen Argumenten? Das alles beweise nur, daß ich mit meinen Möglichkeiten bis an die äußerste Grenze des Erreichbaren gegangen wäre? Nein, Herr Emma-o, das stimmt nicht! Mit jedem Tag beginnt das Leben neu. Und es beginnt mit der Neugier auf diesen Tag. Es gibt immer noch ein Weiter und Höher. Die Kunst kennt keinen Endpunkt!
Ich hätte noch ausführlicher sein können. Viele Einzelheiten habe ich ausgelassen, all die frühen Lehrer. Aber was hätte das bewiesen! Überzeugen wollte ich Euch, nicht totreden. Aber ich spüre am ganzen Leibe, daß ich Euch nicht überzeugen konnte. Schade! Wieder taucht Hokusais Bewußtsein in das Dunkel zurück.
Oyei kniet neben seinem Lager auf der Tatamimatte und legt ihm ein nasses, kühlendes Tuch auf die Stirn. Zuckten nicht eben seine Augenlider?
„Wo bin ich?" Ganz schwach ist seine Stimme.
„Zu Haus, Vater."
„Wo – zu Haus?"
„Im Atelier in Asakusa im Stadtviertel Shoden, wohin wir vor einem Jahr gezogen sind."
Hokusai grübelt angestrengt und zieht sich wieder in sich selbst zurück.
Als er den Kopf dreht, rutscht unter der Nackenstütze ein Brief heraus, adressiert an seinen Freund Takaghi. Oyei zögert. Soll sie den Brief an sich nehmen? Er muß ihn vor längerer Zeit geschrieben haben. Schon längst hatte er nicht mehr die Kraft dazu. Sie wartet. Als sie das Gefühl hat, daß er sie versteht, fragt sie: „Möchtest du, daß ich den Brief abschicke?" Hokusai nickt. Oyei nimmt den Brief und geht damit hinaus. Wieder zögert sie. Soll sie ihn ungelesen weggeben oder ihn kurz überfliegen? Zu gern wüßte sie, was ihr Vater in seinem vermutlich letzten Brief mitzuteilen hat. Sie wüßte ein wenig mehr darüber, was in ihm vorgeht. Versiegelt und verklebt ist er nicht. Also gibt sie der Versuchung nach und liest die schwer lesbare Schrift:
„Der König der Unterwelt, der Herrscher Emma-o, ist recht alt geworden und bereitet sich vor zum Rücktritt von seinem Geschäft. Zu diesem Zweck hat er sich ein hübsches kleines Landhaus bauen lassen und ersucht mich, hinzukommen, ihm ein Kakemono zu malen. Ich werde also in einigen Tagen abreisen müssen und alsdann meine Zeichnungen mit mir nehmen. An der Ecke der Straße der Unterwelt werde ich mir eine Wohnung mieten, wo ich mich glücklich schätzen werde, dich zu empfangen, wenn du Gelegenheit findest, dort vorbeizukommen!"

Oyei reibt sich die Augen, ob sie sich nicht verlesen hat. Es ist nicht zu fassen. Selbst angesichts des Todes macht er seine Scherze. Es ist ihm also längst klar, daß er von diesem Krankenlager nicht mehr aufstehen wird. Fällt ihm der Abschied vom Leben wirklich so leicht? ... Sie versiegelt den Brief, holt eine kleine Münze und winkt ein Nachbarskind, den Brief zur Poststation zu bringen.
Hokusai hat die Augen geöffnet und sieht sie jetzt ganz klar an. „Oyei, lies mir doch mal vor, was die Dichter in den alten Büchern über das Sterben gesagt haben!"
Oyei schluckt. Welche Bücher? Hat Vater denn schon wieder vergessen, daß alle ihre Bücher verbrannt sind! Aber sie hat ein gutes Gedächtnis für Gedichte und erinnert sich. „Du meinst das Gedicht von Yamanoe no Okura vor über tausend Jahren?"
Hokusai nickt. Oyei rezitiert:

> „Solange die Spanne
> unseres Lebens hier währt,
> sehnen wir uns alle
> nach Ruhe, Stille und Frieden,
> hoffen, daß Unheil
> und Trauer fern von uns bleiben,
> jedoch diese Welt
> erspart uns nicht Kummer noch Leid.
> Es ist so, fürwahr
> als würde uns gegossen
> salziges Wasser
> in schmerzende Wunden,
> oder, wie das Sprichwort sagt:
> dem ohnehin zu schwer beladenen Pferd
> bürdet man stets noch mehr auf.
> Nun, da ich alt bin,
> stellt Krankheit auf Krankheit sich ein,
> schüttelt den Körper
> quält ohne Unterlaß mich;
> klagend und seufzend
> verbring ich die Tage,
> stöhnend und jammernd
> durchwach ich die Nächte ...
> Einer Wasserblase gleich
> vergänglich ist mein Leben.

> Dennoch wünsch ich
> es wäre lang wie ein Seil
> von vielen tausend Fuß.
> Bin so armselig
> wie ein Armband aus Tuch,
> besitze kaum etwas
> und ersehn doch ein Leben
> von viel tausend Jahren."

Stille. Eine unheimliche Stille voll innerer Spannung. Oyei weiß nicht, ob ihr Vater ihre Stimme überhaupt noch hört. Hokusai atmet schwer.
... und ersehn doch ein Leben von viel tausend Jahren. Eine alte Geschichte. Immer wieder dieses Aufbäumen, dieses Trotzalledem! Heute wie vor tausend Jahren. Dabei ist es so unvernünftig. Ins Unvermeidliche hat der Mensch sich zu fügen! Der Abschied muß sein. Bald! ... Emma-o hat recht. Wenn er alle Bitten erhören würde, wie sähe es dann auf der Welt aus! Sie wäre bevölkert von lauter vergreisten, uralten Menschen und hätte keinen Platz für die Jungen. Einhundertundzehn Jahre alt werden zu wollen – ich gebe zu, das war vermessen von mir. Das wären jetzt noch zwanzig Jahre. Nein, Herr Emma-o, das konntet Ihr nicht zulassen. Ich seh es ein!
„Aber zehn Jahre könnte ich doch noch leben!"
Oyei erschrickt. Mit wem spricht Vater? Doch nicht mit mir! Spricht er mit Geistern? Ihr wird unheimlich zumute.
Inzwischen steht die Sonne so hoch, daß der Strauß kunstvoll zusammengestellter Blüten im Tokonoma im Widerschein der seidenartig glänzenden Papierbespannung aufleuchtet. Der ganze Raum mit dem Braun der Holzpfosten, dem hellen Ocker der Binsenmatten und dem Elfenbein der Wände scheint nur für diese eine, die vierte Wand geschaffen, um die sparsamen Farben der Blumen, des Rollbildes und der Maske zur Geltung zu bringen.
Hokusai wird unruhig, versucht, sich aufzurichten, fällt zurück und murmelt Unverständliches. Oyei beugt sich ängstlich über ihn und versteht Bruchstücke: „Wenn .... wenigstens noch fünf Jahre ...... großer Maler ..."
So weit also hat er seine Bitte heruntergehandelt. Auf fünf Jahre! Aber auch diese fünf Jahre werden ihm nicht mehr gewährt ...

Hokusai in seiner Zeit

1760	Hokusai wird in Edo (Tokyo) im Bezirk Katsushika geboren (als Tokitaro Kawamura). Er wächst auf als Sohn des Nakajima Ise, der Spiegelmacher des Shogun war.
	Georg III. wird König von England
1763	Beendigung des Siebenjährigen Krieges im Frieden von Hubertusburg
1765	Harunobus Farbdrucke erregen Aufsehen
	Joseph II. wird Kaiser des Heiligen Römischen Reiches
1767	Der japanische Schriftsteller Bakin wird geboren
1768	James Cook beginnt die Expeditionen nach Australien und Polynesien
1772	Hokusai arbeitet bei einem Leihbibliothekar
	Johann Balthasar Neumanns Klosterkirche Vierzehnheiligen wird geweiht
1774	Hokusai beginnt eine Lehre als Holzschneider
1775	Der nordamerikanische Unabhängigkeitskrieg beginnt
1778	Hokusai wird Schüler bei Katsukawa Shunsho, erhält ein Jahr später den Namen Shunro und malt vor allem Schauspielerbildnisse
1779	Lessings „Nathan der Weise"
1780	Hokusai beginnt Buchillustrationen
	Krieg Frankreichs, Spaniens und Hollands gegen England (bis 1783)
	Beginn der Kolonisierung Australiens durch England
1783	Anerkennung der Unabhängigkeit der USA
	Montgolfiers Heißluftballon
1786	Hokusai erhält den Auftrag, ein Festbanner für die Knabenmaifeier zu malen, und richtet sich die erste eigene Werkstatt ein
1786–1837	Regierungszeit des Shogun Ienari
1789	Beginn der Bürgerlichen Revolution in Frankreich. Sturm auf die Bastille
	George Washington wird Präsident der USA
	Goya wird Hofmaler in Madrid
1792	Shunsho stirbt
1793	Hokusai studiert bei Kano Yusen
1794–1795	Die Schauspielerbildnisse des Toshusai Sharaku erregen Aufsehen
1795	Als Tawaraya Sori malt Hokusai Frauenschönheiten, die ihm Ruhm einbringen

1797	Hokusai signiert erstmals als Hokusai
	Der Maler und Holzschnittmeister Ando Hiroshige wird geboren
1798	Hokusai lebt allein. Wahrscheinlich ist seine erste Frau gestorben, mit der er einen Sohn und zwei Töchter hatte
1799	Hokusai entwirft Landschaftsfolgen
	Alexander von Humboldt reist nach Südamerika
1804	Hokusai malt den Riesen-Daruma am Gokoku-Tempel, entwirft die Tokaido-Serie und wird vor den Shogun befohlen
1805	Schlacht bei Trafalgar
1806	Schlacht bei Jena und Auerstedt
	Goethe beendet „Faust I"
1807	Hokusai überwirft sich mit Bakin, dessen Romane er illustrierte
	Erster Dampfer auf dem Hudson
1808	Hokusai heiratet wieder
1809	Caspar David Friedrich malt den „Mönch am Meer"
1812	Hokusai reist durch das Kansai-Gebiet mit Aufenthalt in Nagoya
	Napoleons Truppen überfallen Rußland. Die Schlacht bei Borodino
1813	Völkerschlacht bei Leipzig
1814	Hokusais erster Skizzenband „Manga" erscheint
1815	Niederlage Napoleons bei Waterloo
1818	Festmahl für Hokusai in Osaka. Tod Shiba Kokans
1819	Beginn der Antarktisforschung
1823–1829	Hokusai arbeitet an der Farbholzschnittserie „Die 36 Ansichten des Fuji". Ein Schlaganfall unterbricht die Arbeit
1826	Philipp Franz von Siebold bereist als Schiffsarzt Japan
1827	Hokusais Farbholzschnittserie „Die Wasserfälle" entsteht
1828	Nach dem Tod der zweiten Frau lebt Hokusais Tochter Oyei bei ihm
	Heinrich Heine veröffentlicht sein „Buch der Lieder"
1830	Hokusai entwirft die Serien „Die Brücken" und „Hundert Erzählungen"
1833	Hokusai malt zwei Wandschirme mit den sechs Flüssen Tamagawa
	Hiroshiges „53 Stationen der Tokaido" werden veröffentlicht
1834	Hokusai beginnt die „Hundert Ansichten des Fuji" und flieht nach Uraga wegen der Schulden seines Enkels
1839	Hokusais Haus brennt ab
1845	Hokusai bereist den Nordwesten Honshus. Zahlreiche Gemälde entstehen

1848	Hokusai schreibt den „Traktat vom Kolorit"
	Sturz der Juli-Monarchie. Frankreich wird Republik
	Bakin stirbt
1849	Hokusai stirbt und wird am Seikyo-Tempel in Asakusa bei Edo beigesetzt
1868	Die USA erzwingen die Aufhebung der Sakoku, der Abschließung Japans

Erläuterungen

Amida	himmlisches Urbild des geschichtlichen Buddha
Bakin, Sankichi Takizawa	(1767-1848) bedeutender Romancier seiner Zeit in Japan Helden- und Abenteuerliteratur
Bodhisattva	buddhistischer Heiliger, der noch nicht die vollkommene Erleuchtung erlangt hat
Buddha	„der Erleuchtete", historisch: Siddhartha (560-480 v. u. Z.), indischer Gründer der Religion des Buddhismus
Buncho Tani	(1763-1842) einer der Hauptmeister der japanischen Buchillustration
Daibutsu	„großer Buddha"
Daimyo	„großer Name", in seinem Gebiet unumschränkter Lehnsfürst unter der Oberaufsicht des Shogunats
Daruma	japanische Schreibweise für Bodhidharma, der die indische Lehre in China einführte
Edo	heute Tokyo
Emma-o	legendärer Herrscher der Unterwelt
Fujisan	ehrfurchtsvolle Bezeichnung für den Fujijama
Fuß	altes Längenmaß, etwa 30 cm
Geta	hölzerne Sandalen mit zwei Querstegen darunter
Gohei	Stoffstreifen mit Gebeten und Bitten an den Tempeln
Goldoban	„große Münze", flaches Goldstück
Haori	halblanger, jackenartiger Männermantel mit eingedrucktem Familienwappen, Ausgehkleidung
Harakiri	vulgärer Ausdruck für die japanische Selbsttötung durch Bauchaufschneiden
Harunobu, Suzuki	(um 1725-1770) als Maler und Graphiker berühmt für die poesievolle Darstellung des Alltagslebens der Frau
Hotei	Glücksgott, meist lachend und dickbäuchig mit Fächer und schwerem Sack dargestellt
Ieyasu	(1542-1616) einte Japan unter dem Shogunat der Tokugawa-Dynastie (1603)
Ikebana	Kunst des Blumengestaltens, auf Spezialschulen gelehrt

Jahr der Ratte, des Hundes usw.	entspricht den 12 Zeichen des orientalischen Tierkreises (Ratte, Ochse, Tiger, Hase, Drachen, Schlange, Pferd, Schaf, Affe, Hahn, Hund, Eber), nach denen bis heute die Jahre benannt werden
Kagani	zeremonielles Niederknien am Wasser
Kakemono	schmales Rollbild in Längsformat
Kami	Gottheit des Shintoismus
Kannon	(chinesisch Guan Yin) buddhistische Göttin der Barmherzigkeit, mitunter vielarmig dargestellt
Kano-Schule	bestimmte vom 15. bis 18. Jahrhundert die offizielle Kunst in Japan Anfangs Pflege rein chinesischen Stils, später als besondere Eigenart Tuschmalerei
Katsukawa-Schule	Richtung des von Katsukawa Shunsho (1726 bis 1792) begründeten Malstils
Kimono	traditionelles japanisches Gewand für Frauen und Männer
Kinkaku-Tempel	„Goldener Pavillon" in Kyoto, ursprünglich 1397 errichtet, nach Brand erneuert
Kiyomizu-Tempel	ursprünglich 805, jetziges Gebäude 1633 in Kyoto errichtet, der elfköpfigen Kannon geweiht
Kiyonaga, Torii	(1752–1815) Ukiyo-e-Künstler, berühmt für seine Bilder schöner Frauen
Klafter	altes Längenmaß, entspricht etwa 2 m
Korin, Ogata	(1658–1716) suchte eine Synthese zwischen Kano- und Tosa-Stil
Koryusai, Isoda	(tätig um 1765–1784) Meister der Ukiyo-e in der Nachfolge Harunobus, bekannt durch seine herben Kurtisanentypen
Koto	waagerecht liegendes, harfenähnliches Zupfinstrument mit 13 Saiten
Kyoden, Santo	(1761–1816) Lehrer des Romanschriftstellers Bakin, schrieb die erste Biographie Hokusais
Kyoka	humoristische Verse
Lotosblume	Wasserrosengewächs, im Buddhismus Symbol der Reinheit (die Blüte wächst unbefleckt aus dem Wasser)
Makimono	Rollbild im Querformat
Makura	hölzerne, mit Stoff gepolsterte Nackenstütze
Mikado	alte Bezeichnung für Kaiser

Moronobu Hishikawa	(1618–1694), Begründer der Hishikawa-Schule, berühmt für Buchillustrationen in Schwarz-Weiß-Druck
Nippon	japanische Bezeichnung für Japan
Nofuk	ölgetränkte Regenbekleidung
Norimon	komfortable Reisesänfte
Obi	breiter, kunstvoll geschlungener Kimonogürtel
Omae	„Frau", Anrede durch den Ehemann
Pagode	turmartiger, meist mehrstöckiger buddhistischer Kultbau mit vorkragenden Dächern
Persimone	Dattelpflaumenart, wie auch die Kakifrucht
Ri	japanische Meile, entspricht 3 927 m
Roji	makelloser Ort, geweihter Bezirk
Ronin	herrenloser Samurai
Sake	aus Reis gegorenes alkoholreiches Getränk, heiß oder kalt getrunken
Sakoku	Abschließung Japans gegen die Außenwelt, 1603–1868
Samurai	Angehöriger des Feudaladels, Vasall des Shogun oder eines Daimyo, trug zwei Schwerter
Schrein	Shinto-Tempel, mit einer Verehrungshalle und einer Haupthalle, die nur dem Priester zugänglich ist, ohne Kultbild
Seppuku	ehrenhafte Selbsttötung
Shamisen	Zupfinstrument mit drei Saiten
Shinto	„Weg der Götter", heimische Religion mit Ahnen- und Naturverehrung
Shogun	ursprünglich militärischer Rang, seit Ieyasu Gegenkaiser mit der eigentlichen Herrschergewalt
Shoji	mit hellem Mattpapier beklebte Rasterholzschiebtüren, die zugleich als Fenster zum Garten hin dienen
Sumokämpfer	schwergewichtiger Ringer, aus einer Zeremonie zum Sport geworden
Surimono	„Druckding", Glückwunschblatt in Farbholzschnitt
Tatami	Flechtmatte aus Binsen und Reisstroh
Tenno	„Himmelskönig", Kaiser – im Gegensatz zum Shogun
Tokaido	„Ostmeerstraße" zwischen Edo (Tokyo), dem Shogunsitz und Kyoto, dem Sitz des Kaisers

Tokonoma	Schmucknische im Wohnraum, meist mit Rollbild und Blumenarrangement
Tokugawa	japanisches Adelsgeschlecht, das die Shogunherrscher stellte
Torii	1. Tor aus zwei Pfosten mit zwei überstehenden Querbalken, das den Eingang zum Shinto-Heiligtum markiert 2. Familie von Holzschnittzeichnern in Edo (Tokyo), die eine Schule begründete
Tosa-Schule	Dynastie von Hofmalern, die seit dem 14. Jahrhundert eine aristokratisch bestimmte Richtung farbenprächtiger Malerei fortführte
Toshogu-Schrein	Haupttempel im shintoistischen Heiligtum
Uki-e	Perspektivbild (Landschaft)
Ukiyo-e	„Bilder der fließenden vergänglichen Welt", Genreszenen besonders im Farbholzschnitt
Utagawa-Schule	Holzschnittschule, begründet von Utagawa Shojiro (1735–1814)
Utamaro, Kitagawa	(1753/54–1806), Hauptmeister des Ukiyo-e im Vielfarbendruck
Yakushi Nyorai	japanischer Gott der Medizin
Zen-Buddhismus	japanische Sonderströmung des Buddhismus auf der Basis von Meditation und Selbstbesinnung, als Sekte von China übernommen
Zen-Malerei	dem Zen-Buddhismus verbundene monochrome Tuschmalerei, häufig in Zusammenhang mit der Teezeremonie
Zikade	Insekt aus der Ordnung der Hautflügler

Die Bilder zeigen

Schutzumschlag
Ausschnitt aus „Die Woge an der Küste von Kanagawa"

Abbildung 1 bis 11, 13 bis 18
Farbholzschnitte aus den „36 Ansichten des Fuji"
Etwa 1823 bis 1830 entstanden
Museum des Kunsthandwerks, Leipzig

Abbildung 12
Mädchen mit Blume
Um 1802
Privatsammlung

Abbildung 19
Ein Krieger gibt einem Freund Feuer
Staatliche Kunstsammlungen Dresden, Kupferstichkabinett

Abbildung 20
Der Geist der Oiwa (Ansicht einer Grablaterne) aus „Hiaku Monogatari" –
100 Erzählungen
1830
Privatsammlung

Abbildung 21
Kuckuck und Azalee
Um 1828
British Museum, London

Abbildung 22
Heuschrecke an einer Kakifrucht. Surimono
Um 1807
Privatsammlung

Abbildung 23
Zwei Wildgänse
Staatliche Kunstsammlungen Dresden, Kupferstichkabinett

Abbildung 24
Drei spielende Kinder im Garten
Staatliche Kunstsammlungen Dresden, Kupferstichkabinett

Der Verlag dankt Herrn Gerhard Reinhold, Mölkau, und den genannten Museen für die freundliche Unterstützung bei der Bildbeschaffung sowie Herrn Siegmar Nahser für fachliche Hinweise.